10 x miłość

10 x miłość

Jerzy Pilch, Janusz Leon Wiśniewski,
Grażyna Szapołowska, Manuela Gretkowska,
Maria Nurowska, Katarzyna Pisarzewska,
Tomasz Jastrun, Hanna Bakuła,
Agnieszka Stefańska, Izabela Filipiak

Świat Książki

Projekt okładki
Małgorzata Karkowska

Redaktor prowadzący
Katarzyna Krawczyk

Redakcja techniczna
Małgorzata Juźwik

Korekta
Krystyna Śliwa
Grażyna Henel
Elżbieta Jaroszuk

Świat Książki
Warszawa 2005
Bertelsmann Media Sp. z o.o.,
ul. Rosoła 10, 02-786 Warszawa

Skład i łamanie
DK

Druk i oprawa
Drukarnia Naukowo-Techniczna SA, Warszawa

ISBN 83-7391-784-5   ISBN 83-7391-882-5
Nr 5050   Nr 5152

Gracze

Izabela Filipiak

Izabela Filipiak

pisarka, eseistka, felietonistka i poetka. Napisała doktorat z literatury polskiego modernizmu. Prowadziła zajęcia z kreatywnego pisania na Gender Studies przy Uniwersytecie Warszawskim. Jest autorką opowiadań *(Śmierć i spirala)*, powieści *(Absolutna amnezja)*, tomów refleksyjnej prozy *(Niebieska menażeria)*, a także tekstów krytycznych, recenzji literackich i esejów. Opublikowała również instruktażową książkę *Twórcze pisanie dla młodych panien* i zbiór wierszy *Madame Intuita*. Współpracowała z „Marie Claire" oraz „Wysokimi Obcasami". Swoje najlepsze felietony zebrała w tomie *Kultura obrażonych*. Mieszka nad zatoką San Francisco.

Na co to przyszło pani Klarysie po latach ciężkiej pracy i wyrzeczeń? Ile ta dzielna kobieta ma jednak w sobie godności. Nikt jej nigdy nie widział, by narzekała. Taka zawsze spokojna, wszystko zamyka w sobie i nosi, choć przecież nie od niedawna ciężko doświadczona. Widzieliśmy ją pierwszy raz, będzie jakąś dekadę temu, jak wsiadała do taksówki pod stacją, skromnie, pierwszej z brzegu. Ona też skromna, ale bardzo gustownie w ciemną garsonkę ubrana. A dziś? Nie zmieniła się wiele. Drobna, starszawa, może już trochę zasuszona w siedemdziesiątej czwartej wiośnie życia, a jednak pełna wdzięku, jakiejś gracji wewnętrznej, godności. A przy tym konkretna. Ot i wczoraj, recepcjonistka wyjechała za chorym dzieckiem do Lęborka, pretensje nieuzasadnione wcześniej do podziału majątku zgłaszając, a to jest przecież, pomimo chłodów, środek sezonu. No i kogo zatrudnić z dnia na dzień? Pani Klarysa wstaje o piątej, sama wydaje i odbiera klucze, otwiera parking, wita się i żegna, pokoje sprawdza, a jeśli potrzeba, pościel wymęczoną z łóżek ściąga, pety zbiera. Nic nie da po sobie poznać, nie poskarży się wcale. Tylko między nami takie rzeczy się roz-

7

chodzą i szacunek dla tej małej, wykwintnej kobiety wzrasta. Podczas gdy letnicy widzą tyle, ile trzeba, więcej nie muszą.

Tym bardziej wzrasta nasz szacunek dla pani Klarysy, że ona nie stąd. My jesteśmy swojaki i nieobce nam są sprawy Tarni, ale to wieś zaledwie udająca latem kurort. A tu pani Klarysa przybyła z Poprawy, która jest miastem nad Zatoką, a zarazem stolicą dobrego smaku w pielęgnacji domowych ogródków i wylęgarnią pięknych kobiet! Poprawskie kobiety są jak gdyby specjalnie hodowane – długonogie, rasowe, czujne, wrażliwe – jak konie, i tak samo rozumne, ni to instynkt, ni to zmysł interesu mające, w sam raz dla marynarzy. A pani Klarysa jest szczupła, zwinna, ale mała. Nie musi być większa, bo nie jest modelką i w „Playboyu" na rozkładówce nie wystąpi. Tylko lekarzem jest, emerytowanym. Nasiedziała się w przychodni miejskiej, najeździła po domowych wizytach, raz placówka jej się w Maroku trafiła, rozumnie gospodarowała, używek zakazanych nie stosując. Wróciła do Poprawy i proszę. Skromne tam mieszkanko gustownie sobie urządziła, nie żyła bowiem ponad stan. I tak czując dość energii w sobie, by nową jakąś wartość pozytywną w życiu stworzyć, na emeryturze już będąc, przyjechała do Tarni z synem, grzecznym, miłym chłopcem, bardzo jej oddanym – kupili ziemię, postawili pensjonat – wielki, obielony, z takimi kolumnami na ganku niczym w jakiejś Casablance. A w środku ze dwadzieścia pokoi mający. I dlatego jak nic zdolny niemal od samego początku przynosić dochód.

Przejeżdżaliśmy obok pensjonatu pani Klarysy, a to wołgą, a to ciągnikiem, a to cinquecento, a to taryfą w godzinach wieczornych, gdy po wizycie u szwagrów własnym autem wracać po nocy nieswojo, i tak zgadywało się nam niekiedy o tragedii, co się w tym „Lotosie" najpierw trochę głośno, a potem całkiem po cichu rozegrała. Otóż synów pani Klarysa miała dwóch, jeden był dobry, a drugi zły – ten zły raczej schowany, więc o nim z początku nie wiedzieliśmy nic. Tylko dobry, ten grzeczny, brał wolne od promów, na których zimą, wiosną i jesienią pływał, aby latem matce w pensjonacie pomagać. A czemu dobrym nazwać go należy, tego Bogusia, o rok młodszego syna? Najpierw dlatego, że jak mógł, to matce ustępował. Potem dlatego, że nie rozrabiał. Wreszcie, że co zarobił, do domu przynosił. W końcu dlatego, że na promach nie jest w ludzkiej mocy pracować i nie pić, i w ten sposób zdrowia nie tracić. A ten Boguś względem picia bardzo był uważający. Lufę albo dwie strzelił, żeby nie obrazić, ale potem uprzejmie się wymawiał. Takim to sposobem grosze do domu przywoził, a matka rachunki płaciła, podatki, zawsze dokładna w rozliczeniach, aby nawet do złotówki nie można się było doczepić. Taka uważająca.

Dobry syn nazywał się Bogdan, chociaż w rodzinie Boguś na niego wołali. Bogdanem dopiero po śmierci się okazał. Dla pani Klarysy na każde zawołanie był, jak tylko na promach nie pracował, bo własnej rodziny nie miał. Nam się to trochę dziwne wydawało – taki był dobrze ułożony, w obejściu ujmujący, a do tego bez brzucha, wąziutki w ramionach, włos czarny, twarz pociągła, jak aktor filmowy. Myśleliśmy gej-nie-gej? Nie żebyśmy uprzedzeni byli, bo my przeciwnie, w Tarni dosyć tolerancyjni jesteśmy, my przecież z letników też żyjemy. A tymczasem co się okazało? Boguś był w porządku, to znaczy hetero, co ujawnione zostało, jak tylko w Tarni agencja „Król sexu" otwarła swe podwoje, od razu gotowa, na dziesięć fajerek, z neonem i ochroną.

Jak pojęliśmy wkrótce, filia to była, a siedziba w Poprawie, w takim klubie nocnym, który pod lasem stoi, w połowie drogi między domem rencisty a posterunkiem. Czy Boguś królem seksu był, czy zmieniał się w satyra, czy grzeczność cała z niego uchodziła w kontakcie z córami Wenus, w to wątpić należy. Pewniej, jak i wszędzie, tak i tu był skromny, głosu niepodnoszący, wzdychający ot tak, ledwo co. Ale też córy Wenus bardziej córami Maszy i Stepana się okazywały, o czym niejeden z nas mógłby poświadczyć nawet tu i teraz, gdyby nie żona i dzieci.

A co pani Klarysa na takie postępki dobrego przecież syna rzec mogła? Czy nie mówiła mu aby: Ożeń się, ustatkuj, przestań się szlajać, bo jeszcze szlag cię trafi? Otóż nie. Tego nikt nie słyszał. A są wśród nas tacy, którzy mogliby poświadczyć, że mówiła coś wręcz przeciwnego. I to od kiedy chłopiec skończył Średnią Szkołę Morską, tym samym zyskując uprawnienia do pracy o szmat czasu wcześniej niż ci, co do wyższej szkoły szli, znaczy się na studia. Trochę mniej wygodnie mu się pływało niż tamtym ze stopniem oficerskim, ale wygodnie to można zrobić sobie w domu. Ale co w końcu mówiła pani Klarysa dobremu synowi? Rób tak i tak, mówiła, tylko narzeczonych mi do domu nie sprowadzaj, bo kobiety lecą na pieniądze. Ładne one, bo ładne, ale uważaj, bo cwane! Wciągnie cię taka do łóżka, brzuch sobie zrobi, a ty będziesz na nią płacił przez następnych dwadzieścia lat z górą. Na nią i na bachora. Boguś słuchał matki, rzec by można, z mieszaniną szoku i grozy, która nie wiedzieć ku czemu była skierowana, a pani Klarysa, odmalowawszy przed synem czarny obraz, reasumowała: – Jak cię przypili, idź do prostytutki.

Niektórzy z nas skłonni byli wierzyć, że pani Klarysa, radząc w ten sposób synowi, wykazywała macierzyńską troskę. Co w tym dziwnego, dowodzili, właśnie tacy są lekarze, podchodzą do sprawy fizjologicznie. Pewnie myślała, mówili inni, jak zabezpieczyć syna przed trudnościami związanymi z jego zawodem, bo przecież Boguś z początku pływał na rejsach, a taki rejs trwać może trzy, a może sześć, a nawet dziewięć miesięcy. I tak chłopak młody pokochałby się z dziewczyną, zdążyłby o niej zapomnieć, a ta czekałaby na niego przy trapie – czy raczej, co dziś bardziej prawdopodobne, na lotnisku międzynarodowym – z wózkiem. Ale co by się stało, gdyby czekała, zacietrzewiali się w końcu ci z nas, których głos ostatecznie przeważył. Co by się stało, gdyby czekała z wózkiem? Co by się stało, gdyby się ożenił? Jako ostateczny argument przeważał w tych dyskusjach jeden, mianowicie taki, że statystycznie rzecz biorąc, małżeństwa marynarzy są najtrwalsze. Pomyśleć można, że marynarskie małżeństwo większej wymaga lojalności niż przeciętna, a ponadto silniejszego może oddania, czy po prostu lepszej pamięci niż każde inne małżeństwo stacjonarne. Lecz statystyki mówią swoje. Nie małżeństwa dziennikarzy i nie małżeństwa sklepikarzy, ale małżeństwa marynarzy wygrywają w życiowym maratonie. Czemu zatem i na jakiej podstawie mielibyśmy sądzić, że akurat małżeństwo Bogusia miało zakończyć się wywrotką? Logicznie rzecz biorąc, szansę na nieudany związek miał Boguś mniejszą niż w każdym innym zawodzie. A gdyby nawet za pierwszym razem źle trafił, to o ile pewniejsze się zdaje, że za drugim razem trafi już w dziesiątkę?

A po co w ogóle myśleć źle? O wiele lepiej układa się nam zawsze, kiedy myślimy optymistycznie.

Lecz ostatecznie – rozwijali swoją argumentację ci z nas, którzy poczuli wiatr w żaglach i zgadywali, że to przez nich przemawia głos rozsądku – nie jest przecież tak, by tylko trwałe związki pełne były niebezpieczeństw, tak zwane zaś agencje doraźnej rozkoszy były od nich wolne. A czy pani Klarysa nie bała się kiedy, że jej syn jak nic zaliczy hifa, o ile nie gorzej, w tym przybytku?

Lecz Boguś, jak zwykle chłopiec rozumny, nie puszczał się na lewo i prawo, tylko upatrzył sobie jedną dziewczynę. W pracy nazywała się Nancy, bo musiała, przynajmniej dopóki chciała pracować dla „Króla sexu", ale wszyscy wiedzieli, że naprawdę nazywa się Nadia i pochodzi ze wsi spod Kijowa. Dziewczyna prosta jak świeca, taka nierozwydrzona, nienatapirowana, tylko jak ten Boguś, miła w obejściu i głosu nie podnosząca. Jak on ciemnowłosa i szczupła, a do tego pełna wdzięku takiego i gracji, niczym młodsza jakaś wersja pani Klarysy. Choć to byłaby pewnie ostatnia rzecz, którą by można starszej pani w twarz powiedzieć. Aż tak się w końcu stało, że Boguś nie uniknął jednej choroby, przed którą matka najbardziej ustrzec go chciała, bo on i ta Nadieżda zakochali się w sobie.

I miała pani Klarysa bal! Ty chyba ogłupiałeś, powiedziała do syna. Czy ty nie wiesz, co to jest, kto to jest? Ty myślisz, że ta Nadieżda to jest jakaś wolna osoba, że jej się kochać wolno? Ale ona pracuje dla mafii ukraińskiej albo dla mafii polskiej, albo dla NKWD, albo dla pierun wie kogo, albo dla nich wszystkich naraz. A czy ty myślisz, że oni ci posag dadzą, bo ty się z nią żenić będziesz chciał? Oni ci opony w aucie przebiją, bombę pod siedzenie podłożą, oni ci dadzą kulkę w łeb i tyle z tego będziesz miał. Ty się zmiłuj nade mną i nad sobą i mnie starej nie narażaj, a jeszcze o wczasowiczach, pomyśl. Bo wiedz, jak to się skończy, jak ci goryle z „Króla sexu" pomyślą, że my im tu w „Lotosie" konkurencję założyć chcemy, a zaczynamy od tego, że ty im pracownicę podebrać ośmieliłeś się, niby na miłość. A ty myślisz, że ona nie widziała takich miłości? Co sezon się w niej kocha jakiś sentymentalista, a ona prezenty zgarnia i do Kijowa do matki paczki śle! Bo ich tam pewnie dziesięcioro na jednym hektarze i kurna chata.

Chyba w złą godzinę dla siebie pani Klarysa te słowa powiedziała, bo jak raz zjawiła się – nie matka, ale ciotka Nadieżdy i wcale na taką z kurnej chaty nie wyglądająca, tylko na damę równą obyciem i strojem pani Klarysie. Przyjechała taksówką ze stacji prosto do „Lotosu", o rozmowę z panią Klarysą pokojową poprosiła, na krzesełku usiadła. A potem, jak pani Klarysa weszła, to ciotka Nadieżdy wstała i podając rękę, tak dłoń wystawiła, żeby pierścionkiem złotym z pawim oczkiem prosto w oczy błysnąć. Z porządnego, rosyjskiego złota, stara grawerska robota. I powiada: Młodzi są, kochają się. Nadia do końca życia w „Królu sexu" pracować nie musi, szkołę muzyczną ukończoną ma, a jakby papiery na pobyt dostała, to lekcjami szybko dorobi albo nawet szkołę otworzy własną. Na co pani Klarysa, gdyby chciała gościa obrazić, to powiedzieć by mogła to i owo, że Nadia przygrywać to może, ale w bikini co najwyżej starym capom do kolacji. Ale ona tylko usta otworzyła, a potem zamknęła, aby z nich żadne słowo nie wypadło, sięgnęła po butelkę z wodą mineralną, nalała sobie do szklanki, upiła trochę i dopiero wtedy powiedziała: – Nie znam pani i nie mam z panią nic do porozmawiania.

Ale na tym skończyć się przecież nie mogło, więc rozdzwoniły się telefony do Bogusia od Nadieżdy, od ciotki Nadieżdy do Bogusia, od niej też do pani Klarysy, a potem nawet był jeden telefon Nadieżdy do pani Klarysy, po którym nastąpiła ucieczka Nadieżdy z „Króla

sexu", po czym nastąpiło wysłanie Bogusia w rejs półroczny na Grenlandię, po czym nastąpiły dalsze wyjaśnienia, po czym nastąpiły zmiany prywatnych nume-
rów telefonów w pensjonacie „Lotos", jak i w mieszkaniu pani Klarysy w Poprawie. A kiedy Boguś wrócił do
Tarni, nikt nie wiedział, co się stało z Nadieżdą ani z jej
ciotką. Boguś zresztą nie pytał. Aż nas dziwiło (przynajmniej niektórych z nas), że ani słowem o tej Nadii nie
wspomniał. Jakby życie jego zamknęło się za nią jak
woda. Czy też, by rzecz ująć ściślej, tafla jego pamięci
zamknęła się nad Nadieżdą. Może tylko jakieś kręgi
subtelne rozchodziły się czasem, kto wie.

Jak po burzy, gdy powietrze klarowne się staje, życie co-
dzienne w pensjonacie wróciło do tak zwanej normy.
„Lotos" rozkwitał, pani Klarysa panowała nad sytuacją,
Boguś zarabiał na promach i pomagał matce. Aż oboje
poczuli, że czas coś zmienić, a czas najwyższy, aby więzy macierzyńskie poluźnić co nieco. I tak Boguś kupił
sobie mieszkanie w Poprawie. Nowe mieszkanie, w dobrej dzielnicy, niedawno wybudowanej, ale z pełną in-
frastrukturą, za rogiem apteka, bankomat. Boguś sam
to mieszkanie pięknie wyremontował, wyposażył, wsta-
wił stereo do pokoju, czajnik z termostatem i mikrofalę do kuchni, a na końcu w łazience położył kafelki.
Podobno dziewczynę jakąś nową miał, ale jej nikt nie
widział ani w „Lotosie", ani poza nim. Czy to coś po-
ważnego było, czy nie, trudno powiedzieć. Tylko tyle
zdołaliśmy zgadnąć, że tym razem Boguś do małżeństwa się nie spieszył, a dziewczyna też go nie pogania-
ła. Pewno bardziej niezależna była, bo miejscowa. Koń-
cem końców Boguś dziewczyny nie przywoził do Tarni,
ale sam przyjeżdżał, zwłaszcza w sezonie, bo poza sezo-

nem raczej nie ma po co. A jednak o tym, co się stało nad ranem feralnego dnia w sierpniu, wiemy z pierwszej ręki, od samej pani Klarysy. Otóż, wieczorem dnia poprzedniego pani Klarysa z Bogusiem oglądali telewizję. Potem on poszedł do siebie, bo miał w tym pensjonacie pokój. Z rana przed dziewiątą zobaczyli się znowu. Tak się dziwnie czuję, mamo, jakiś jestem słaby, powiedział Boguś. Jak to, odrzekła pani Klarysa. A on nie zdążył już odpowiedzieć, bo miał zawał. W pogotowiu nie mieli akurat wolnej karetki, a może jechali trochę wolno, bo pogotowia nie ma w Tarni, jest dopiero w Lęborku. Pewnie matka sama próbowała syna reanimować, ale kto to naprawdę może wiedzieć, poza tym wszystko jedno. U takich młodych zawał jest najbardziej niebezpieczny. Stary przeżyje choćby i trzy zawały, a młody, jak ten Boguś, co miał dopiero trzydzieści pięć lat, pada trupem już po pierwszym. I tak właśnie się stało, ambulans przyjechał, zabrał doczesne szczątki, tylko dyskretnie, bo poprosiła o to pielęgniarzy pani Klarysa, żeby wczasowiczów nie wystraszyć. I chociaż tyle się udało, wynieść Bogusia tak, ażeby nikt nic nie zauważył. A po trzech dniach pogrzeb.

No to pierwszy trup już jest i to można powiedzieć – trup z miłości. A co się dalej działo? Otóż pani Klarysa, spodziewając się, że raczej umrze przed swoim synem niż po nim, dała mu prawo posiadania połowy tego, co wybudowali wspólnie. Choć spadek tu stanowiły, rzecz jasna, pieniądze Bogusia, to kształt im nadała pani Klarysy zapobiegliwość i praca. Ale zostało też do rozporządzenia to mieszkanie w dobrej dzielnicy, co je Boguś niedawno sobie uszykował, z nowo położonymi kafelkami. A w nim pani Klarysa nie miała żadnego udziału, żadnej własności. By nie owijać dalej w bawełnę, powiemy krótko. Po śmierci Bogusia pani Klarysa starała się odzyskać jego majątek, ale to było trudne ze względów podatkowych. Aż sędzina powiedziała: – Zatem potraktujemy panią tak, jakby pani już umarła. I przepisała majątek Bogusia, który był dobrym synem, na drugiego, złego syna pani Klarysy.

Tak oto wstępuje na scenę tragedii ponury Leon – i nie jest to zupełnie nowa postać, ale postać ukryta, pozostająca dotąd w cieniu. Bo kimże był ten chłopiec, a potem mężczyzna – nie ciemnowłosy, ciemnobrewy, jak pani Klarysa, ale ryży i bardziej krępy, z wyglądu raczej w ojca się wdający? I co czyniło go złym synem, w przeciwieństwie do Bogusia? Otóż ten Leon, o rok zaledwie starszy od Bogusia, skończywszy tę samą szkołę co Boguś, podobną miał przed sobą przyszłość. Rejsy krótkie, rejsy długie, z czasem promy. A jednak Leon, choć szkoły skończył na rok przed Bogusiem, mógłby się starać przez następnych sto pięćdziesiąt lat, a nie nadążyłby za młodszym bratem, bo już po kilku latach Boguś go wykasował. Pani Klarysa miała swoje rozliczne znajomości, bo wiadomo było, że to ona od początku ustawiała synów, ale co z tego? Leon mógł pracować, tylko nie chciał. Z początku więcej pił, niż się hazardował, potem na odwrót. I miał kłopotliwe sytuacje z kobietami. Pani Klarysa robiła, co mogła, żeby je zatuszować, aż w końcu Leon się uspokoił. Przysiadł w sobie. Nikomu nie był wrogiem ani przyjacielem. Pani Klarysa kupiła mu dziuplę-kawalerkę i płaciła za niego czynsz. Dawała mu kilkaset złotych na miesiąc, to wszystko. U siebie ani tym bardziej w „Lotosie" nie chciała go widzieć.

Tak było przez dobrych piętnaście lat i mogło trwać dalej, ale kiedy zmarł Boguś, na przekór bliskiemu nam poczuciu zwykłej sprawiedliwości, Leon został jego spadkobiercą. Przejął jego mieszkanie wraz z zawartością. On, który nie zapracował na żadną ze zgromadzonych tam rzeczy, spał w łóżku Bogusia, jadł na jego stole i oglądał jego telewizor. On, który nigdy nie pracował – najwyżej rok czy dwa, aż okazał się aspołeczny – kąpał się w jego łazience, wśród tych nowych kafelków.

Aż raz Boguś mu się pokazał. Wkurzasz mnie, powiedział. Co ty tu robisz? To nie twoje. Widocznie był zazdrosny o brata i rozgoryczony ogólnie, bo to on pracował na te wszystkie rzeczy, a nie mógł z nich korzystać.

Duch brata pokazał się zaspanemu lokatorowi nocą, w łazience. Wcześniej Boguś śnił się Leonowi kilka razy. Ale nic tym nie zdziałał, więc zdecydował się na ostateczność.

Najpierw popsuł bratu telewizor. Gdy ten go szybko naprawił – popsuł jeszcze raz. Dobrze mu szło psucie elektrycznych rzeczy. Popsuł mu jeszcze stereo w pokoju, czajnik z termostatem w kuchni, a w łazience suszarkę do włosów.

Pani Klarysa zabroniła spadkobiercy jeździć Bogusia samochodem. Bała się, że zmarły doprowadzi do wypadku.

Oboje zdawali się dobrze znosić obecność Bogusia i jego niechęć do rozstania się z przedmiotami, które ukochał i kupił.

Bo tak naprawdę był bezsilny. Nie mógł tego odwrócić. Wciąż trochę jeszcze żył na łasce ich pamięci.

Nic więcej już nie mógł zrobić.

Pomyśleć by można, że braciom w końcu udało się ustalić, co boskie, co cesarskie, między sobą. Zatargi ucichły. Rzeczy już się nie psuły. Obaj przyzwyczaili się do siebie. Leon nawykł do życia w mieszkaniu brata, bo przecież słoneczne było, przyjazne i nowe, a ta dziupla, w której żył wcześniej, niemiła i ciemna. Szanował te przedmioty, które robiły zeń człowieka. Trochę im na to pozwalał. Lecz nie nazywał tego mieszkania swoim. Za to Boguś pogodził się z niestałością rzeczy materialnych, a nawet zmuszony był uznać, że choć każda rzecz na ziemi się zużywa, to przedmioty, z których nikt nie korzysta, psują się o wiele szybciej, niż te stale używane. Pusta lodówka wypełni się wrogim gazem, mikrofala nawali na stykach, muzyka wywietrzeje z niegranych płyt.

I co się z nim wtedy stanie, z nim?

Natomiast Leon zgodził się na zawieszenie broni, gdyż ewidentnie sądził, że jakby sprawy się nie obracały, on i tak znajdzie się na wygranej. Przystać na to, żeby dzielić z bratem wspólną przestrzeń, było o tyle prościej, iż nie działo się tak po raz pierwszy. Przypomniały mu się dawne czasy, kiedy mieszkali w jednym pokoju, zajęci własnym fascynującym dorastaniem i powiększaniem kolekcji płyt o kolejne winyle „AC/DC" i „Queen". Nie miał jednak ochoty robić nic, aby jakoś specjalnie podtrzymywać czyjeś cholernie niematerialne trwanie. Od kiedy odkrył, że wspomnienia wywołują obecność brata, unikał wspomnień. Przeleżał zimę na skórzanych fotelach Bogusia, słuchając płyt. A potem znów było ciepło. Zaczął wychodzić do kasyna, ale przegrywał tylko małe sumy, odgrywał się. Kiedy zabrakło mu do spłaty długu, sprzedał stereo. Zaczęło się lato, więc matka w pensjonacie zajęta. Był z tego zadowolony, bo nikt mu nie przeszkadzał. Nie miał ochoty zawierać nowych znajomości. Był zajęty własnym znikaniem.

Dostał list. *Szanowny Panie, nie zna mnie Pan, ale ja znałam Pańskiego brata. Był miłym, wrażliwym człowiekiem, jakich dziś już się nie spotyka. Wolałabym, żeby zostawił ten pensjonat i cały ten majdan, który widocznie go nie uszczęśliwiał. Żałuję, że go do tego nie skłoniłam. Przyznaję, że nie do końca doceniałam to, jakim nadzwyczajnym był człowiekiem, kiedy żył.*

Nie odpowiedział. Zmiął list i wrzucił za fotel. A gdyby ktoś go zapytał, co pomyślał wtedy, odpowiedziałby: Nic. Pewnego dnia odezwał się dzwonek do drzwi. Na progu stała młoda kobieta. Najpierw pomyślał, że to Boguś się przebrał. Czarnowłosa, ciemnobrewa, strzelista. Cera śniada, ale nieopalona. Cofnął się. Nie chciał sprawiać kłopotów. Z czasem nauczył się być rozsądny, unikał kobiet. Jak dotąd nie żałował. Nie pani Klarysa mu to wmówiła, tylko on sam sobie. Z innego powodu niż brat.

I oto ze strefy cienia wyłania się kolejna postać i zajmuje miejsce na scenie dramatu. Tajemnicza kobieta, ta która związała się z Bogusiem na kilka miesięcy przed jego wycieczką poza zasłonę głębszego już mroku. Niektórzy z nas myśleli, że okazać się nią powinna Nadia z „Króla sexu". Liczyli na to, że Boguś zdoła potajemnie ocalić Nadię i swój nadzwyczajny romans z nią. Pragnęli wierzyć, że on tylko markował zerwanie, że dla pozoru unikał kontaktu z Ukrainką, głównie po to, ażeby zmylić dwie wrogie potęgi – mafię i matkę. Ale tak się nie stało. Boguś odstąpił, ponieważ nie był pewien ani swych uczuć, ani tym bardziej ich obiektu. Nie miał skąd się dowiedzieć, czy dziewczyna nie jest *interesowna*. Nigdy do końca nie zdecydował, jakimi słowami najlepiej ją określić. Jego biedne maleństwo – jak sama lubiła się rozpieszczać? Pazerna dziwka – jak wolała ją nazywać pani Klarysa? W końcu poczuł to, co by chciała, żeby czuł, jego matka. Odkrył, że został *omotany* przez Nadię i jej ukraińską rodzinę. Nie znosił jej ciotki, która chciała go *wrobić* w handel rajstopami. Brzydziły go poufałe serdeczności, którymi nagle zaczęto go obdarzać. Czy można mu się dziwić? Chciał się kochać z dziewczyną, nie dbając o jej koligacje ani się w nie wdając. Wolałby zapoznać się z Nadią powoli, bez pośpiechu i stresu. Nie dano mu czasu na przezorność. Miał szybko zdecydować – zagłosować za Nadią lub przeciw. Zdecydował – przeciw. I Nadia znikła. Jeszcze liczył na to, że zobaczy ją niedługo odmienioną – jako akompaniatorkę w przedszkolu, dajmy na to. Wtedy mógłby zagłosować inaczej. Ale nie zdążył.

W sumie nie powinno nas zaskoczyć, że Julka miała ten sam typ urody co utracona ukraińska narzeczona, mocno zarysowane brwi, luźno opadające włosy i podobnie była szczupła, koścista nawet. Z bliska okazywała się mniej wyrazistą, bledszą wersją Nadii, ale gdyby dziewczyny ustawić obok siebie, wciąż można by się pomylić. Bliżej poznana, Julka nie kryła w sobie żadnego sekretu, żadnej tajemnicy. Albo tak mogłoby się wydawać. W każdym razie nie ciągnęła za sobą trenu ochroniarzy. Miała zwykłą, niekrępującą rodzinę i normalną, niekrępującą pracę. Nie było wokół niej żadnych afer. Nosiła dżinsy. Lubiła tańczyć. Nie kryła za plecami tysiąca problemów. Można z nią było pojechać na dyskotekę bez obawy, że zostanie tam *rozpoznana*. Nie podnosiła głosu i mówiła nawet trochę za mało. Po silnych wstrząsach, którymi manifestowało się istnienie Nadii, po jej ucieczkach, znikaniu i pojawianiu się, po rwących chwilach namiętności, a potem jakichś przyszywanych *prijatelach*, którzy pojawiali się, żeby jej pomagać (*W przeciwieństwie do ciebie!* – tym go w końcu ugodziła), Boguś ostygł i nie czuł długo nic. Z początku nie umiał nawet zlokalizować tej Julki w swoim życiu. Była tak niekłopotliwa.

A teraz ta Julka, za której sprawą Boguś niemal się wyzwolił, stoi na progu mieszkania, które zasiedlił jego brat. Jeden był niewolnikiem pomnażającym dobra własnej matki, a ten drugi to tylko zero, niewidzialny człowiek – ktoś obojętny ludziom w takim stopniu, w jakim ludzie byli mu obojętni – ale nie wiemy, czy mogło jej to przeszkadzać. W ręku trzymała instrukcję obsługi odkurzacza. Roześmiała się. Spoważniała. Powiedziała, że nie jest domokrążcą. Wyjaśniła, kim jest. Wcale nie zachęcana, opowiadała dalej, że instrukcja zapodziała się u niej tuż przed tym, co *się stało z Bogdanem*, i że traktuje ją jako przepustkę.

Leon stał niewzruszony, wiedzący, czego mu nie wolno – wpuszczać obcych kobiet do mieszkania. Nawet dziwek, żadnych wyjątków, nie był przecież dobry, nie był Bogusiem. Nikt mu nie musiał niczego zakazywać, nawet pani Klarysa. Sam wiedział. Nie ma po co się pchać w kłopoty. Lecz zanim sięgnął, aby przyciągnąć drzwi, Julka minęła go i przestąpiła próg. Weszła do stołowego. Uklękła przed szafką na stereo. Nie zdziwiła się brakiem sprzętu, tylko pogłaskała mebel. Odwróciła się do brata, który stał daleko za nią, powątpiewający, ponury. Wyjaśniła, że nie łączył ich żaden namiętny związek. Było jej dość przyjemnie, ale niezobowiązująco, dopóki Boguś żył. Nie chciała się koniecznie wiązać. Dopiero, kiedy zaczął urządzać to mieszkanie, poczuła coś, ale dokładnie nie wiedziała co. Z każdym zakupionym przedmiotem łączyła się jakaś przyjemność, zaczynała się snuć wspólna ich niby-historia, ot i w deszczu kupili ten czajnik z termostatem. Małe to były przygody, dla nich tylko ważne, ale z każdą jedną wybrany człowiek nabierał życia, a ona zaczynała go widzieć wyraźniej. Aż ją zostawił z tą nagle ugruntowaną pewnością, a co ona ma teraz począć? Przeniosła się do kuchni. Obdarzyła pieszczotą mikrofalę, a w łazience suszarkę do włosów. Na koniec przytuliła twarz do kafelków.

Leon nie przerywał jej, bo wiedział, że są ludzie, którzy muszą po prostu zrobić swoje. Gdy w końcu odwróciła do niego twarz, była zapłakana.

– Nie jestem podobny do brata – powiedział. – Jestem chamem.

Sekundę później podał jej chusteczkę.

– On żyje w tych przedmiotach – stwierdziła.

– No i co?

Miała już suche oczy. Wzruszyła ramionami: – Sam wiesz.

Wiedział tylko, że zmagania z bratem należały do przeszłości: – Już coraz mniej.

– Ale dziś są jego urodziny – uparła się. – On tu jest.

Roześmiał się: – No pewnie, stary sknera.

Spojrzała na niego spod podniesionych brwi: – Mieszkam dwa domy dalej, nad apteką. Poznaliśmy się dwa lata temu. Tylko od matki trzymał mnie z daleka. Nie chciał, żeby skończyło się tak, jak z tą Nadzią. Lubił spokój. Ja też. I tak już miało być. Miał się skończyć urządzać i mieliśmy zamieszkać razem.

– Skąd ta pewność?

Telefon zadzwonił raz, a potem zaterkotał.

– To nie zwarcie – powiedziała Julka. – Podnieś słuchawkę.

Zawołał kilka razy „kto tam?", ale odpowiedziała mu cisza.

Julka odetchnęła: – Stąd.

Zaproszona, usiadła. Mówiła cicho, równo i szybko, jakby zaczęło brakować jej czasu. Że stała się tragedia, nikt nie miał wątpliwości, ale wyjaśnić ją, zdaniem Julki, można było, tylko sięgając wstecz. Był ktoś jeszcze w tej historii, jeszcze bardziej ukryty w cieniu. Mizerny atut trzymany w rezerwie, który się pani Klarysie ostał mimo wszystko. Mąż łajza, inżynier, który zawsze wyglądał jak łajza, w za dużym płaszczu, bezkształtnym, poplamionym – wypisz, wymaluj, detektyw Colombo, tylko bez wdzięku czy choćby głupkowatej inteligencji tego ostatniego. Z twarzą źle naciągniętą, wymiętą jak ten płaszcz. Jakim sposobem pani Klarysa, taka pełna wdzięku i dystyngowana, którą na studiach nazywano księżniczką z burżuazyjnej bajki, dla łajzy pożegnała swe panieńskie życie? Niektórzy z nas dowiedzieli się o tym co nieco. Awanturka, noworoczna studencka impreza. Po pierwsze, siostra tego inżyniera była z panią Klarysą na roku. Te dwie wszędzie szły razem jak w dym. Jedna ciemnowłosa, druga blond, w spódnicach za kolano, żakietach, studenckich czapkach. Nierozłączne, do czasu jak blondynce odbiło i uznała, że czarnulkę czas by wydać za mąż. Bo przecież, chociaż w metrykę nikt nie patrzył, ale wiadomo, jak bardzo wojna ludziom życie opóźniła, więc to najlepiej wszystko nadrobić *naraz*. Marylin nie przemyślała tego nawet do końca poważnie. Był to taki bardziej głupi żart. Postawiła butelkę szampana na stole, a potem sama ulotniła się z pokoju, zamknęła drzwi na klucz. Inżynier wziął rzecz całą bardziej na serio, niż mogłyby się spodziewać.

Czy Klarcia rozpaczała, kiedy już doszło do niej, że ten wielbiciel walcujący z oderwaną podeszwą przeznaczony jej będzie na męża? Nawet powieka jej nie drgnęła. Nic nie dała po sobie poznać. Dalej rozmawiała z Marylin. A czy zrobiła na niej wrażenie ta *mamcia*, teściowa od siedmiu boleści, która przyszłej synowej, dumnej i drżącej, rzuciła w twarz, że to Klarcia *na brzuch* złapała jej syna. Pani Klarysa! Tę łajzę! A niech go cholera, chciałaby dziś nawet powiedzieć pani Klarysa, może i splunąć przy tym. Ale nie, powstrzymuje się, na nerwy najlepiej zrobi łyk czystej wody. Jest poważną, dystyngowaną, starszą panią. Ludzie ją szanują, a mąż, cóż mąż – mąż się nawet przydaje. Mieszka w „Lotosie" przez jesień, zimę, wiosnę, pilnuje – stróż. Ciągle ten sam prochowiec.

Kiedyś próbowała inaczej, raz nawet się rozwiodła. I z tego jest zadowolona. Bardzo ten rozwód dobrze wpłynął na poprawę małżeńskich relacji. Bo przedtem było już tak, że gdy chłopcy mieli po osiem–dziewięć lat, to ona nagle zaczęła się modlić, aż przyłapała się na tym, jak gorąco życzy łamadze spokojnej śmierci. Poza domem – chodzące pośmiewisko. W domu robił jej sądne dni, zazdrosny. Niedorzeczny! Podczas gdy ażeby zdradzać, trzeba mieć choćby śladowe przekonanie, że należy się nam i gdzie indziej uda się znaleźć coś lepszego. Pani Klarysa takiego przekonania nie miała, martwiła się jednak, co wyrośnie z tych dzieci, które widzą, jak ich ojciec rodzony potyka się o własne nogi, woła, że ją zabije – chce ją udusić kablem od żelazka, ale nawet tego nie potrafi! Uzyskała dla niego nakaz od sędziny, odesłała do siostry. Po kilku latach Marylin doniosła, że chłop siedzi jak kupka nieszczęścia, cały na zmarnowanie. Pani Klarysa wyjeżdżała akurat do Maroka. Pomyślała, że coś wspólnego przecież mają, dzieci. Powierzyła mu synów, a on zajął się ich edukacją. Za jej pieniądze kupił wódki, przywiózł w takich niebieskich, sklepowych kontenerach, ustawił – stanęły aż pod sufit. Rozpił synów do imentu, zwłaszcza starszego. I nauczył gier.

A dziś ten Leon, trzeźwy jak buchalter, słucha opowieści Julki, jakby oglądał telenowelę – patrzcie państwo, co za świat, on porządny, ona porządna, dyplomy, specjalizacje, a żyją jak ten lumpenproletariat. Nie wie, co ma powiedzieć dziewczynie, która głaszcze meble. Nie mówi tak ani nie zaprzecza. Nie da się wciągnąć w jakieś małe gierki. Co go obchodzi jej potrzeba współczucia mu, roztkliwienia nie wiadomo nad czym. W końcu łamie się przecież i opowiada o prawdziwych grach, ciężkim hazardzie i losujących maszynach, które jak zechcą, to wypluwają drobniaki z kolorowych bebechów. Jak ma ochotę się poczuć jak u siebie w domu, to wybiera się do tamtej sali, gdzie podłoga i ściany obite są zielonym pluszem, a powietrze jest zawsze trochę nieświeże. Tam ma przyjaciół. Rozmawia z nimi przy pokerze. Kareta, mówi, trójka. Oprócz tego, co mają w kartach, nic o nich nie wie. Oni też. Nawet nie wiedzą, że miał brata.

Akurat właśnie tam idzie, powiada, koniec wizyty! Wyprasza tę Julkę, prawie ją wyrzuca, po czym siada i siedzi, aż się zmęczy i pójdzie spać. A trzy dni później stoi – stoi jak palant pod apteką i wypatruje dziewczyny w dżinsach, czeka, aż ona zamknie sklepik ze zdrową żywnością, i pyta, czy chciałaby pogłaskać meble. Sam ją wprowadza na górę po tych schodach czystych jak w szpitalu i myśli, że to przecież jest nic – tylko wizyta nawiedzonej pseudowdowy po bracie sknerze. A ludzie się zmieniają, on też jest już inny. Tamto przeszło. Tamto – to były hormony. Czeka, aż ona zacznie dopatrywać się w nim, jasnookim, ryżym – ukrytego śladu po bracie. Czegoś *wspólnego*. Pozwala jej znaleźć podobieństwo tam, gdzie nad uchem zaczynają się włosy, i tam daje się pogłaskać, jakby był ekspresem do kawy. Nie czuje nic poza raczej mglistą przyjemnością i to mu sprawia ulgę. A potem całe to seksprzedstawienie nie wychodzi mu przecież najgorzej. Przyłapuje się na myśli, że Boguś patrzy. A niech ma, niech patrzy! A potem wcale nie zasypia, tylko się rozkleja i czuje, że chciałby tej Julce powiedzieć, jak to było wcześniej, zanim trafił do urządzonej dla niego przez panią Klarysę klatki-klitki. Ale nic nie mówi, bo w końcu nie ma o czym. Zresztą to było dawno. Całe lata temu dał sobie spokój. Cichutko sobie siedział jak więzień przy rodzinie. Prawie nie oddychał.

Sezon wciąż trwa i lepiej nie wspominać o pani Klarysie – w pensjonacie, który tak malowniczo stanął na tle tamy, zalewu i horyzontu mostem domkniętego – zdanej na własne siły, bez żywej duszy chętnej do pomocy, podczas gdy Leon myśli, że się zmienił. Tak się zmienił, że mógłby nawet stać się dobry. Już jest dobry, oddał tym dwojgu swoje ciało. Pozwala własnemu bratu komunikować się z tą kobietą. Wysłuchuje jej nieskładnej opowieści o tym, jak chodzili z Bogusiem karmić łabędzie. Dziwi się, że jego brat skłonny był szukać przyjemności w czymś tak całkiem bezinteresownym. Usypia ją, otula kołdrą. Głaszcze rozrzucone na poduszce włosy. Z rana wstaje przed nią, myje wannę. Zamyka za nią drzwi, kiedy Julka wychodzi do pracy. Myje samochód, którym dotąd za wiele nie jeździł, czeka. Wysłuchuje historii każdego przedmiotu, który wybierała z Bogusiem: stereo, chociaż go już nie ma, mikrofali i czajnika z termostatem. Podłącza do kolumn walkmana. Znów udziela swojego ciała, aby ta dziewczyna mogła się kochać z jego bratem. W sobotę jadą samochodem Bogusia nad jezioro. Ona już nie jest Julka, tylko Jula. Na pikniku testują przekąski ze zdrowej żywności, zgrabnie pakowane w folię, a tym, co zostanie, karmią przybłąkanego psa. Leon pozwala się unosić tej fali czułości, która go przemywa. Odmawia tylko wyjścia do dyskoteki, bo coś mgliście kojarzy, że takie sceny mu szkodzą.

Już wie, że jego brat i ta dziewczyna stworzyli sobie przestrzeń tak szczelnie opakowaną, jak te kanapki z awokado. Aby uaktywnić jej pole, potrzeba było dwojga. Poza tym jego życie się nie zmieniło. Był zadowolony, że nikt tego od niego nie wymaga. Każdy dzień zabijał osobno, nie robiąc planów. Z każdego dnia coś oddawał na wzmocnienie pola.

Aż tu dnia pewnego sierpniowego, gdy wieczór zbliża się łagodny, Leon drzwi otwiera, myśląc, że Jula wcześniej sklep zamknęła. Cieszy się nawet, jakby trochę już skłonny będąc do tej radości przed sobą się przyznać, a tu na progu stoi dawna Marylin, szwagierka pani Klarysy, obecnie – ciotka Monisia. Elegancka, utapirowana, platynowa, zażyczywszy sobie kawy czarnej z ekspresu, sernik na talerzyk wykłada, a w skórzanym fotelu pod oknem zasiada, cukru kryształu dosypuje i rzecze: – Wszystkie wróble na dachach ćwierkają, że wraz z portkami po bracie narzeczoną dziedziczysz – i jak gdyby nigdy nic, dalej uważnie cukier miesza. – A czy ty nie wiesz, że ta Julka jest taka pechowa, że twego brata do zawału doprowadziła?

Leon zrazu w drzwiach od kuchni stoi, żeby w dyskusję się nie wdawać. I słusznie, bo jak tylko usiadł przy stoliku kawowym, ciekawość go przemogła i pyta: – A jak?

Ciotka Monisia upiła łyk mały: – Ano tak, że twój brat recepcjonistce z „Lotosu" dziecko zrobił! Jakoś tak na kilka miesięcy, zanim odszedł, co potwierdzone zostało badaniem genetycznym, jak tylko dziecko to na świat przyszło, i bardzo możliwe, że dziecku temu należeć się będzie *summa summarum* to mieszkanie i mikrofala, i czajnik z termostatem, a nawet serwis do kawy i ten fotel, co na nim siedzisz, bo sprawa do sądu wniesiona zostanie, że tobie one nieprawnie przyznane zostały. Ale póki co ta Mona Liza od niepokalanego poczęcia u Klarysy na recepcji siedzi i klucze wydaje. A za to Julka, to wiesz, dowiedziawszy się o zajściu, bratu twojemu głowę suszyć zaczęła, no i masz, nie wytrzymał chłop od tych nerwów, taki mu dylemat zadała, a że wrażliwy był, wyjścia nie widział, to na serce poległ. I już, patrz, zmartwiła się ta Julka, że za wielki zamach wzięła i ofiarę dobiła, ale nowa nadzieja na odzysk w nią wstąpiła, odkąd z tobą samochodem Bogusia się wozi po mieście, w okularach słonecznych z odblaskiem. Jeden brat ją kantem puścił i umarł, to drugiego zaczęła obstawiać. A tyś myślał, że co? Oj, naiwny ty jesteś, dobry chciałeś być. No to na mnie już czas, bo Klarysa akurat w Poprawie, na kilka dni przyjechała, na mieście sprawy załatwia, a ja też muszę z nią kilka spraw obgadać. A ty nie odwiedziłbyś matki? Odwiedź, odwiedź! Ona lepiej się na tej Julce zna. Już ona lepiej ci to wszystko opowie.

Co powiedziawszy, ciotka Monisia kawę dopiła i poszła, a jak tylko drzwi się za nią zamknęły, to Leon wziął jej filiżankę i o ścianę walnął, aż się brzydka rysa na *off-white* tapecie zrobiła i skorupy mu w rękach zostały.

A gdy Jula wieczorem przyszła, trochę dziwny był, nieswój.

– Czy ty mnie choć trochę lubisz? – zapytał.

– A jak inaczej bym mogła tu przychodzić?

– Ale czy lubisz mnie dla mnie samego?

Na to Jula taktownie już tylko odparła uśmiechem. Bo on też powinien wiedzieć lepiej. Jakby nie patrzeć, sama nie mogła. Dwoja ludzi potrzeba, aby trzeciego wywołać z zaświatów i tego się nie da obejść. Ale żeby swobodnie kogoś polubić, musi być wybór – inaczej można się tylko przyzwyczaić. A on jakby usłyszał odpowiedź, której nie było, jaką zapewne usłyszeć by chciał. I mówi dalej: – Jeśli tak, to wyjedźmy stąd szybko. Sprzedam to, co jest, chatę, samochód Bogusia, cały ten kram. Pojedźmy daleko, do Zakopanego albo do Lęborka.

Ale ona tylko patrzy na niego, jakby postanowił doprowadzić do ruiny ich oboje.

– Przecież nie możemy jego... tego... – tyle zdąży powiedzieć, zanim głos jej się załamie.

– To pojedźmy do Szwecji – proponuje Leon. – Przez wodę gładko wam będzie rozmawiać, na promy patrzeć. Szwecja to blisko dla mojego brata. On się za nami przeniesie. Obojgu wam będzie łatwo, to i tobie też będzie łatwiej. Bez obaw, że się na recepcjonistkę i jej takie tam sprawy napatoczysz.

Jula podniosła oczy tak raptownie, jakby go chciała uderzyć wzrokiem. A jak się tylko drzwi za nią zamknęły, Leon wstał i stolikiem kawowym o ścianę wyrżnął, aż się noga urwała. Po czym pojechał do kasyna się zgrać.

Jak postanowił, tak uczynił. Dopiero gdy się spłukał, zobaczył, że się zmienił. Nie mógł uwierzyć, że kiedyś chwalił kasyno przed Julką. Równie dobrze na dworcu mógłby się poczuć jak w domu. Zielone sukno cuchnęło, piwo było ciepłe. Koledzy jakby źle wyprasowani. Nie widział ich od czasu, kiedy zjawiła się ta, jakby to ujęła ciotka Monisia, *nałożnica jego brata*, ale tak – przyszła i poszła, a on został – ani tu u siebie, ani tam. Po dwóch godzinach przy pokerze zeszła mu cała gotówka z portfela, zegarek z ręki. Kiedy długu narobił w sam raz na pięć tysięcy, to spasował. Nawet zdziwiony, że mu tak szybko poszło i aż tak źle. Z zadziwiającą ogładą wspomniał, że widać szczęście w miłości robi swoje. Ale tę zdolność nową to pewnie kontakt międzyludzki z Julką wywołał. Wystarczy raz dziennie uprzejmie do kogoś usta otworzyć, a już się zyskuje luz w mowie – a teraz Leon Odludek doprowadzi ten luz do zaniku, bo w kasynie się raczej nie rozmawia. Jeśli już, to zakres słownictwa jest ograniczony. No i tak właśnie – matka w mieście akurat jest, powiedział, nie ma problemu, wyłoży. – No to super – mówią koledzy. – To ona z tobą pojedzie. W taksówce posiedzi, przypilnuje, żeby cię nie okradli. Leon ogląda się i widzi brunetkę. – A kto to taki?

– No ta, Nadzieja, ona każdemu daje nadzieję – śmieją się kumple. – Nagroda pocieszenia.

Nadzieja na komórce numer wystukuje, taxi zamawia. Wsiadają do toyoty skórą lamparta wyścielanej, Leon rozmowę z Nadzieją – która sztywno, jakby kij połknęła, siedzi – nawiązuje. Ale niczego za bardzo się nie dowie. Tylko odnosi wrażenie, że twarda jakaś sztuka. Pod mieszkankiem pani Klarysy taksówka się zatrzymuje. Nadzieja nie rusza się z miejsca, taksówki pilnuje.

– O, widzę, wakacje masz – mówi Leon do matki, gdy ona przez ramię mu wygląda, czy aby sam przyszedł, bo trochę późna godzina. – A ja tylko na chwilkę z odwiedzinami, bo mam problem niewielki.

– No to wejdź – mówi pani Klarysa, jakby z ulgą, nie wiedzieć czemu. Do salonu wpuszcza i sok pomarańczowy proponuje.

– Ano tak – Leon przystępuje do sprawy, żeby nie przedłużać. – Pięć tysięcy do jutra.

– A czy ty oszalałeś, skąd ja mam mieć taką sumę, co ty z tą Julką wyprawiasz?

– Nie, mamo, spokojnie – tłumaczy Leon – z Julką koniec, serio, zdenerwowałem się trochę, zgrałem się, kolegom jestem winien i to wszystko.

– No bo wiesz, ja ci mogę powiedzieć...

– Co ty mi możesz powiedzieć, nie ma potrzeby. To jest dług honorowy, na tym koniec. Zaczynam nowe życie.

Pani Klarysa wzdycha, lecz za chwilę już uspokojona do torebki sięga, pięć tysięcy z saszetki wyciąga i na stole kładzie.

– A co u ciebie – pyta Leon głosem płaskim jak tor wyścigów konnych.

– Ano nic nowego, przyjeżdżają goście, stary turnus trzeba odprawić, nowy turnus przyjąć, a jak ci się tam mieszka u Bogusia, dobrze? No to dobrze.

Leon wychodzi od matki, a pod domem taksówka jak stała, tak stoi, a w środku Nadzieja siedzi, papierosa pali.

– A ty co, jakaś dama do towarzystwa? A ja dziś do kasyna nie wracam, jutro oddam. Ty plany na resztę wieczoru masz? No to dobrze, tylko nie pal, bo ja niepalący.

Odstawieni taksówką pod przyjemny dla oka, bzem otoczony, bladoróżowy budynek, na którego drugim piętrze mieszkanie Bogusia czernią szyb opalizuje, wysiadają. Leon drzwi przed Nadzieją otwiera, wzrokiem omiata skorupy pod jedną ścianą, stolik z nogą urwaną pod drugą i mówi: – Trochę tu bałagan.

I dodaje tonem wyjaśnienia: – Zaczynam nowe życie.

Nadzieja z torebki wyjmuje płaską butelkę brandy i puderniczkę, szkło w barku znajduje, na lusterko ze zwitka trochę odlotu sypie i mówi głosem jednostajnym jak pustynia w Maroku: – Zmęczyłam się. Co za dzień.

Leon brandy pije, ale za odlot dziękuje, bo on nie zażywa, podczas gdy Nadzieja zmęczenie dnia zrzuca z siebie i po mieszkaniu chodzić zaczyna. Zwiedza, ogląda – stolik na stereo, ekspres, mikrofalę i czajnik z termostatem, ale żaden z tych przedmiotów nie ma nic jej do powiedzenia, nic a nic.

Za to Leon chętnie opowiada. Mówi tej obcej kobiecie o tym, czego nigdy nie wyznał Julce. Mówi, że miał takie sprawy różne, problemy, kiedy był młody. Przede wszystkim z intymnością. Z tych incydentów za wiele nie pamiętał, za szybko coś się w nim zacinało. Tylko dźwiękowe efekty do niego docierały, ale jakby przez szybę. Najpierw kuzynce głowę rozbił, a rok później narzeczonej, która dość szybko z funkcji tej zrezygnowała, złamał szczękę. Zawsze czuł się wrobiony i tak za pierwszym razem mu się upiekło, za drugim dostał zawiasy. Za trzecim nawet coś odsiedział. A potem siedział już stale w tej dziupli jak więzień przy rodzinie. Z domu nie wychodził. Dlatego że miał obniżoną tolerancję na pewne sprawy. Nie tolerował, jak go kobieta nie chce. Ale jeszcze bardziej tego, że może go chcieć i nie dostrzega, bo zamyślona się robi, oczadziała i od amorów ślepa, że coś z nim nie tak, bo on nie zasługuje na miłość. Wtedy trzeba jej to uświadomić. I to jest właśnie lęk przed intymnością. Każdy to ma w jakimś stopniu. Tylko on to miał wyraźniej niż inni. A swe reakcje doprowadzał do skrajności. I to wszystko.

Nie dziwi się, że został sam. Na miejscu ludzi zrobiłby to samo, też by siebie opuścił. Ale że sam siebie opuścić nie zdołał, więc się pogodził ze sobą. Nie bał się siebie, nie wpadał w panikę. Rozmyślał długo o tym, że podobnie jak zmieszanie niektórych gazów prowadzi do wybuchu, choć mogą one istnieć spokojnie w rozsądnej odległości, tak on nie powinien się mieszać w pewne sytuacje. Aż uspokoił się, takie powziął postanowienie, odstawił alkohol i kobiety, bo one mu szkodziły przede wszystkim, miał problemy z intymnością, przez piętnaście lat żył jakby w trumnie – abstynent. Tylko ostatnio złamał się. Od kiedy brat zmarł na zawał.

– To dobrze – mówi Nadzieja. – To dobrze.

I nagle proponuje: – Jedź ze mną do Szwecji.

W mgnieniu oka Leona dotyka przeczucie, że ta dziewczyna jest szalona do szpiku kości. Ale już ona jego uwagę odwraca, zdejmuje pantofle, podciąga stopy do półlotosu i mówi tyle, że aż jej się czerwone usta nie zamykają. Że dość ma jego kolegów, że to same bydlaki i świnie, niejednego już tak ograli i gorzej, a ona od czego jest, od pilnowania dłużników, i za co – za frajer? Kiedy ona studia skończyła, z ekonomii zarządzania. Tak, właśnie. Angielski też zna, w Szwecji łatwiej pracę znajdzie. Tylko na bilet musi odłożyć i na początek na hotel, ale jak raz na prom wsiądzie, to tyle ją będą widzieli.

Leon przytakuje tak, że kiwa się cały, ale dziewczyna nie chce skończyć, wszystko mu klarownie wykłada, aż go od tego głowa boli.

– To pojedziesz ze mną do Szwecji?

– Nie – mówi Leon, a potem wyznaje, że z jakąś cichszą może by pojechał, może z tą Julką, co się przychodziła do tego mieszkania kochać z duchem jego brata.

– Cha, cha, cha – słyszy jeszcze z oddali, kiedy wchodzi do sypialni, kładzie się na łóżku i momentalnie zasypia.

Jeśli chodzi o wypadki, które potoczyły się przez resztę nocy, to zgadzamy się wszyscy co do jednego – Leon,

jak zasnął, już się nie obudził. Ot, kolejny trup z miłości. Czy Nadzieja uśmierciła biednego wyrzutka za to,
że nie chciał z nią pojechać do Szwecji? Było to prawdopodobne, gdyby znalazłszy się pod wpływem kilku
naraz używek, umiała działać tylko impulsywnie. Lecz
każde dziecko, nawet impulsywne, podszepnie nam tu
zaraz, że dojechałaby do celu łatwiej z kasą, ot tak wy-
jętą z portfela, zniknąwszy w sinej mgle. Niektórzy
z nas są więc przekonani, że to duch Bogusia wstąpił
w zamroczoną i zmusił ją, by działała zgodnie z jego
wolą. Duch Bogusia już wcześniej urażony obecnością
w jego dopieszczonym mieszkanku nieroba, z którym
łączyły go więzy krwi, dał się uciszyć tylko w zamian za
możliwość przedłużenia za grób związku z Julką –
przede wszystkim w jego zmysłowym aspekcie. Kiedy
Leon sknocił sprawę, i to tylko dlatego, iż przyszło mu
do głowy odebrać Julkę bratu i przenieść jej miłosną
uwagę na siebie, Boguś zapewne wpadł we wściekłość
– na to, i na całokształt, na panoszenie się brata lenia
po jego dawnym, pracowitym życiu. A czego wycofany
Leon zupełnie nie wziął pod uwagę, obróciło się przeciwko niemu – zmarły Bogdan rozeźlił się tym srożej,
że grzeczność przestała go krępować na równi z ziem-
ską powłoką.

Niektórzy z nas przypuszczają, że Leon po prostu
chciał umrzeć, a Nadzieja przypadkiem wyszła naprzeciw jego ukrytym życzeniom. Inni zaś sądzą, że Bogdan
okazał się ironistą, a śmierć brata upozował tak, by sta-
nowiła kontrapunkt do pewnego zalecenia pani Klarysy, które widać zapadło mu w pośmiertną pamięć, tego
mianowicie, aby uważał na kobiety, bo są interesowne.
Nadzieja, wraz ze swym niedorzecznym postępkiem,
zanadto *pasuje* do duchowego pejzażu pani Klarysy – już
nie poławiaczka mężczyzn, ale wcielona idiotka, która

pozbawi cię życia dla marnych paru tysięcy – abyśmy mogli taki pomysł zignorować.

Lecz są wśród nas i zwolennicy teorii konspiracyjnej, zgodnie z którą zbrodniczy czyn Nadziei został z góry opłacony przez samą panią Klarysę. Nie dajemy im jednak wiary i uważamy ich za fabulantów, choć oni nadal wskazują na narzędzie zbrodni, którym jest nie byle jaki nóż kuchenny, tylko zgrabny, mieszczący się w damskiej torebce, damasceński sztylet (podróbka, jak wkrótce się okazało, ale dość oryginalna i sama w sobie nie bez wartości). Inni sądzą, bardziej już prawdopodobnie, że Nadziei odbiło, gdyż opowieści Leona o jego przejściach w młodości niezdrowo ją podnieciły i wywołały wspomnienia o jakimś własnym młodzieńczym zbydlęceniu. Tym bardziej że po kokainie z Tangeru zupełnie odechciało jej się spać i że wypiła sama resztę brandy. Nie należy tu pomijać opinii najbardziej zainteresowanej, czyli samej Nadziei, która nad ranem, z mokrymi jeszcze po kąpieli włosami, zgłosiła się na posterunek, aby oświadczyć, że Bóg jej kazał odebrać życie temu, który je beznadziejnie trwoni, gdyż jest jak cymbał brzmiący, podczas gdy wiele dobrych i szlachetnych dusz cierpliwie czeka na wcielenie.

Z czasem oskarżona uzupełniła swoje zeznania o dokładny opis tego, kto jej kazał. Szczupły, ciemnowłosy i ciemnobrewy mężczyzna około lat trzydziestu pięciu, którego nigdy wcześniej przed tą feralną nocą nie spotkała, musiał być duchem Bogdana, który tej niewolnicy ruletki, podobnie jak niegdyś Leonowi, objawił się nocą w łazience. Pozostaje nam więc tylko przychylić się do opinii, że bezpośrednim powodem śmierci Leona była tęsknota Bogusia za Julką, jego złość na Leona za aroganckie zerwanie z dziewczyną, a wreszcie zwykła duchom popędliwość. W każdym razie Nadzieja nie posiedziała długo. Wyrok skazujący zapadł, jak najbardziej, ale zwolniono ją wkrótce za wstawiennictwem lekarza więziennego. Jej psychiczne zdrowie okazało się zbyt nadwerężone na odsiadywanie kary. W krótkim czasie ułożyło jej się wcale nie najgorzej. Ma rentę inwalidzką i odkłada na wyjazd do Szwecji.

A cóż pani Klarysa poczuła w związku z tą nową stratą? Nie wiadomo, gdyż nikomu się nie wywnętrzała. Nikt też się nie dopytywał. Żaden z nas, domorosłych psychologów, nie śmiałby rozjątrzać ran tej drobnej, szlachetnej kobiety. Wiadomo w końcu jedynie, co oku dostępne było, czyli w temacie majątkowym, że jeśli chodzi o komasację dóbr, to problemy lubią się powtarzać. Aż sędzina powiedziała: – Musimy tym razem jednak potraktować panią tak, jakby pani była żywa. Po czym przepisała to mieszkanie, które dobry syn przysposobił, a w którym zły syn przycupnął, na panią Klarysę. A ona niezwłocznie je sprzedała. Ani sama w nim nie chciała mieszkać, ani czekać, aż chętni się znajdą.

Aż tu w końcu wypada zapytać, czy był na świecie ktoś, kogo pani Klarysa by kochała, mianowicie, jeżeli wolno nam się posłużyć ot doraźnie skleconą definicją: kim nie chciałaby się wysługiwać, dla kogo zmieniłaby swoje życie i komu oddałaby coś z siebie bezinteresownie?

W odpowiedzi stwierdzić należy z pewną bezradnością, że o niczym podobnym nie słyszano.

Lecz jeśli pani Klarysa coś *lubiła*, a lubiła przecież coś niecoś, gdyż naturę pogodną i prostą, a nie depresyjną i skomplikowaną miała, to umawiać się z dawną Marylin, zwariowaną siostrzyczką swego byłego męża,

Monisią, na kawę. To prawda, że z wielu pomysłów Monisi ten numer z inżynierem w charakterze szwagra nie wypadł najlepiej. Ale człowiek żyje i z czasem nie takie rzeczy uczy się wybaczać. A jednym z najwcześniejszych szalonych pomysłów Monisi był i ten, że Monisia wyciągnęła panią Klarysę na studia. Sięgała tam, gdzie Klarcia sama nigdy nie miałaby śmiałości sięgnąć. Porwała wybredną pannę zachłannym rodzicom i przewiozła ją pociągiem drugiej klasy na drugi koniec Polski, w stronę niezależności. A za niezależność się płaci. Najczęściej – współzależnością. Pani Klarysa to rozumie.

Kiedyś ta niezależność była czymś więcej niż bólem w stawie biodrowym, pochyloną sylwetką, drobnym, ostrożnym krokiem i zimnym, twardym łóżkiem. Dawniej była iskrą, która wzniecała pożar, jak tylko udało się Klarci wzbudzić ognik zazdrości w oczach szwagierki. Lubiła rywalizować z nią na mężów, na synów, na domy. Grać tak, aby nie przegrać, ale też nie wygrać. Zaćmić ją, ale jej nie przyćmić. Uzyskać od szwagierki chwilową aprobatę, to wznieść się na fali radości do raju i tam zostać. Jak to się stało, że obie o tym zapomniały? Pani Klarysa postawiła na „Lotos", ale własna wygrana nie robi na niej wrażenia. Rezerwacje, przyjazdy, wyjazdy, recepcjonistka, pokojowa, podatki? Od kilku lat umysł Monisi słabnie. Sympatii dla wyczynów pani Klarysy z siebie nie wykrzesze. A nie umiała też, ta dawna Marylin, przyszłości sobie zabezpieczyć. Postawiła nie na te dzieci. Pani Klarysa wypisuje czek, bo jej skłonna do popadania w skrajności szwagierka w wieku siedemdziesięciu siedmiu lat bywa nieostrożna i coraz częściej wpada w tarapaty. Trzysta złotych to tyle, co kiedyś dla Leona co miesiąc. Niech sobie za to Monisia kupi, co uważa, choćby nową sukienkę do trumny. W tym miesiącu trzecią. Niech poczuje, że nową kreacją przed Klarysą może zabłysnąć.

A co nam do tego, kim my jesteśmy, co nas zachwyca, z czego drwimy, z kim się spieramy? Nie jesteśmy aniołami stróżami. Nie jesteśmy posłańcami miłości. Nie jesteśmy nawet zwykłymi mieszkańcami Tarni. Niekiedy wnikamy w doglądaną strefę i uchodzimy za bywalców kręgielni i ugniataczy barowych stołków. Nie ingerujemy, by nie obciążać się podejrzeniami o matactwo. Jesteśmy *graczami*. Przyglądamy się światom, które niegdyś sami powołaliśmy do życia. Wybieramy pewien ich odcinek. Powiększamy. A potem obstawiamy. Czynimy zakłady. Oddajemy się hazardowi. Jeśli chodzi o historię Bogusia na przykład, niektórzy z nas postawili z początku na taką możliwość, że dobry syn odrzuci panią Klarysę, swój rozsądek i grzeczność, i pójdzie za ukraińską narzeczoną, za Nadią. Jego zawał był dla wielu z nas kompletnym zaskoczeniem. A przecież potem zdaliśmy sobie sprawę, że to nie mogło rozegrać się inaczej. Dla innych niespodzianką była uparta, sięgająca poza grób miłość Julki. Tak, miłość. My nie wierzymy w miłość. To pojęcie od dawna uznaliśmy za przereklamowane. Wierzymy w przyzwoitość.

Nie jesteśmy tanimi moralistami. Nie zabraniamy nikomu całować się na przystankach ani chronić się w wolne związki – niektórzy z nas też czasem pojmują przyzwoitość po ludzku, a to znaczy – jako zbiór nakazów i zakazów, które pomagają przy życiu wytrwać. Lecz większość z nas, tak, większość, rozumie przyzwoitość jako stan, w którym *trzymamy stronę* osoby najbliższej nam z wyboru. Miłość, o ile zdołaliśmy dostrzec przy obstawianiu, częściej w tej sprawie przeszkadza, niż pomaga. Bylibyśmy wręcz skłonni się upierać, aby wyrugowano *miłość* z ludzkiego języka. Nie na zawsze. Powiedzmy przez następnych pięćdziesiąt lat, niech panuje zakaz używania tego słowa. Żeby ludzie wprawiali się w przyzwoitości. A potem, gdy się już wprawią, to niech z powrotem mają tę swoją miłość. Lecz zanim to nastąpi, łatwiej ich będzie obstawiać.

Moja smuga cienia

Tomasz Jastrun

Tomasz Jastrun

poeta, prozaik, eseista, krytyk literacki, reporter. Opublikował m.in. zbiór opowiadań *Gorący lód* i tomy wierszy: *Bez usprawiedliwienia, Na skrzyżowaniu Azji i Europy, Biała łąka, Czas pamięci i zapomnienia, Obok siebie, Tylko czułość idzie do nieba.* Jest autorem kilku książek reportażowych, m.in. *Zapiski z błędnego koła* i *W złotej klatce.* Współpracował z paryską „Kulturą", był w zespole redakcyjnym miesięcznika „Res Publica". Laureat nagród, m.in.: Fundacji Roberta Gravesa, Fundacji Kościelskich, Dziennikarzy Niezależnych im. A. Słonimskiego, paryskiej „Kultury". Publikuje stałe felietony w dzienniku „Rzeczpospolita" i w miesięcznikach „Architektura" oraz „Zwierciadło".

Odgarnęła włosy. Wiedziałem, że jest ładna, ale to, co zobaczyłem, oszołomiło mnie. Zdarza się, że piękno kobiety jest jak podmuch złotego wiatru. Jej uroda byłaby banalna, gdyby nie wydawała się tak doskonała: delikatnie zadarty nos, niebieskozielone oczy, brwi jak skrzydła jaskółki, gdy zniża lot, włosy w kolorze ciemnego miodu, twarz pociągła, bez słowiańskich okrągłości. Na policzkach kwitły rumieńce, zapewne od natłoku papierów, które przeglądała.

Chciałem zobaczyć, jakie ma nogi, ale pod stołem widziałem tylko stopy, wysunęła je z brązowych sandałków i postawiła jedną na drugiej, przytulały się do siebie w wyrazie udręki, jaką musiała jej sprawiać ta lektura. Te stopy rozczuliły mnie, miałem ochotę wziąć jedną w ręce i pieścić jej palce. Co to była za teczka? Domyśliłem się, że dotyczyła jakiegoś pisarza – w bibliotece dostępne były materiały o znanych artystach, stąd tylu tu zaszczutych przez literaturę studentów polonistyki. Pochyliłem się, udając, że lustruję gazetę, i w końcu zdołałem odczytać nazwisko na grzbiecie teczki. Serce znowu zabiło mi szybciej.

Przecież dopiero co byłem u R. Piłem w jego gabinecie kawę, patrząc na książki, które nie mieściły się już na półkach, stały więc w krzywych wieżach na podłodze. I patrzyłem, jak piętrzą się zmarszczki na czole znanego artysty, gdy podnosząc wskazujący palec, mówił:

— Uważaj, mój młody przyjacielu, masz talent, ale nie takie talenty w tym nieszczęsnym kraju zostały zmarnowane przez narodowe powinności. Nieszczęsny kraj — schował palec. Pochylił się do mojego ucha i zapytał szeptem. — Myślisz, że jest u mnie podsłuch?

Pokręciłem głową. Wydawał się rozczarowany.

Moje spotkanie z wielkim pisarzem odbyło się zaledwie kilka godzin temu, a teraz ta piękna dziewczyna, która, byłem pewien, że pisze o R. pracę magisterską, czyta artykuły o jego twórczości, niektóre już zupełnie pożółkłe. Nie wierzę w przeznaczenie, ale coraz trudniej wierzyć mi w prosty zbieg okoliczności.

Poczułem, że natychmiast muszę jej powiedzieć, że artysta, przez którego przeżywa udręki mola książkowego, jest moim przyjacielem, jeśli artyści mają przyjaciół.

Podniosłem się, ale chyba zbyt gwałtownie. Spojrzała na mnie jak na intruza. Spuściłem oczy, nie mogłem znieść jej jasnego, ale obojętnego spojrzenia, chciałem podejść, lecz już wiedziałem, że powiem coś głupiego. Zachciało mi się siusiu, jak zwykle w chwili wielkiego wzburzenia. Skorzystałem więc z okazji, by uciec, z perspektywą przemyślenia sprawy i powrotu. Postawiłem teczkę na krześle, aby wiedziała, że znowu tu będę, i podążyłem do toalety.

Jeszcze przed wejściem do łazienki sięgnąłem do rozporka — to też było świadectwem podenerwowania, kiedyś w takiej sytuacji zdarzyło mi się wpaść na kobietę, nie zapomnę wyrazu jej twarzy.

— No, chodź, chodź — szepnąłem czule, stojąc nad

pisuarem, aż ruszył gorący strumień. – Pani wybaczy – trenowałem, co powiem – podejrzałem nazwisko pisarza na teczce, domyślam się, że pisze pani o nim pracę magisterską, czy chce pani go poznać, to mój znajomy, będzie zachwycony, że pani pisze o nim pracę. Ostatnio czuje się taki zapomniany.

Tak powiem, postanowiłem, wytrząsając ostatnią bursztynową kroplę.

Umyłem ręce, zmoczyłem włosy wodą, podciągnąłem je do góry, wygładziłem brwi i zrobiłem swoją idiotyczną minę amanta – wyglądam wtedy jak królik w rui.

Na sali zastygłem – nie! – krzesło było puste. Stała jednak przy kontuarze, oddawała teczkę, była zgrabna, twórca ludzkiej urody jest konsekwentny, kiedy obdarza taką twarzą, zadba też o resztę.

Zaczepiłem ją w ostatniej chwili, gdy już wychodziła. Nie wiem, czy powiedziałem to, czego uczyłem się nad pisuarem, byłem zdenerwowany, na pewno przepraszałem, że zaczepiam, i pytałem, czy zechce zrobić przyjemność artyście, o którym pisze pracę magisterską, i poznać go osobiście? Zaczerwieniła się aż po płatki uszu.

Nie była więc pewna siebie, co zdarza się pięknym kobietom, zwykle są zepsute jak słynni artyści.

Ja też należałem do tych nieśmiałych. Kiedyś byłem dumny ze swojej nieśmiałości, teraz już wiem, ona bynajmniej nie świadczy o skromności, raczej o wielkich ambicjach i lęku przed porażką. Chciałem jej zaproponować herbatę w pobliskiej kawiarni, ale słowa utkwiły mi w gardle.

Schodziliśmy po schodach, zachodziłem ją to z tej, to z drugiej strony, potykając się o własne nogi, przejęty jak chłopak, który po raz pierwszy w życiu podrywa dziewczynę.

– Ma pan ochotę na herbatę? – zapytała.

– Wielką – wykrzyknąłem i poczułem się ocalony.

Usiedliśmy przy stoliku. Udało mi się spojrzeć jej w oczy, były zielononiebieskie, ale miały też w sobie intrygujące żółte plamki, jakby niepewne jeszcze swego miejsca. Poczułem, że zanurzam się w nich i mam ochotę zostać tam na zawsze.

– Znamy się świetnie z R. – mówiłem, chociaż to była gruba przesada. – A właściwie dlaczego pani o nim pisze?

Myślała przez chwilę.

– Lubię, jak opowiada o miłości.

Chciałem zakwestionować jego kompetencje w tej dziedzinie, wiedziałem, że on nie potrafi kochać, więc jego miłość książkowa jest wymyślona. Jak mogła tego nie czuć?

– Czy jest tak przystojny jak na zdjęciach? – zaczerwieniła się.

– Na zdjęciach jest młodszy, ale jak na swój wiek wygląda interesująco.

Zamyśliła się. Stanowczo za wiele o nim myślała, sam nie wiem, kiedy stałem się zazdrosny.

– Jak pani ma na imię?

– Beata – powiedziała i znowu speszyła się, jakby to imię miało w sobie coś wstydliwego. Przecież bez względu na to, jakie imię nosiłaby, każde byłoby piękne.

– Nie lubię swojego imienia.

– Dlaczego?

– Jest takie banalne…

– Nie jest banalne – gwałtownie zaprzeczyłem.

– Jest pan pewien?

Byłem pewien, że wszystko mi się w niej podoba, nawet jak pije herbatę. Próbowałem sobie wyobrazić, że jestem brzegiem jej szklanki, a potem cytryną, którą

46

wzięła właśnie do ust i wyssała, krzywiąc się jak mała dziewczynka.

– Przejdziemy na „ty"? – za szybko jej to zaproponowałem, popełniłem nietakt, ale już nie mogłem się wycofać.

Miałem wrażenie, że zastanawia się, po czym niepewnie kiwnęła głową. Ale i tak przez dłuższą chwilę mówiła mi „pan", jakby przejście na „ty" było niemożliwe. Sprawiło mi to przykrość.

Wracałem do domu przejęty, w poczuciu, że spotkało mnie wielkie szczęście, ale że jest ono niepewne i zagrożone. Miałem w kieszeni numer jej telefonu, ku mojemu zaskoczeniu nie mieszkała w pałacu, a jedynie w domu akademickim na placu Narutowicza. Pochodziła z małego mazowieckiego miasteczka, jej rodzice mieli tam sady owocowe. Była na pewno najpiękniejszym owocem, jaki wyhodował jej ojciec. I nic więcej o niej nie wiedziałem. To, co było w niej niedopowiedzeniem i tajemnicą, pociągało mnie chyba najbardziej.

Mój mały fiat podskakiwał na wybojach, robił to w rytm muzyki z radia. Zaparkowałem przed domem, wyjąłem radio i pochyliłem się, by spojrzeć w okna. W naszym mieszkaniu paliło się światło.

Otworzyłem drzwi kluczem. Żona siedziała w fotelu i czytała książkę. Kiwnęła głową, nie patrząc na mnie. Chyba dzisiaj nie piła. Wszedłem pod gorący prysznic, potem wgramoliłem się od razu do łóżka.

– Idę spać – rzuciłem.

– Aha – odpowiedziała, oglądając telewizję.

Włożyłem zatyczki do uszu. I zgasiłem światło. Śniło mi się, że wchodzę na górę, a zbocze usuwa mi się spod nóg, wdrapywałem się rozpaczliwie, ale szczyt się oddalał. Typowy mój sen, prześladowca z ostatnich lat.

Nie czułem i nie słyszałem, kiedy żona położyła się obok ani kiedy wstała i wyszła do pracy. Byłem sam. Obudziłem się lekki i rześki. Plama słońca zalała telefon. Miałem ochotę podnieść słuchawkę. Najpierw jednak wziąłem zimny prysznic, mój krzyk odbił się w lustrze. Goliłem się hałaśliwą radziecką maszynką. Potem zdmuchnąłem pył zarostu do sedesu. Przejrzałem się w lustrze, dobrze mi było z mokrymi włosami, miałem już ponad trzydzieści lat, ale wyglądałem na mniej.

Była godzina dziewiąta. Podszedłem do telefonu, podniosłem słuchawkę, usłyszałem tętno linii telefonicznej, a potem swoje serce, położyłem słuchawkę, znowu podniosłem i wykręciłem numer.

– Chciałbym mówić z Beatą, pokój sto czterdzieści.

– Nie ma jej, wyszła – powiedział ktoś i odłożył słuchawkę.

Poszedłem do kuchni, by pocieszyć się śniadaniem. Otworzyłem lodówkę, był w niej tylko kawowy serek homogenizowany i mleko w folii. Żelazny zestaw tych lat. Niewiele więcej było w sklepach, jeszcze ocet i musztarda, musztarda też stała w lodówce.

Ktoś zastukał do drzwi, raz, odstęp i trzy razy. Znał kod, ale ja nie znałem twarzy, która majaczyła w wizjerze. Otworzyłem. W drzwiach stał młody chłopak z włosami do ramion. Podobał mi się jego wygląd. Coraz młodsi angażują się w naszą sprawę, pomyślałem.

– Czy tu się mówi? – zapytał.

Pokręciłem głową.

– Tak też myślałem – uśmiechnął się.

Wszedł do przedpokoju i coś napisał na kartce. Przeczytałem, kiwnąłem głową, znowu mazał długopisem, rzuciłem okiem i odpisałem.

– Te dwa magazyny są pełne, trzeci jest wolny, sam przewiozę *Zniewolony umysł* Miłosza.

Kiwnął głową. Podarłem karteczki i zaprosiłem go na herbatę, podziękował, uścisnął mi mocno rękę i wyszedł.

Przywarłem czołem do drzwi i zamknąłem oczy, by zadumać się nad swoim losem. Nigdy nie przypuszczałem, że wezmę udział w konspiracji podobnej do tej z czasów okupacji, o której tyle czytałem. My jednak nie ryzykujemy głowy, co uprzyjemnia konspirowanie. Nasze więzienia są mało luksusowe, ale wyroki nie bywają wysokie. Reżim stracił już zęby, gniecie nas tylko nagimi dziąsłami.

Znowu popatrzyłem łakomie na telefon. Szukając Beaty, nie powinienem jednak z niego korzystać, na pewno jest na podsłuchu.

Założono nam telefon kilka miesięcy temu, staraliśmy się przez lata o to, ale bez skutku. Pamiętam, jak kiedyś podczas rutynowego przesłuchania oficer śledczy zmartwił się, że nie mam telefonu. Jestem pewien, że odpowiednie służby popchnęły nasze antyczne podanie, telefon jest przecież najbardziej prostą i skuteczną formą inwigilacji.

Usiadłem w fotelu i pomyślałem, że ładuję się w drugą konspirację, tę najczęściej uprawianą przez ludzi, a ona też rzadko dobrze się kończy.

Jak się spodziewałem, R. był zadowolony, że ładna dziewczyna pisze o nim pracę magisterską, ale zaniepokoiła mnie jego gotowość do spotkania z nieznaną studentką. Po co mu mówiłem, że jest ładna? Potraktowałem R. czysto instrumentalnie, a jednak poczułem do niego niechęć, jakby to on chciał mnie wykorzystać.

Złapałem Beatę dopiero wieczorem. Dzwoniłem z obskurnego automatu, z sąsiedniej klatki schodowej. Metalowa słuchawka, pociemniała od uścisków dłoni, cuchnęła dymem papierosowym. Miałem wrażenie, że Beata jest trochę spłoszona, może nie była sama.

– On chętnie się z tobą spotka, nawet może zbyt chętnie.

– Tak – powiedziała, a w tym „tak" było lekkie drżenie, zwykle głos tak drży ze wzruszenia.

– Podam ci jego numer telefonu, ale pod warunkiem że się spotkamy – roześmiałem się nerwowo. – Spotkamy się jakoś?

Milczała. Jak mogłem zakończyć propozycję spotkania słowem „jakoś", to „jakoś" tkwiło mi teraz w ustach jak obce ciało. Osioł jesteś, nie potrafisz ładnie powiedzieć tego, co czujesz, wyrzucałem sobie. A jeśli pomyśli, że ją szantażuję?

– A jak się nie spotkamy, to też ci oczywiście podam numer – dodałem pospiesznie.

– Dobrze, możemy się spotkać – powiedziała jakby nigdy nic, jakby to było naturalne, że się spotkamy.

– Gdzie? – teraz mój głos drżał.

– Nie wiem.

– Przy kolumnie Zygmunta?

Zgodziła się po chwili wahania. Wtedy jeszcze nie wiedziałem, że niezdecydowanie było główną cechą jej charakteru.

Chodziłem pod kolumną tam i z powrotem okropnie zdenerwowany. Szła szybko, patrząc gdzieś w stronę Wisły, chociaż musiała mnie widzieć. Szal powiewał jej na wietrze i kosmyk włosów jak płomyk. Udawała zaskoczoną, gdy do niej podszedłem.

Mimo wczesnej pory zaprosiłem ją na obiad, restauracje na Starym Mieście miały opinie drogich, a moje fundusze były skromne. Wybrałem pierwszą z brzegu. Było pusto. Beata usiadła tak, by mieć salę przed sobą, a ścianę za plecami. Rozmowa nie kleiła się, na szczęście mogliśmy zanurzyć się w spisie potraw. Postanowiłem, że wezmę spaghetti, ale udawałem, że nadal się zastanawiam.

Z radia dobiegał głos lektora, który relacjonował jakiś partyjny kongres. Mówiono o przejściowych trudnościach w zaopatrzeniu ludności, ale partia poradzi sobie z problemem, mówiono też o wrogach, którzy chcą wykorzystać przejściowe trudności: „dla naszych wrogów, im gorzej, tym lepiej". To akurat prawda, pomyślałem. I przywołałem kelnerkę.

– Będę wdzięczny, jeśli zamknie pani gębę tej czerwonej propagandzie – powiedziałem, bez gniewu, z jadowitym uśmiechem bojownika o lepszy świat.

– Z przyjemnością – pucołowata kelnerka uśmiechnęła się i przełączyła radio na muzykę. Ona też była po naszej stronie. *Dziwny jest ten świat* śpiewał Niemen.

– Chyba nie jestem głodna – powiedziała Beata i odłożyła kartę.

– Nie wygłupiaj się, sam przecież nie będę jadł.

Wyglądała na zakłopotaną, była ładnie zakłopotana, taką minę miała zaskakująco często i było jej z nią do twarzy.

– Zamów coś dla mnie, nie mogę się zdecydować.

To nie było zachowanie damy, no może prowincjonalnej damy, ale nie czułem, abym z tego powodu mniej ją lubił.

Zamówiłem dwie porcje spaghetti. I patrzyłem z rozbawieniem, jak nie daje sobie rady z długim makaronem. Wziąłem serwetkę i odważyłem się zetrzeć sos z jej policzka. Uśmiechnęła się, a ja poczułem, jak w moich piersiach pęka ciepła bańka. Czy nie był to jednak uśmiech córki, która dziękuje ojcu?

Dałem jej numer do R. Powiedziałem, że rozmawiałem z nim, że czeka na telefon. Patrzyła przez długą chwilę na ten numer, jakby chciała wyczytać z cyfr ukrytą treść.

Opowiadałem o sobie, starając się zaimponować Beacie, toczyłem więc odwieczną męską grę o kobietę. Kiedyś wojownicy potrząsali dzidami, prężyli piersi i napinali łuki, opowiadali o polowaniu, a ja w rozmowie ze studentką polonistyki potrząsałem innymi łupami, były to literackie nagrody i opublikowane książki. Nie czytała nic napisanego moją ręką, oprócz numeru telefonu do R. Miałem ukryty w kieszeni egzemplarz swej ostatniej powieści wydanej w podziemiu, ale postanowiłem podarować jej przy następnym spotkaniu. I zapłaciłem za obiad.

– Odwieziesz mnie? – nagle zapytała.

Zrobiło mi się przykro, że nie ma dla mnie czasu. Przytaknąłem chłodno. W milczeniu poszliśmy do samochodu, by jechać też bez słowa. Na placu Narutowicza stał dom akademicki, solidny przedwojenny bunkier, po prawej stronie kościół, chyba neoromański, z pociemniałej czerwonej cegły, też ponury, ale piękny w swojej zakrzepłej grozie.

– Wrócisz do akademika, a ja idę do kościółka, pomodlić się – powiedziałem gorzko.

– Chodzisz do kościoła? – zapytała zdziwiona, chyba nawet przestraszona.

– Nie, ale czasami robię wyjątek dla swojej niewiary.

– Gdybyś nie szedł do kościoła, zaprosiłabym cię do swojego pokoju – naburmuszona patrzyła gdzieś przed siebie.

Czy się nie przesłyszałem? Milczenie odebrała jako odmowę i już zamierzała mnie opuścić.

– Poczekaj, idę z tobą – przystałem skwapliwie, na pewno zbyt skwapliwie.

Zmierzaliśmy w stronę akademika. Budynek stał

wśród kwitnących kasztanowców. A brama do niego, jak wypada bramom raju, chociaż wyglądała solidnie, otwierała się zaskakująco lekko.

Hol był ciemny i ponury. Szedłem obok niej, chociaż może powinienem iść za nią, udając, że się nie znamy, nie wiedziałem, jak się zachować, więc pozwoliłem nieść się biegowi zdarzeń. Pocieszałem się, że mogę być brany za studenta, chociaż zapewne wyglądałem na nieprzytomnego pracownika naukowego. O tej godzinie w akademiku nie było tłoku. W korytarzu, też ciemnym i ponurym, unosił się zapach pasty komfort, kojarzył mi się z naszymi pierwszymi drukami, używaliśmy tej pasty do prymitywnych powielaczy. Czułem zapachy, ale mało widziałem, kiedy jestem zdenerwowany, wyostrza mi się węch, a niemal tracę wzrok.

– Poczekaj kilka minut, potem wejdź do pokoju sto czterdzieści – szepnęła.

– Tak jest – odszepnąłem i pomyślałem: to przecież niemożliwe, ona taka piękna, nieśmiała i niewinna...

Oddaliła się jakby nigdy nic, jakby nie powiedziała tego, co powiedziała. Patrzyłem na jej nogi, zgięcia kolan wydawały się zamykać i otwierać tajemnice.

Czas płynął wyraźnie, czułem, jak jego strumień ociera się o mnie. W końcu ruszyłem ku numerowi sto czterdzieści. Niezwykły wydawał mi się ten numer: jeden, cztery, jak stopnie do raju, a potem takie piękne i doskonale erotyczne „0". Zapukałem, chociaż nie byłem pewien, czy zostało to przewidziane w tajnym planie. Nikt nie odpowiadał, nacisnąłem klamkę. W pokoju panował półmrok. Bieliły się trzy niepościelone łóżka, jak potrójne zaproszenie. A porozrzucane przedmioty właścicielek były nagie i bezbronne. Kiedy wszedłem, ktoś zamknął drzwi i przekręcił klucz. Odwróciłem się. Stała tam. Nie wiem, co było na jej ustach, uśmiech czy wyraz skrępowania, ale te usta przyciągnęły moje i poczułem jej wargi, zęby i język. I że wciąga mnie do środka, fachowo, namiętnie i czule, a potem kieruje do łóżka. Rozpięła mi rozporek i westchnęła, gdy wypełniałem po brzegi jej dłoń. Wzięła go do ust, znowu westchnęła i od razu złapała mój rytm, jakbyśmy kochali się od wielu lat. Byłem oszołomiony jej determinacją i odwagą. A więc nie ma większego złudzenia niż poczucie, że kogoś znamy...

Myślałem... stało się, jednak stało się i wkrótce się wypełni. Sięgnąłem do jej ud, były zimne, gładkie, ślizgałem się w stronę, gdzie biło źródło ciepła, gdzie nawet mrok ma światło. Nasz granat był bliski wybuchu, kiedy ktoś zapukał do drzwi.

– To nic – szepnęła. Pukano wytrwale, złośliwie... – To nic, nie mogą nam tego zepsuć, to nic, tu często pukają.

Nie zepsuli. A potem leżeliśmy mokrzy od swoich soków i potu, przeniknięci sobą na wylot.

– Dlaczego? – zapytałem.

– Mój chłopak zdradził mnie z moją przyjaciółką. To ona wszystko mi opowiedziała... znam nawet... te szczegóły...

Ujrzałem, jak przez jej oczy, teraz tylko niebieskie i nagle zimne, przepłynęły ciemne, burzowe chmury. Moje oczy chyba też się zachmurzyły. Wydaje nam się, że wybieramy kobiety, a to one nas wybierają... jej śmiałość była tylko zemstą... i ja też teraz znam „te szczegóły"...

Wracałem do domu wilgotnymi, szarymi ulicami. Żona była pijana, oglądała telewizję. Nie zabolało mnie to, chyba nawet odczułem ulgę. Kiedy zamykałem oczy, widziałem Beatę, kiedy je otwierałem, czułem jej zapach. Czułość szemrała we mnie jak ciepły strumyk.

Nazajutrz, rankiem, zadzwoniłem z automatu cuchnącego papierosowym dymem. Powiedziała, że już telefonowała do wielkiego pisarza, dzisiaj tam idzie, o piątej. Poczułem ukłucie niepokoju.

– Mam nadzieję, że nie będzie się do ciebie dobierał...

– Przecież piszę o nim pracę magisterską – odparła, jakby to miało mnie uspokoić.

– Uważaj, opowiadał mi, że żyje przez kobiety i dla kobiet, jest ledwie żywy, ale ogon mu umrze na samym końcu.

– Jaki ogon? – zapytała naiwnie.

– Zastanów się, jaki. I bądź ostrożna.

– Dobrze – zgodziła się skwapliwie jak dziecko.

Pożegnaliśmy się. Nie mogłem znaleźć sobie miejsca. Wszystkie myśli krążyły wokół dziewczyny. Jej zapach, smak, twardość, miękkość, szorstkość i gładkość, jej milczenia i jej westchnienia, nigdy nie byłem sam, zawsze byłem z nią.

A jednak nie czułem się szczęśliwy. Czy jestem tylko narzędziem jej zemsty? A jeśli nie spotka się ze mną już więcej? Byłem też zazdrosny o chłopaka Beaty, grał zawodniczo w tenisa, o czym ja zawsze marzyłem. Ale największy zamęt w głowie czułem z powodu R. Ten stary lis, wyjadacz seksualny, na pewno będzie ją uwodził.

Gdy zbliżała się piąta, zrozumiałem, że nie wytrzymam w domu i pojechałem na miasto. Nie wiem, kiedy znalazłem się w pobliżu kamienicy, gdzie mieszkał słynny pisarz. Stałem obok starego saturatora, obserwując, jak grzybek wody myje szklankę z grubego szkła, i poczułem nagle w ustach malinowy smak z dzieciństwa. Poprosiłem o jedną z sokiem. Kobieta w brudnym białym fartuchu wlała sok, a potem wodę sodową, która wzburzyła się na różowo. Wypiłem jednym haustem. I stanąłem w cieniu drzewa, by patrzeć w okna. Firanki były zasłonięte. Chciałem zadzwonić do R. z automatu, ale jak bym się z tego wytłumaczył? Firanki nie chciały się poruszyć i nikt nie pojawił się w oknie. Postanowiłem wejść na schody, podsłuchać, co się dzieje w mieszkaniu. Czułem się jak chłopiec, który wybiera się podglądać swoją starą ciotkę. Nie wiem, czego oczekiwałem, ale to, co usłyszałem przez drzwi, wprawiło mnie w osłupienie.

Bez namysłu nacisnąłem klamkę, drzwi były otwarte. Siedziała na stołeczku w przedpokoju z twarzą w dłoniach. Płakała. Popatrzyła na mnie przez rozmazaną szybę łez, jakby spodziewała się mego tu przybycia i miała żal, że jestem tak późno. Rzuciła mi się w ramiona.

– Co on ci zrobił? – zapytałem.

– Umarł – wyszeptała.

Odsunąłem ją, by zobaczyć, czy jest przy zdrowych zmysłach. Wbiegłem do salonu. Leżał wśród książek, które jak martwe ptaki z rozpostartymi skrzydłami usiały dywan. Upadając, musiał zawadzić o stos książek. Miał półotwarte usta, okulary leżały obok, podkreślając ostateczność tego, co się stało. Śmierć była tu oczywista, nie budziła żadnych wątpliwości.

Pomyślałem, słynny pisarz nie żyje, jutro napiszą o tym wszystkie gazety, będą mówić w telewizji. Beata i ja, ja i Beata przeszliśmy do historii literatury. I to jest takie proste, dziwiłem się, myśląc też o śmierci.

Nadal siedziała w przedpokoju i płakała.

– Jak to się stało? – zapytałem.

– Objął mnie, powąchał tu, szyję… i umarł – mówiła, łkając.

Przytuliłem ją i wybuchnąłem histerycznym śmiechem, chociaż wiedziałem, że ten śmiech będzie mnie prześladował do końca mych dni.

Nie widziałem jej przez kilka lat i chociaż nadal pamiętałem smak jej ust, to kolor oczu gdzieś się ulotnił. A ja z każdym miesiącem coraz bardziej potrzebowałem jej oczu. Spotkałem ją w listopadzie 1991 roku we Francji. Była emigrantką, żoną swojego tenisisty, który zaczynał odnosić międzynarodowe sukcesy.

Przyjechałem do Paryża, gdzie na targach książki odbywał się festiwal literacki. Zadzwoniłem i zaprosiłem ją na spotkanie. Kiedy usłyszałem w słuchawce jej „halo", takie samo jak kiedyś, ale z francuskim akcentem, poczułem wzruszenie jak przed laty, ale pachniało już inaczej. I nagle odzyskałem jej oczy. Nic nie straciły ze swojej intensywności.

Na targach występowali pisarze z krajów Europy Wschodniej. Ostatni z brzegu siedział Serb z Jugosławii. Poeta był pijany i co chwila spadał z krzesła. Na sali był jeszcze fotograf i Beata – oto cała nasza publiczność.

Czytaliśmy jej więc swoje wiersze w językach, których na ogół nie rozumiała. Była zakłopotana, ale tylko ja wiedziałem, że to jej stan naturalny. Poeta z Jugosławii znowu spadł z krzesła, siedziałem obok i musiałem go sadzać na powrót. Kiedy skończyło się to dziwne spotkanie, zaprosiłem ją do hotelu. Zawahała się.

– Kiedyś pracowałam w hotelach, słałam łóżka.

– Teraz zobaczysz hotel od innej strony – objąłem ją jak przyjaciel, a nie kochanek.

Jesienny Paryż był srebrny, szliśmy ulicami, które wydawały mi się nierealne, podobnie jak nasze spotkanie. Kiedy usiedliśmy w hotelowym barze, przyjrzałem jej się uważnie, była dojrzałą kobietą i miała paryski szyk. Nie czułem erotycznego pociągu, raczej podziw i pragnienie, by obrać ją z ubrania i przytulić jak niezwykły owoc, który kiedyś był w moich ustach

– Od jak dawna nie byłaś w Polsce?

– Od czasu wyjazdu.

– Przyjechałem tu, by ci powiedzieć, że, niestety, nie weszliśmy do historii literatury, o R. wszyscy zapomnieli. Jakby nigdy nie żył i nigdy nie pisał. W Polsce trwa czas zapomnienia.

Chyba mnie nie zrozumiała.

– Przyjechałeś na targi książki. I nikt przecież nie wie, że byliśmy w tym mieszkaniu, wtedy... – zarumieniła się aż po płatki uszu. – Nie chcę, abyśmy o tym więcej mówili.

– Nikt nie wie, chociaż to było cholernie ryzykowne, że nie zawiadomiliśmy policji... milicji – poprawiłem się.

– Nie chcę o tym mówić – nie patrzyła mi w oczy.

Domyślałem się, że mogła obwiniać siebie o to, co się stało. Z tego powodu zapewne wyjechała do Francji, a ja zerwałem wtedy z opozycją. Nie mogłem narażać się na szantaż ze strony bezpieki. Do dzisiaj budzę się w środku nocy zlany potem, wydaje mi się, że ktoś puka do drzwi, przyszli po mnie, odkryli, że byłem wtedy w mieszkaniu zmarłego. I nie pomaga moim lękom fakt, że świat stanął na głowie i mój dobry kolega z opozycji jest obecnie szefem dawnej bezpieki.

– No i popatrz, wygraliśmy, Polska jest wolna. Znam niemal wszystkich ministrów wolnej Polski, są z mojego opozycyjnego notesu, ale ta wolność jest gorzka...

Popatrzyła na mnie, ale nie znalazłem w jej oczach

zrozumienia. Milczenie zaczęło nam ciążyć, wtedy zdarza się mówić rzeczy nierozważne.

– Rozwiodłem się trzy lata temu.

– Nie mówiłeś nigdy, że masz żonę, chociaż domyślałam się... – nie wyglądała na urażoną.

Teraz chyba ja się zarumieniłem. Znowu zamilkliśmy, coraz bardziej zakłopotani sobą.

– Wejdziesz na chwilę do mojego pokoju? – byłem pewien, że odmówi, chyba nawet tego chciałem. Nie odmówiła. Była jednak inna niż ta, którą znałem, chyba straciła gdzieś swoje niezdecydowanie. A żółte plamki w jej oczach znały już swoje miejsce.

Czuliśmy się w windzie niezręcznie, stojąc tak blisko siebie. W korytarzu znowu potykałem się o swoje nogi jak przy pierwszym spotkaniu. I nagle jak uczniaka ogarnął mnie lęk, że ktoś nas przyłapie na gorącym uczynku. Nie mogłem otworzyć drzwi magnetyczną kartą, pomogła mi.

Usiadła na krześle i rozejrzała się.

– Niezbyt starannie tu sprzątają – powiedziała, fachowo badając pokój.

Wszedłem na chwilę do łazienki i jak miliony samców w takiej sytuacji umyłem sobie ogon na wszelki wypadek. Patrząc w lustro, starałem się nie widzieć twarzy moich poprzedników, którzy w tym samym lustrze mieli takie same, nieco nabrzmiałe oczekiwaniem oblicza. Hotelowa łazienka pachniała dobrym mydłem i czymś słodkomdłym, co kojarzy mi się z przemijaniem. Czy taka łazienka nie jest symbolem naszej przejściowości na tym świecie, gdzie jesteśmy gośćmi tylko na chwilę? A czas wytrze nas z życia, jak pokojówka przecierająca szmatką lustro.

Wróciłem do pokoju, siedziała już na innym krześle, odkryła właśnie kurz pod stolikiem. Ukląkłem na dywanie i wiedziony instynktem położyłem głowę jak pies na jej kolanach. Żadna kobieta nie przegoni przecież takiego biedaka. Zamknąłem oczy. Jej kolana pachniały morelami. Przez dłuższą chwilę siedziała zupełnie nieruchomo, po czym zmierzwiła mi delikatnie włosy jak dziecku.

– Trochę posiwiałeś.

– Przepraszam, zdarza się – szepnąłem, przytulając się mocniej.

Dalej dotykała moich włosów. Poczułem nagle wzruszenie, a w oczach łzy, ja, który nigdy nie płakałem. I chociaż nie czułem pożądania, moje dłonie zaokrągliły jej kolana, by ostrożnie powędrować w górę, gotowe cofnąć się w każdej chwili. Nie napotkały jednak oporu, nie wyczuły też żadnej zachęty. Wziąłem ją na ręce i zaniosłem do łóżka. Była zaskakująco ciężka. Miała zamknięte oczy i nieobecną twarz. Za oknem zaszumiały drzewa, zapach perfum przeniknął mnie jesienią.

Jej usta były suche, lecz nie stawiały oporu. Rozebrałem ją z trudem, jak martwą. Była doskonale gładka i piękna. Całe jej ciało było równo opalone, ta opalenizna miała złoty odcień. Piersi jednak nie miały smaku, a owoc płci, kiedy go rozchyliłem, nie był wilgotny. Wpadłem w panikę. Bałem się, że się rozmyśli, odsunie mnie i że znowu będę sam, cholernie sam. Wszedłem więc w nią pospiesznie. Nadal jej nie pragnąłem, ale nie chciałem stracić. Jej ciało nie dawało żadnej odpowiedzi, chociaż biło serce, a powieka pod moim pocałunkiem zadrżała jak motyl. Znieruchomiałem, zrezygnowany i bezradny.

Płakała. Ogarnął mnie jakiś bezbrzeżny żal. Położyłem się obok, czując chłód i rozpacz, jak w dzieciństwie, gdy w środku nocy matka nie pozwalała, bym zostawił w jej łóżku moje lęki.

– Co się stało?

Zaczęła się ubierać. Zawstydziłem się jej nagości i zamknąłem oczy.

– Pójdę już – powiedziała.

– Czy coś się stało?

– Miałam romans z francuskim pisarzem, był podobny do ciebie. Rozstaliśmy się. Przyrzekłam sobie... jeśli jeszcze raz zdradzę męża... odejdę od niego.

Spróbowałem się do niej przytulić, choćby na chwilkę, odsunęła się i wzięła torebkę.

– Odprowadzę cię.

– Nie.

Zostałem sam. Włączyłem telewizor, przebiegłem po kanałach. Zgasiłem. I usłyszałem, jak spada bezgłośnie lawina lat.

Najpiękniejsza kobieta świata

Jerzy Pilch

Jerzy Pilch

prozaik dramaturg, felietonista. Laureat nagrody Fundacji Kościelskich (1988), zdobywca Paszportu „Polityki" (1998) i nagrody literackiej NIKE (2001) za najlepszą książkę roku – *Pod mocnym aniołem*. Opublikował m.in.: *Wyznania twórcy pokątnej literatury erotycznej, Spis cudzołożnic, Rozpacz z powodu utraty furmanki, Inne rozkosze, Bezpowrotnie utracona leworęczność, Tysiąc spokojnych miast, Miasto utrapienia* oraz dramat *Narty Ojca Świętego*. Jest stałym felietonistą tygodnika „Polityka".

1

Jak przychodzi wielka miłość, to człowiekowi zawsze się zdaje, że pokochał najpiękniejszą kobietę świata. Ale jak człowiek faktycznie pokochał najpiękniejszą kobietę świata – może mieć kłopoty.

Jeżeli nie była najpiękniejszą kobietą świata w sensie ścisłym, to należała do pierwszej dziesiątki najpiękniejszych kobiet świata, a jak nie do dziesiątki, to do setki – szczegóły bez znaczenia; była olśniewająca w sensie planetarnym. Zobaczyłem ją i popełniłem błąd frajerski – zamiast poprzestać na podziwie – postanowiłem ją zdobyć.

Zobaczyłem ją na pewnym bankiecie, to znaczy po raz pierwszy i na żywo zobaczyłem ją na pewnym bankiecie, wcześniej setki razy widywałem jej podobiznę na rozmaitych fotografiach, reklamach, plakatach i billboardach. Jej słynne oblicze zdeprawowanej madonny, które tak ekscytowało fotografów, operatorów i reżyserów było dobrze znane. Bankiet odbywał się w ogrodach zachodniej ambasady. Był to bardzo doniosły, bardzo rytualny i bardzo doroczny bankiet. Na towarzyskiej giełdzie zaproszenie na ten bankiet uchodziło za nadzwyczaj wartościowy papier.

Wyjątkowość bankietu szło też poznać po tym, że w ogrodach ambasady, oprócz wirtuozersko władających sztuką bankietowania bywalców, błąkali się zagubieni intelektualiści, którzy na żadnych bankietach nie bywali, ale mieli w dorobku prace poświęcone kulturze zachodniego kraju, którego ambasador wydawał bankiet. Wyróżniali się archaicznymi garniturami, nieumiarkowanym łakomstwem i wielkim entuzjazmem. Gdy zblazowani bywalcy wyznawali im, iż nienawidzą bankietów – starali się ich jakoś pocieszyć i zachęcali do jedzenia, picia i zabawy. Zblazowani bywalcy, którzy na wszystkich bankietach snuli posępnie, iż nienawidzą bankietów, i znajdowali dla swych wyznań równie posępny posłuch wśród innych zblazowanych bywalców bankietów, którzy również nienawidzili bankietów – w osłupieniu spoglądali na krzepkich, uśmiechniętych i rozpalonych szampanem staruszków, którzy nieoczekiwanie żelaznym chwytem łapali ich za łokieć, wiedli ku zastawionym stołom i rozglądając się z tryumfem, wykrzykiwali:

– Ależ skąd ten smutek, młody człowieku! Należy dostrzegać słoneczne strony życia! Dziś zwłaszcza! Tu zwłaszcza! Cóż za wspaniałe przyjęcie! Proszę koniecznie coś zjeść! Proszę! Pyszna rybka! Pyszna wędlinka! Pyszna sałatka! – i wtykali w zblazowane ręce talerz, i nakładali kopiaste porcje, i podtykali je pod zblazowane oblicza. – Proszę koniecznie coś zjeść! A potem napitki czekają! Trunki przednie! Proszę się raczyć! – i zagubieni, a w istocie czujący się w ogrodach ambasady jak ryby w wodzie intelektualiści mrugali łobuzersko i swawolnie nurkowali w falujący tłum.

Był parny, lipcowy dzień. Od zachodu sunęły na Warszawę chmury ciemne jak ołów i lekkie jak elektryczność. Najpiękniejsza Kobieta Świata w zasadzie przez dobre dwie godziny nie ruszała się z miejsca. Krążyłem wokół, z początku nie zauważałem, że krążę. Ze szklanką wody niegazowanej łaziłem po ogrodach ambasady bez celu. Do nikogo specjalnie się nie garnąłem. Do mnie też nikt. Odruchowo starałem się unikać czatujących na ofiarę nudziarzy. Po kolejnym bankiecie taka umiejętność sama wchodzi człowiekowi w krew. Czatujący na ofiarę nudziarze są jak strzelcy wyborowi na wojnie – sieją śmierć. Jakoś mi się udawało. Jeden wprawdzie nudziarz, w cywilu bezbarwny felietonista o zacięciu niepodległościowym, zdołał mnie namierzyć, zbliżył się, zaczął ględzić, tysięczny raz opowiadał, jak został pojmany w stanie wojennym. I już myślałem, że polegnę, ale z bliska wyszło, że napastnik, pomimo wczesnej pory, jest wyraźnie trafiony – zgubiłem go bez trudu. Sam oczywiście nie piłem ani kropli. W głębi duszy nie wykluczałem wprawdzie, że jeszcze tego wieczoru, zamknąwszy się szczelnie i samotnie w domu, odbezpieczę flaszkę. Tu nie było mowy.

Kiedy trzeci raz mijałem Najpiękniejszą Kobietę Świata, zrozumiałem, że krążę i to krążę po coraz ciaśniejszych orbitach. Stała w pobliżu jednego z licznie na trawnikach rozstawionych wiklinowych foteli. Paliła papierosy, co było wśród histerycznie zatroskanych swym zdrowiem gwiazd rzadkością, stała i nie ruszała się z miejsca. Raz po raz pojawiał się koło niej jakiś stremowany i napięty jak struna bywalec, ale wszyscy oni wiotczeli i odpadali prędko.

Robiłem coraz mniejsze okrążenia. Już dobrze widziałem jej nogi, które przemierzały najbardziej prestiżowe wybiegi świata, jej ramiona, które sezon w sezon spowijały najśmielsze kreacje Diora, Versacego, Lagerfelda i Montany, jej włosy pachnące najdroższymi szamponami globu, jej skórę, którą na krótko oświetlały reflektory hollywoodzkich wytwórni filmowych. Na krótko, bo wielkiej kariery jako aktorka nie zrobiła. To znaczy, owszem, dziesięć lat temu zagrała niewielką rólkę stewardesy podającej drinka Harrisonowi Fordowi, co i tak było marzeniem ściętej głowy większości zawodowych aktorek europejskich, ale po tym epizodzie kolejne propozycje z przysłowiowego worka się nie posypały. Ma się rozumieć, to jej w niczym, przynajmniej w moich oczach, nie umniejszało. Przeciwnie. Była w tym logika. Jej niesamowite piękno rozstrzygało o jej losie. Dla mnie było jasne, że ona w niczym poza pięknem samym w sobie nie ma szans, nie zrobi kariery ani nawet się nie zmieści. Mówiąc wprost: we wszystkim, do czego się brała – poza własnym pięknem – była absolutnym drewnem. A brała się, niestety, do rozmaitych rzeczy. Nagrała płytę z własnymi piosenkami – głównym ich walorem była prawie całkowita bezszmerowość. Wydała tomik wierszy – katastrofa rzadka, bo zarazem krwawa i pozbawiona wyrazu. Malowała i urządziła wystawę swoich prac – o Chrystusie Panie! Szczerze mówiąc, nawet jej sekundowa kreacja aktorska u boku Harrisona Forda była – zwłaszcza jak na ułamkowy czas – bezbrzeżna. Pociecha, że u boku takiego wirtuoza każdy, a specjalnie początkujący artysta, wypada blado – była marna.

Ale jej klęski nie miały znaczenia wobec jej piękna. Bo jakież miało znaczenie, że była żadną piosenkarką, nędzną poetką i mizerną malarką, kiedy w zetknięciu z nią najwięksi śpiewacy tracili głos, najwybitniejsi poeci nie wiedzieli, co powiedzieć, a najoryginalniejsi malarze sikali w portki z wrażenia?

Byłem już blisko tego piękna. Byłem blisko i nie byłem napięty jak struna – trząsłem się jak galareta.

*

– Cieszę się, że widzę panią żywą – wydusiłem z siebie absurdalną krzywiznę. Chciałem oczywiście powiedzieć: „Cieszę się, że widzę panią na żywo", co miało być rytualną i bezpieczną frazą wielbiciela, który zna swoją idolkę z kina, z telewizora oraz z tysięcy fotografii i obecnie wyrażą swą ekstazę, że widzi ją „na żywo". Zamiast tego wyszła mi z nerwów jakaś, bo ja wiem, powypadkowa albo pozawałowa kwestia. „Cieszę się, że widzę panią żywą" brzmiało przecież, jakby ona dopiero co umknęła jakimś śmiertelnym zagrożeniom, a o niczym takim nie było wiadomo. Nie ma jednak tego złego, co by na dobre nie wyszło. Spojrzała na mnie i roześmiała się nieoczekiwanie głośno. Najwyraźniej, że użyję polszczyzny literackiej, mój niefortunny lapsus ją rozbawił.

– Też się cieszę, że widzę pana żywego – powiedziała z lekkością, a mnie natychmiast ta lekkość legła na mózgu jak ołów.

Przecież niemożliwe, zacząłem gorączkowo kombinować, żeby ona wiedziała, że ja dwa tygodnie temu zdychałem w sensie ścisłym. Skąd by to miała wiedzieć? Zamknąłem się w domu, zasłoniłem żaluzje, wyłączyłem telefony, z nikim nie gadałem, nigdzie nie wychodziłem, tyle co do sklepu... Jak do sklepu się czołgałem, to ktoś mnie przyuważył i natychmiast na miasto wieść poszła? To było możliwe. Starałem się jak umiałem, ale zawsze w końcu trzeba było wyjść do sklepu... Tak, ktoś mnie widział, jak czołgałem się do sklepu, innej możliwości nie było.

To znaczy była możliwość, że ona bez ubocznej myśli odpowiedziała, że odpowiedziała mechanicznie, że dla wzmożenia dowcipu jak echo moje niezręczne zagajenie powtórzyła. Taka możliwość istniała, a nawet była wysoce prawdopodobna, ale żeby ją ze spokojem przyjąć, musiałem otrząsnąć się z urazu. Na tym punkcie miałem gigantyczny uraz. Ile razy ktoś się mnie z całą neutralnością pytał: Jak zdrowie? Jak się czujesz? Jak żyjesz? Wszystko w porządku? Ile razy takie esemesy dostawałem, ile razy takie pytania w słuchawce albo wprost zadane słyszałem – tyle razy nie byłem w stanie po ludzku i z bagatelnością odpowiedzieć, ale zawsze kurczyłem się ze strachu i zawsze, zanim odpowiedziałem, uginałem się pod stutonowym pytaniem: Skąd on wie? Skąd ten wszarz wie, że ja znowu sięgam? I teraz to samo, a nawet jeszcze gorzej, bo przecież w stwierdzeniu „Cieszę się, że widzę pana żywego" jest nie domysł, a pewność mojego upadku. Trudno – pomyślałem – w sumie nawet lepiej, że ona wie o moich przypadłościach. Przynajmniej nie będzie przykrego zaskoczenia, jak zaraz po ślubie pójdę w długą.

– Faktycznie ledwo żyję – powiedziałem ostrożnie. – Szczerze mówiąc, całkowicie wykończony jestem.

– To niedobrze – odparła z niezmiernie subtelną macierzyńską intonacją – niedobrze. A nawet źle. Bardzo źle.

– Miałem nauczyciela rosyjskiego, który tak samo mówił. Identycznie.

– Proszę? – nie żeby momentalnie się usztywniła, ale niewątpliwie spłoszyła się i była na drodze do całkowitego usztywnienia. W sumie nic dziwnego. Od kilkunastu lat w polskich szkołach nie było już nauczycieli rosyjskiego, ale dalej przywołanie nawet widma nauczyciela języka rosyjskiego budziło kłopotliwe skojarzenia. Widocznie Najpiękniejsza Kobieta Świata była, jak wielu Polaków, boleśnie uwrażliwiona na Moskwę. Najpewniej wyniosła to z domu.

– Miałem nauczyciela rusycystę – celem ukojenia jej traumy zacząłem opowiadać gorączkowo i w pośpiechu: – Fantastyczny to facet był, bardzo go lubiliśmy.

Też przez to, że był nie tylko inteligentny, ale i wyrozumiały. Liberalny był, nie przesadzał w egzekwowaniu wiedzy. Nie żeby pozwalał łazić sobie po głowie, ale mimo wszystko na bardzo wiele pozwalał. Co pewien czas jednak, mniej więcej raz na dwa miesiące, ogarniał go szał niezmiernej surowości. Wkraczał do klasy z niezmiernie surową miną, z niezmierną surowością wywoływał do tablicy i niezmiernie surowo i w całkowitym milczeniu wysłuchiwał odpowiedzi. Nie przerywał, nie poprawiał, nie odzywał się. Słuchał wijącego się jak piskorz delikwenta bez słowa, a gdy tamten wreszcie skończył, mówił: – Bardzo źle.

Śmiała się, śmiała się cały czas, jak opowiadałem, śmiała się, i to było dobre, ale też trochę drażniące, bo jak przyszła pointa, ona dalej śmiała się tak samo i na dobrą sprawę nie było wiadomo, czy w ogóle końcówkę historii zauważyła i doceniła. Nie drążyłem tego jednak. Dalekie jeszcze żółte i niespieszne nitki błyskawic przecinały ciemny horyzont. Trzy, a może cztery burze szły na miasto.

– Bardzo dobrze – powiedziała (a jednak zauważyła i doceniła) – bardzo dobrze. U mnie ma pan z odpowiedzi wysoką notę. Ale bardzo źle, że pan ledwo żyje. To jest bardzo źle i to trzeba zmienić.

– Co trzeba zmienić?

– Życie. Życie trzeba zmienić.

– Wie pani, życie trudno zmienić. Życie raczej się nie zmienia. Chyba że na gorsze. A od pewnego momentu wyłącznie na gorsze.

Przez chwilę zastanawiałem się, czy nie wzmocnić tonacji pesymistycznej, a nawet czy pedału pesymizmu nie docisnąć do dechy, ale odpuściłem. Pesymizm i gorycz to był równie pewny, co standardowy sposób do wzniecania w kobietach pocieszycielskich odruchów, ale jej wszechogarniające piękno przestrzegało przed graniem na pamięć.

– Jak mi pan jeszcze powie, że nie ma pan dla kogo zmienić swojego życia na lepsze, i jak mi pan wymownie przy tym zajrzy w oczy, to sytuacja będzie wprawdzie jasna, ale zakończona – trudną, bardzo trudną, dla frajera wręcz niemożliwą do przyjęcia piłkę posłała w moim kierunku, ale o ile w przyjmowaniu słabych piłek jestem kiepski, o tyle trudne piłki mnie uskrzydlają i wspinam się na wyżyny.

– Oczywiście, że nie mam dla kogo zmieniać mojego życia na lepsze. Tyle że to akurat wisi mi głęboko. Niech mnie Pan Bóg broni, żebym ja miał i samo moje życie, i cokolwiek w moim życiu dla kogoś zmieniać. Za bardzo jestem sam do siebie i do własnej samotności przyzwyczajony i za bardzo to cenię, żeby zmieniać. Jak mi pani powie, że gdy pojawi się w moim życiu prawdziwa miłość, to ja na pewno będę z zapałem zmieniał moje życie na lepsze, jak mi pani tak powie i zajrzy przy tym znacząco w oczy, to sytuacja też będzie jasna i też zakończona – wiedziałem, że nie jest w stanie z taką rotacją puszczonej riposty dobrze odebrać, ale też nie przewidziałem, że pójdzie na unik.

– Sytuacja jest jasna – powiedziała z drażniącą nieomylnością. – Sytuacja jest jasna. Pan nie ma pojęcia o życiu. Pan nie wie, co to jest życie.

– A co to jest? – pozorowałem irytację, a nawet furię w głosie. Nie było już odwrotu, gra szła ostro. Jak uzna mnie za wariata – przegrałem. Jak w przypływie próżności poczuje dumę, że udało jej się wyprowadzić mnie z równowagi – wygrałem. – A co to jest, najmocniej przepraszam, życie? Proszę mnie łaskawie oświecić, bo faktycznie nie wiem.

– Oczywiście, że pan nie wie. Niby znawca dusz, literat, teoretyk wszystkiego, a zielonego pojęcia nie ma. Poległem, w tym momencie poległem definitywnie i – powiedziałbym – dalekosiężnie. Poległem, ponieważ z frajerską pychą uznałem, że wygraną mam w kieszeni. Jak kobieta przystępuje do pozornie ostrej, a w istocie czułej ofensywy, wygraną przeważnie ma się w kieszeni.

– Ależ oczywiście, że nie mam o niczym zielonego pojęcia. A już o życiu ani zielonego, ani bladego. Co to jest życie? Nie wiem. Ze śmiertelną powagą mówię: nie wiem.

– O Boże, człowieku, nie załamuj mnie. Nie widzisz, że jestem pełna najlepszej woli, a nawet ochoty? Tego też, głupku, nie widzisz? Co to jest życie? Który ty jesteś rocznik?

– Pięćdziesiąty drugi – odparłem machinalnie i nie bez niesmaku, w końcu na okładkach moich książek data urodzenia przeważnie stała jak wół, a ta się dopytuje. Ani jednej nie miała w ręku, czy jak? Przez chwilę zawahałem się nawet, czy nie unieść się honorem i nie zrezygnować, ale po krótkim namyśle doszedłem do wniosku, że jak akcja się powiedzie, to za nieznajomość mojego dorobku będę ją karał napadami ekscentrycznej brutalności w łóżku.

– Bardzo ładnie. Pięćdziesiąty drugi rocznik i o sens życia się dopytuje. Nikt cię do tej pory nie poinformował, biedaku jeden, na czym sens życia polega? Naprawdę nikt?

– Nikt. I czuję, że jak pani... Jak ty mi nie powiesz, to nie dowiem się nigdy i w nieświadomości umrę.

– Słuchaj, życie polega na znalezieniu odpowiedniej proporcji pomiędzy pracą a wypoczynkiem. Rozumiesz? Rozumiesz, czy za trudne to jest?

2

Kiedy teraz odtwarzam i zapisuję naszą pierwszą rozmowę, z całą dobitnością rozumiem, że literatura nigdy nie nadąży za życiem. Nawet wiernie, słowo w słowo zapisana wymiana zdań niczego nie mówi o istocie rzeczy. A istota rzeczy polegała na tym, że cały czas byłem w potwornym osłupieniu, że Najpiękniejsza Kobieta Świata w ogóle ze mną gada. To po pierwsze. A po drugie, byłem w osłupieniu, że ja sam gadam. W końcu nie takie jak ja orły przy niej padały niemo. A tu szła rozmowa, ona mówiła do mnie, ja do niej mówiłem, mało tego, ona sprawiała wrażenie, że pilnie słucha, co ja do niej mówię, potem odpowiadała, potem ja odpowiadałem, potem ona, potem ja... Pozornie wszystko się jak najnormalniej obracało! Pozornie. Bardzo pozornie. Bo w gruncie rzeczy rozmowa była bardzo pozorna i bardzo fragmentaryczna i ja bardzo iluzyjny, i bardzo częściowy brałem w niej udział. Co słowo padło, to ja w panikę, że słowo pada. Już jak się do niej zbliżałem, to byłem w panice, w zdumieniu i strachu, że się zbliżam. O k... zbliżam się! O k... jestem blisko! O k... odezwałem się! O k... popatrzyła na mnie! O k... widzi mnie! O k... mówi do mnie! Takie okrzyki cały czas wznosiłem w duchu i one dominowały. One były istotą rzeczy. W nich też tkwiła zapowiedź tragedii. Zamiast skupić się na akcji, byłem w permanentnym tryumfie, że w ogóle jest jakaś akcja. To mnie miało zgubić.

Jedna z czterech burz runęła na ogród, od błyskawic zrobiło się biało jak w zimie, od grzmotów głucho jak w niemym filmie. Rozcieńczone strugami wody sałatki jęły występować z półmisków, wędliny, sery, owoce wartkim strumieniem płynęły wzdłuż obrusów, prze- moknięci do szpiku kości kelnerzy próbowali ratować co się da, trawnik w okamgnieniu zamienił się w grzęza- wisko, armia zdziesiątkowanych przez wichurę bankie- towiczów próbowała zdobyć szturmem budynek amba- sady – szerzył się chaos.

Najpiękniejsza Kobieta Świata zniknęła pomiędzy dwoma moimi spojrzeniami. Gdy niebiosa raptownie pociemniały i lunęło jak z cebra, uniosłem twarz ku górze, potem z instynktowną myślą, że trzeba Wenus z III RP jakoś osłonić, może zdjąć marynarkę i narzucić jej na ramiona albo jakimś cudem zdobyć skądś parasol, wykrzesać pelerynę z chusteczki do nosa – sekundę to przecież trwało, moje opiekuńcze wizje nie zdążyły się nawet skonkretyzować – na powrót spojrzałem w jej kie- runku, a jej już nie było. Wyglądało, jakby huragan zmiótł ją w sensie ścisłym. Chyba nawet odruchowo po- patrzyłem w kierunku rozchybotanych koron drzew, ale to był dziecinny odruch. Poza wszystkim, owszem, była najpiękniejszą kobietą świata, należała do pierwszej dziesiątki albo do pierwszej setki najpiękniejszych ko- biet świata, ale wiotką i eteryczną pięknością to ona nie była. Kawał baby, szczerze mówiąc, metr osiemdziesiąt cztery wzrostu, chwalebny biust, masywne udo i zapa- śniczy szkielet. Jeszcze parę lat temu na tym szkielecie piętrzyło się wszelakie dobro. Historia jej perfekcyjnie opracowanej autorskiej diety i wstrząsająco skutecznego odchudzania była wśród narodu równie znana jak histo- ria Zmartwychwstania Pana Jezusa, a najpewniej lepiej. Teraz oczywiście była szczupła i smukła jak topola, ale jednak bez szans, że wiatr ją na wysokość rosnących przy parkanie prawdziwych topoli, jak piórko, uniesie.

Szukałem jej jak szaleniec, przeszedłem wszystkie pomieszczenia ambasady od piwnic po strych. Postawiłem na nogi całą ochronę, szli za mną, ale szli w odległości. Blady podobno byłem jak trup, wzrok błędny, włos zmierzwiony. Z butów i portek lała się woda, bo raz po raz do ogrodu leciałem, do tamtego miejsca, gdzie ona przez dwie godziny przy wiklinowym fotelu nieruchomo stała. Ciągle miałem złudne porywy, że stoi tam dalej, i jak głupi raz po raz tam – biegiem. Ochroniarze za mną, ale jak mówię, w odległości, bo w słusznym przekonaniu, że z nieobliczalnym wariatem, nie z wyrachowanym terrorystą, mają do czynienia.

Raz po raz też ktoś pytał, kogo szukam, nie odpowiadałem, nie mówiłem, w ogóle się nie odzywałem. Jak się przyznać do tak nieskończonego frajerstwa? Co miałem powiedzieć, że szukam najpiękniejszej kobiety świata? Jakbyście w panice zaglądali do rozmaitych pomieszczeń w poszukiwaniu, dajmy na to, Sharon Stone i ktoś was zapytał, kogo szukacie, to co byście odpowiedzieli? Sharon Stone szukam, bo gdzieś ją wcięło? Wykluczony dialog! Poza kategoriami sytuacja! Z tych samych powodów nie mogłem nikogo zapytać o jej namiary. Przez chwilę nawet rozważałem taki bezwstyd. Z powodu gremialnej i gwałtownej ewakuacji bankietu z zatopionego ulewą i zbombardowanego piorunami ogrodu pod dach atmosfera – jak to na nieoczekiwanie objętych we władanie salonach – była coraz swobodniejsza. Pod pozorem picia na rozgrzewkę olewano eksterytorialność ambasady i pito tak, jak się na całym naszym terytorium normalnie pije: na jedno posiedzenie jedna, mniej więcej, flaszka na łeb. Toteż nie dziwota, że, tak jak bezbarwny felietonista o zacięciu niepodległościowym na początku, teraz trafieni byli już prawie wszyscy. Od biedy mogłem też, trafionego udając, kogoś równie, tyle że istotowo, trafionego, niby dla jaj, o Najpiękniejszą Kobietę Świata zapytać. Ale za dobrze nie znałem towarzystwa. To znaczy mniej więcej wiedziałem, kto może mieć jej namiary. Było jasne, że ten tu, mieszkający w Nowym Jorku, projektant najprawdopodobniej ma, a ten tu były minister najpewniej nie ma, że sławny rysownik raczej ma, a prawicowy publicysta raczej nie ma, że znany z podbojów reżyser może mieć, a szczycący się monogamią kompozytor nie, że skandalizująca malarka prawie na pewno tak, a profesor filozofii z Oksfordu prawie na pewno nie. Tyle wiedziałem, ale nie wiedziałem, jaka w danym wypadku będzie na moją prośbę reakcja. Wahałem się dobrą chwilę, rozglądałem uważnie, gorączkowo próbowałem wytypować jakąś przyjazną duszę, ale w końcu obawa, że ktoś, kogo zapytam, nie sprosta dyskrecji, może nawet po gorzale i dla facecji narobi rabanu na całą ambasadę – przeważyła.

Na pożegnanie zapuściłem się jeszcze do prywatnych apartamentów ambasadorostwa. Działałem już na zimno i jakby dla rozrywki, wiedziałem, że jej tam nie znajdę, ale nagle władza, jaką dalej miałem nad ochroniarzami, zaczęła mnie podniecać. Spokojnie, a nawet flegmatycznie, przemierzyłem osobiste gabinety, garderoby, łazienki, sypialnie, wszedłem na chwilę do toalety, po wyjściu dałem wymownym gestem postępującemu za mną oddziałowi do zrozumienia, że jest wolny, i musując w duchu z wściekłości i żalu, w poczuciu nieodwracalnej straty, pojechałem do domu.

3

Jeszcze po drodze, w taksówce, byłem absolutnie pewien, że zaraz popłynę. Byłem zmęczony, przemoknięty, głodny. (Prawie nigdy z nerwów nie jadam na bankietach, a tu na dodatek, zanim się na jakiś płatek sera zdążyłem zdecydować, całe żarcie zabrała powódź). Byłem sam, bo w desperacji szukania bezpowrotnie zaginionej gwiazdy ani mi powstało w głowie rozglądanie się za jakimś zastępstwem na wieczór. O to też byłem na siebie wściekły. W końcu parę bardzo efektownych dublerek, a nawet, można powiedzieć, parę bardzo odważnych i sprawnych kaskaderek przyzwoleńczo, bardzo przyzwoleńczo, przechadzało się po ogrodach.

Ale teraz ogrody i miasto były w deszczu i ciemności. Temperatura spadła co najmniej o dziesięć stopni. Nie miałem ani jednego powodu, żeby się nie napić. Przeciwnie, miałem czternaście powodów, by się napić. W lodówce czekało czternaście pięćdziesiątek gorzkiej żołądkowej. Od pewnego czasu preferowałem tylko tak rozdrobniony i wygodny do rozparcelowania po kieszeniach bilon. Każdy z osobna z czternastu wymienionych powodów był dobry na początek i wszystkie razem dobre na koniec.

Zapłaciłem taksówkarzowi, wbiegłem do domu i tak jak mam to we zwyczaju, kiedy jest źle (a tym razem było bardzo źle), bez zdejmowania butów od razu poleciałem do lodówki, żeby jak najprędzej otworzyć, odkręcić, wypić, słowem, żeby wykonać trzy rytualne obrzędy, po których przestanie być źle. Ale zanim pogrążyłem się w obrzędowości, a nawet zanim doleciałem do lodówki, przypomniałem sobie o wiatrówce. Tak jest. Było sobie o czym przypomnieć. Miałem o czym pamiętać. A nawet powiem dobitniej: jest o czym opowiadać.

Tydzień temu spełniłem odwieczne marzenie mojego dzieciństwa, mojej młodości i mojej dojrzałości – kupiłem sobie strzelbę. Kupiłem sobie karabin pneumatyczny, zwany potocznie wiatrówką. Od tygodnia jestem posiadaczem olśniewającej hiszpańskiej flinty marki Norica. Od tygodnia przykładam gładką kolbę z wiśniowego drewna do policzka, unoszę czarną oksydowaną lufę ku górze i moje roztrzęsione ręce uspokajają się, i moje słabnące oczy z powrotem widzą każdy szczegół. Odbezpieczam, pociągam za spust i wszystkie zestrzelone przeze mnie na odpustach, w wesołych miasteczkach i parkach sztuczne kwiaty, lepkie lizaki i biało-czarne fotografie gwiazd filmowych fruwają wokół mojej głowy. Wszystkie zapałki, patyczki i szklane rurki, które w napotkanych na drodze żywota strzelnicach (a nie omijałem żadnej) udało mi się przestrzelić, wirują pod sufitem. Wszystkie tarcze, do których udało mi się trafić, nadlatują niczym eskadry papierowych jaskółek. Nie chciałbym być ordynarnie sentymentalny, ale ładuję moją strzelbę (kupiłem, ma się rozumieć, znaczny zapas amunicji), przymierzam się do strzału, słyszę metaliczny szczęk i jestem szczęśliwy – jak byłem w dzieciństwie.

Zanim tedy doleciałem do lodówki, przypomniałem sobie o mojej broni i postanowiłem jednak na nią wpierw zerknąć, przekonać się, czy to prawda, że jest. Wciąż miałem poczucie nierzeczywistości. Dla ludzi mojego pokolenia wiatrówka należy do kategorii tych przedmiotów, które, jak nam się zdawało, nigdy zwykłym śmiertelnikom nie będą dostępne. W jakichś pilnie strzeżonych arsenałach było miejsce takich rarytasów. Tylko najbardziej uprzywilejowani i najwyżej stojący mieli do nich dostęp, a i oni nie zawsze mogli zabierać je do domu. Nawet właściciele odpustowych strzelnic, często zaniedbani, zarośnięci, cuchnący alkoholem sprawiali (może przez to tym bardziej) wrażenie przynależnych do jakiegoś ciemnego aeropagu. Zdawało się, że tak będzie zawsze, że zawsze trwał będzie świat niedostępnych wiatrówek. A tu proszę, świat się zmienił i mo-

ja własna nieskończenie piękna hiszpanka stoi oparta
o ścianę. Poza wszystkim, jakiż to jest w swych celowo-
ściach nieskończenie harmonijny przedmiot!
Zapaliłem światło w pokoju – była. Ona jest*. Bez
zdejmowania butów, bez przebierania się (i bez zaglą-
dania do lodówki) zbliżyłem się, ująłem, złamałem, naładowałem i zacząłem strzelać.
Jak człowiek staje się posiadaczem broni (nawet
tak, jak chcą niektórzy, dziecinnej jak wiatrówka),
zmienia się obraz świata. Świat przeistacza się w zbiór
celów. Jak masz strzelbę, to z automatu zaczynasz przyglądać się światu pod kątem strzeleckiej przydatności.
W nieskończonej liczbie tworzących powierzchnię rzeczywistości przedmiotów zaczynają się liczyć tylko te,
które są dobre do odstrzału. W tym znaczeniu żarówka
pod sufitem przestaje być żarówką, a staje się doskona-
łym i bardzo kuszącym celem. Gołąb na parapecie nie
jest już tylko gołębiem, pień drzewa przestaje być wyłącznie pniem, puste pudełko po papierosach jedynie
pustym pudełkiem po papierosach itd. W moim przypadku żółte nakrętki na butelkach coca-coli w wyjątkowo radykalny sposób przestawały być żółtymi na-
krętkami samymi w sobie, a stawały się olśniewającymi
i narkotycznymi celami. Na balkonowym parapecie
umieszczałem karton, w karton wbijałem ołówek, na
ołówku wieszałem nakrętkę i z głębi pokoju: Cel! Pal!
Cel! Pal! Cel! Pal! Ponieważ jestem – pragnę dodać –
uzależniony od coca-coli, nakrętek mam zawsze spory
zapas.

---

* „On jest!" – tyczący Boga ekstatyczny i odnotowany w eseju
Stanisława Barańczaka napis na tablicy rejestracyjnej pewnego
amerykańskiego samochodu. Lubię tę frazę i dość często ją w różnych postaciach i zamiarach stosuję. Patrz przypis na str. 93.

Teraz po bezpowrotnej, jak mi się zdawało, utracie Najpiękniejszej Kobiety Świata, po bezpowrotnej utracie szansy na Najpiękniejszą Kobietę Świata byłem jak w transie. Grzałem bez litości i nie tylko nie mogłem przestać strzelać, nie mogłem też przestać trafiać. Pomiędzy moim okiem, szczerbinką, muszką i zawieszoną na ołówku żółtą nakrętką biegła lodowata, stalowa i nieubłagana linia, kolejne za każdym razem trafiane w serce nakrętki, rozlatywały się w setki maleńkich żółtych błyskawic. Jak skończyły się nakrętki, rozwaliłem (dwukrotnie zwiększywszy odległość) cały zapas pustych pudełek po papierosach i zapałkach. Potem przyszła pora na papierosy stawiane na sztorc. Miałem cztery nienaruszone pudełka gauloise'ów, co – czy się komu podoba, czy nie – daje osiemdziesiąt celnych trafień z rzędu. Potem wykosiłem wszystkie ołówki. Potem sześć pustych zapalniczek. Potem zacząłem szukać co by tu jeszcze. Znalazłem trzy patyczki po lodach Magnum, pięć wkładów do kulkowego parkera, połamałem na mnóstwo drobnych obiektów oprawkę starych okularów, przestrzeliłem grosz przyklejony na szczęście do miniaturowego kalendarza, trafiłem w oko antyczną maskę widniejącą na okładce „Zeszytów Literackich", błąkającą się po kuchni od niepamiętnych czasów zasuszoną cytrynę obróciłem w miazgę. Na ostatek znalazłem talię jubileuszowych kart „Playboya", co mnie na chwilę i pozornie ukoiło, byłem mianowicie pewien, że strzelanie do karcianych wizerunków gołych lasek zajmie mi resztę wieczoru.

Zawiesiłem na ołówku kartę z pierwszą z brzegu, wycelowałem i... zadrżała mi ręka. Pierwsza z brzegu, a jak nie pierwsza z brzegu, to jedna z dziesięciu, jedna ze stu, jedna z tysiąca pierwszych z brzegu gołych lasek – była w pewnej mierze podobna do Najpiękniejszej Kobiety Świata. Ten sam idealny zarys ramion, ten sam pełen samozadowolenia uśmiech, ten sam martwy wzrok. Zadrżała mi ręka, opuściłem broń. Z bezradności i żalu byłem bliski płaczu. Z całą ostrością pojąłem, że najcelniejszy nawet ostrzał wizerunku pierwszej z brzegu gołej laski byłby pełną żenuarią. Jakaś tandetna, *per procura*, symboliczna egzekucja roiła mi się w głowie... A tu nie tylko do zastępczych podobizn, tu w ogóle nie ma co strzelać. Tu trzeba po męsku klęskę brać na klatę. Trzeba walczyć, szukać, namiary za wszelką cenę, nawet za cenę upokorzenia, zdobywać. Kogoś zaufanego dalej typować i o jej komórkę mimo wszystko, nie bacząc na przeciwności, z heroizmem pytać... Z heroizmem, bo przecież nawet jak się powiedzie, to nie jest powiedziane co dalej...

Chryste Panie! Tak mnie recydywa niedawnego koszmaru sponiewierała i do białości rozwścieczyła, że zrobiłem to. Nie w transie, a na zimno. Wszelkie moje transy mają, odcedzoną już w zasadzie z transu, lodowatą końcówkę (przypominam przejście przez prywatne apartamenty ambasadorostwa) i teraz też tak było. Zrobiłem to na zimno, z całym spokojem, a pod koniec nie bez uciechy. Przyniosłem z lodówki czternaście pięćdziesiątek gorzkiej żołądkowej, metodycznie ustawiłem je w godziwych odstępach na krawędzi balkonu i – nie zaskoczę was – czternaście nabojów na nie zużyłem. Oczywiście żadne kunktatorskie ruchy w rodzaju: odbezpieczyć czternaście buteleczek, zlać z nich gorzałę do dzbana, postrzelać sobie do pustych, a potem jeszcze pobiesiadować – nie wchodziły w grę. Po pierwsze: kto strzelał do butelki pełnej i do butelki pustej, wie, jaka to jest różnica. To jest różnica fundamentalna. To jest różnica, jak nie powiem, pomiędzy czym a czym. Po drugie: ja na koniec potrzebowałem zapachu krwi. A idący od balkonu, od czternastu roztrzaskanych pięćdziesiątek subtelny obłok gorzkiej żołądkowej był jak zapach gęstej tropikalnej krwi, był jak gaz bojowy – usnąłem odurzony i nieprzytomny.

A gdy się obudziłem i gdy jak zwykle przed wstaniem z łóżka sprawdziłem, czy ktoś nocą jakiej rozpaczliwej wiadomości nie zostawił – na ekranie mojego telefonu wyświetliły się litery wystukane kciukiem anioła: „Przepraszam, że zniknęłam tak nagle, ale musiałam. W każdym razie ja mówię: tak. Ja mówię: tak. Mówię tak dalszemu ciągowi rozmowy o życiu". Wstałem, puściłem na full pierwszy koncert skrzypcowy Vivaldiego i odpisałem: „Ja mówię tak naszemu życiu". Naszemu wspólnemu życiu?" – odpisała w trzy sekundy. „Tak" – odpisałem. „Myśli pan, że będziemy szczęśliwi?" – odpisała. „Tak" – odpisałem.

4

Piszę pierwszą w życiu scenę łóżkową i popełniam klasyczny błąd debiutanta – zamiast natychmiast przystąpić do rzeczy, zamiast od razu zacząć rozstępujące się niczym obłok ciało Najpiękniejszej Kobiety Świata opisywać, wchodzę w zawiłe wstępy i dygresje. Ale jak się miało w łóżku Najpiękniejszą Kobietę Świata, to człowiek się czuje tak wzmocniony intelektualnie, że, zdaje mu się, ma prawo do formułowania tez fundamentalnych. Ma prawo do stawiania i do rozstrzygania kwestii kluczowych. Stawiam zatem (i zaraz też rozstrzygnę) następującą kwestię kluczową: Co mianowicie w seksie jest kwestią kluczową? Odpowiadam: Kwestią kluczową w seksie jest pozycja wyjściowa. Ach, oczywiście, nie chodzi o żadną pozycję wyjściową w łóżku. Nie zajmuję się pożałowania godnym poradnictwem technicznym, o co oprzeć stopy i pod co podłożyć poduszkę itd. Idzie mi o pozycję wyjściową w sensie fundamentalnym, o pozycję – używam tego terminu w sensie klasycznie filozoficznym – pierwszą*.

Znaleźć miejsce na zajęcie pozycji pierwszej, a następnie zająć pozycję pierwszą – oto jest w seksie kwestia fundamentalna. Fundamentalna przez to, że początkowa, bez tego nie ma żadnych dalszych ciągów, a nawet jak są, to chaotyczne i nieharmonijne. Chaos zaś i brak harmonii są zagładą seksu. Słowem, chodzi o to, żeby usiąść we właściwym miejscu. Pozycja pierwsza jest zawsze pozycją siedzącą – kombinowanie, że niby razem podchodzimy do okna i pod tym oknem albo w drodze powrotnej ją obejmę, albo zupełna katastrofa, jaką jest czatowanie na jej powrót z łazienki i wtedy romantyczny skok na plecy – takie kombinowanie jest klęskowe przez to, że skazuje na krótkotrwałość. Ile z nią będziesz stał pod tym oknem? Jak długo w szale miłosnym będziecie się kolebać pod łazienką? Prędzej czy później musisz zluzować namiętny chwyt i wszystko zaczyna się od początku. Chyba że, nie daj Boże, ogarnięty paniką w tak fatalnym momencie i na domiar złego przyspieszysz. Inna sprawa, że wtedy przynajmniej masz z głowy. Poległeś. Nie żyjesz. Bez przesady, że śmierć ma same złe strony.

W moim najgłębszym przekonaniu dobrze usiąść obok kobiety, odpowiednio obok kobiety usiąść, na właściwym miejscu obok kobiety usiąść to jest sedno sztu-

---

* Pozycja pierwsza jest analogią do Arystotelesowskiej – *prote philosophia* – filozofii pierwszej. Rzecz jasna, wyćwiczyć się w pojmowaniu i zajmowaniu pozycji pierwszej można i bez wiedzy o Arystotelesie, ale wtedy smak cielesnego obcowania jest wątlejszy.

ki miłosnej. Kto prostotę tego kunsztu pojmie – wiele się nauczył. Kto jej nie pojmie – wiele nie osiągnie.

Z różnych powodów ludzkość ponosiła fiaska miłosne. Ponosiła je, bo była nieśmiała, bo nie miała warunków, bo zrobiło się późno, bo było za wcześnie. Bo ona była jeszcze nie gotowa, bo on się wstydził, bo ją sparaliżowało, bo on się upił, bo ona za wcześnie się rozebrała, bo on za późno wyznał, że naprawdę kocha itp., itd. Z miliona powodów ludzkość ponosiła klęski miłosne. Ale miliard razy poniosła klęskę, miliard razy do niczego nie doszło, ponieważ on nie wiedział, jak się ma przesiąść z fotela na kanapę. Miliard, a może miliard miliardów klęsk się wzięło stąd, że on nie umiał zająć pozycji pierwszej. Inna sprawa, że jak się ma małe mieszkanie, to jest prawdziwa tragedia. Właśnie małe. W małym gorzej niż w dużym. Nie będziesz się przecież, zaraz jak tylko siądzie, ładował do niej na wersalkę z powodu ciasnoty mieszkaniowej. Wbrew pozorom w małym mieszkaniu obowiązują surowsze reguły.

Miałem małe mieszkanie. Najpiękniejsza Kobieta Świata siedziała na kanapie, ja po przeciwnej stronie niewielkiego stolika na fotelu. Siedem gór, siedem rzek, siedem mórz i siedem nieskończoności dzieliło mnie od pozycji pierwszej. I to było straszne. Ale ładnych kilkadziesiąt gór, rzek, mórz, nieskończoności miałem już za sobą. I to było dobre. Chociaż niepojęte. Tym bardziej niepojęte, że to w gruncie rzeczy nie tyle ja sam pokonałem wszystkie przeszkody, ile przeprowadziła mnie przez nie Najpiękniejsza Kobieta Świata. Nie musiałem przeprawiać się przez kilkadziesiąt rzek, by zaprosić ją do knajpy, bo ona od razu powiedziała: Tak. Nie musiałem się wspinać na kilkadziesiąt gór celem zabrania jej do kina, bo ona od razu powiedziała: Tak. Nie musiałem wpław przepływać kilkudziesięciu oceanów, żeby pójść z nią na spacer, bo ona od razu powiedziała: Tak. Co ja – coś, to ona – tak. Na każdą moją propozycję – tak. A ja, zamiast zastanowić się przez chwilę, że coś tu jest nie tak, bo za bardzo wszystko tak, byłem w permanentnej euforii, że tak. O k...! Tak! O k...! Tak! O k...! Tak! O Boże! Tak! Ona je ze mną obiad! O Boże! Tak! Ona jest ze mną w Ogrodzie Saskim! O Boże! Tak! Ona pozwala mi być przy sobie, jak wyprowadza swego psa! O Boże! Tak! Ona trzyma mnie za rękę! O Boże! Tak! Ona całuje się ze mną w bramie! O k...! Tak! O Boże! Tak!

Była druga połowa lipca, niebo nad opustoszałą Warszawą lśniło jak pole wapna. Godzinami siedzieliśmy w Green Coffee na Marszałkowskiej, w Modulorze na placu Trzech Krzyży, w Tam Tamie na Foksal, w Antykwariacie na Żurawiej. Byliśmy w Iluzjonie na *Słodkim życiu*, w Rejsie na *Siódmej pieczęci*, w Kinotece na *Między słowami*. W Atlanticu na *Dziewczynie z perłą* Najpiękniejsza Kobieta Świata płakała z zachwytu. Sprawnie udawałem, że podzielam jej wzruszenie. Łatwo mi to przychodziło, bo w euforii podzielałem wszystkie jej wzruszenia i potakiwałem we wszystkim.

Potakiwałem jej koncepcji życia na ziemi. Polegała ona – jak pamiętacie – na znalezieniu odpowiedniej proporcji pomiędzy pracą a wypoczynkiem. Potakiwałem jej koncepcji życia pozagrobowego – dusza po śmierci idzie do nieba, piekła albo czyśćca; ale jak nie chce, nie musi, może wstąpić w inne ciało ludzkie, zwierzęce lub roślinne, to zależy spod jakiego znaku zodiaku zmarły był za życia. Potakiwałem nawet jej hierarchiom literackim – wielbiła Whartona i Coelho. Nie bez trudu – ale potakiwałem. Boże mój! Dla takiego piękna zaprzeć się takiego detalu jak gust literacki? Nie ma sprawy. Potakiwałem. Chodziliśmy w koło wymarłą Chmielną, Kruczą, Wspólną, Hożą, Wilczą i ja cały czas podzielałem jej wzruszenia i cały czas potakiwałem. Puste miasto uszlachetniało jej baliwernie. Rozpalone betonowe centrum było tak wymarłe, jakby świat przestał istnieć. Nawet nieliczne widma konających narkomanów, pijanych kloszardów i udręczonych upałem strażników miejskich gdzieś poznikały. Byliśmy ostatnimi ludźmi na Ziemi, a ostatni ludzie na Ziemi mają prawo do gadania głupot.

– Wpadnij do mnie – powiedziałem. Staliśmy pod jej domem. Jej pies, w którego kolejnym wieczornym odlewaniu się miałem zaszczyt brać udział, patrzył na mnie wrogo.

– Tak – odpowiedziała. – Będę o szóstej.

Wszystko było jasne. Łączyła nas miłość czysta, ale zbliżał się czas brukania. Miałem lęki, złe przeczucia, przewidywałem katastrofę. Przecież ona w którymś momencie musi przestać mówić – tak. A jak przestanie mówić – tak, to powie – nie. I najpewniej powie – nie, wtedy kiedy one wszystkie mówią – nie.

Siedziałem naprzeciw niej jak na rozżarzonych węglach, byłem milion lat świetlnych od pozycji pierwszej i wiedziałem, że jak zrobię choć jeden ruch, by się do niej zbliżyć, jak choć jednym nieopatrznym gestem zasygnalizuję, że chcę się przesiąść z fotela na kanapę, usłyszę – nie. W zasadzie w ogóle nie mogłem się ruszyć, bo w panice zacząłem histeryzować, że jak w ogóle jakikolwiek ruch zrobię, to usłyszę – nie. A do tego nie mogłem dopuścić. Owszem, kobiety często mówią – nie i nieraz, jak powszechnie wiadomo, nie ma to większego znaczenia. Ale jak kobieta, która cały czas mówi – tak, choć raz powie – nie, może to mieć znaczenie dalekosiężne. I katastrofalne. Tak jednak czy tak, prędzej czy później, musiałem się ruszyć. I ruszyłem się. Ruszyłem się, bo zadzwonił telefon. Jak tylko dźwięk dzwonka usłyszałem, od razu wiedziałem, po samym – powiedziałbym – sygnale poznałem, że dzwoni do mnie Pan Bóg. Byłem absolutnie pewien, że jak słuchawkę podniosę, głos Pana Boga usłyszę. I nie myliłem się i podniosłem, i usłyszałem:

– Cześć. Czytałeś, co ten kretyn napisał? – Pan Bóg przemawiał głosem mojego przyjaciela Mariana S.

– Oczywiście, że czytałem! Pewnie, że czytałem! – głos mi drżał ze szczęścia, byłem ocalony, byłem wybawiony. Sam Pan Bóg wiódł mnie ku pozycji pierwszej.

– W sumie osobliwe, że czytałeś. Tego w zasadzie w ogóle nie da się czytać. Typowy utwór matoła.

– Coś się z nim złego stało. Stracił panowanie nad myślą.

– Nad jaką myślą. Przecież tam śladu myśli nie ma. To jest tekst faceta, który nie nad myślą, a nad moczem stracił panowanie.

– Tak czy tak zjazd w dół. Kiedyś to, co pisał, jeszcze miało ręce i nogi.

– Zawracanie głowy. Nigdy ani rąk, ani nóg. Zawsze mówiłem, że to grafoman.

– Na początku był przynajmniej pokorny.

– Każdy grafoman na początku jest pokorny. On też. Kiedyś był grafomanem pokornym, a teraz jest grafomanem bezczelnym i rozwielmożnionym.

– Swoją drogą, że oni te dyrdymały drukują. W końcu to się do redakcyjnego kosza kwalifikuje.

– Co się dziwisz, że drukują? Przecież to debile.

*

Z zapałem z moim przyjacielem, znanym krytykiem literackim Marianem S. gawędziłem. Ze znawstwem i smakiem omawialiśmy detalicznie artykuł (a może książkę, dziś już nie pamiętam) jednego z naszych wspólnych kolegów. Ze słuchawką przy uchu krążyłem po pokoju. Na przemian pozorowałem to całkowite zanurzenie w głębokim merytoryzmie rozmowy, to słałem Najpiękniejszej Kobiecie Świata porozumiewawcze spojrzenia i przepraszające gesty. Byłem w ekstazie. Bóg pochylał się nade mną. Gadałem w natchnieniu, dokonywałem rozbioru, interpretowałem i uogólniałem. Krążyłem – całkiem jak w ogrodach ambasady – po coraz ciaśniejszych orbitach. A kiedy za głosem mojego przyjaciela usłyszałem w głębi słuchawki prawdziwy głos Boga, który w języku pełniącym funkcję dzisiejszej łaciny zawołał: *Jerry! Now!* – zagrałem totalne pogrążenie w rozmowie połączone z totalnym odklejeniem od rzeczywistości, i w tym pogrążeniu i odklejeniu zrobiłem jeszcze jedno okrążenie dookoła pokoju, i zacząłem następne, i w połowie następnego w całkowitym ferworze, transie i zamyśleniu usiadłem koło niej na kanapie. Nie zwracałem wszakże na nią – tak jakbym nie wiedział, gdzie przypadkiem przysiadłem – najmniejszej uwagi, dalej gadałem, gadałem jeszcze dobre dwie, trzy minuty, a gdy wreszcie skończyłem, gdy odłożyłem słuchawkę i gdy Bóg, widząc, że na dobre zająłem pozycję pierwszą, oddalił się i umilkł – rozejrzałem się dookoła. I ujrzałem, że nie tylko ja zajmuję pozycję pierwszą, ujrzałem, że pozycję pierwszą zajmuje z wolna, że ku pozycji pierwszej z wolna sunie dłoń Najpiękniejszej Kobiety Świata.

5

Wszystko się zgadzało. Moje palce wprawnie rozpinały jej bluzkę i guzikom jej bluzki podobały się moje palce. I jej bluzce podobało się, że zsuwa się z jej ramion, i jej ramionom podobało się, że zsuwa się z nich bluzka. Zapięcie jej biustonosza chyba czuło niedosyt, że moje palce zajęły się nim tak krótko, ale moje palce były dumne z siebie. Jej dżinsom, które ująłem na wysokości bioder, podobała się siła moich dłoni i podobało im się, że zmusiłem Najpiękniejszą Kobietę Świata, by na chwilę wstała. Jej dżinsy wiedziały, że najlepiej wyglądają na wyprostowanych nogach, i doskonale wiedziały, że jak się mają z jej bioder zsuwać, to przecież nie na siedząco. I zsuwały się niczym morska fala odsłaniająca uda Afrodyty. I to było wszystko. Najpiękniejsza Kobieta Świata *generalnie* – jak to ujęła – *nie nosiła majtek, nie tylko w upały.*

Wszystkim nie dogodzisz. Zasunęliśmy żaluzje, co światłu dziennemu nie bardzo się podobało, bo tylko jego resztki przechodziły przez szczeliny, ale upalny półmrok chętnie nas otaczał. Nie wypominając, Najpiękniejsza Kobieta Świata miała czterdziestkę na karku – w tym wieku, jak najsłuszniej uchodzącym za apogeum kobiecości, jest bezwiedny odruch przygaszania świateł. Był jednak świetlisty zmierzch lipcowy i było, mimo żaluzji, wystarczająco widno, bym nie tylko dotykiem doceniał mistrzostwo depilacji, prostotę i skromność wąskiej jak pasek od zegarka fryzury pod pępkiem, księżycową pełnię równo opalonych piersi, mostek pomiędzy nimi niesymetrycznie szeroki i wyboisty, plecy nieskończenie doskonałe i – jak to plecy – nieskończonym naznaczone smutkiem.

Prześcieradło pod nami upajało się naszym potem, światło dnia wycofywało się spomiędzy żaluzji, jej skóra była stworzona dla moich dłoni, jej żebra i boki Bóg stwarzał z myślą o moich ramionach, jej uda były fantastyczne, ale dopiero splecione z moimi tworzyły absolutną całość. Nuciliśmy na dwa głosy wielką pieśń miłosną, wygadywaliśmy na dwa szepty strzeliste plugastwa, upiory mojej samotności opuszczały mnie raz na zawsze, zabobony, że trzeba mieć z kobietą porozumienie intelektualne, rozsypywały się w proch. Wiedziałem, niezbicie wiedziałem, że wreszcie spotkałem kogoś (kogoś, mój Boże), z kim spędzę resztę życia, kto da mi siłę, kto będzie nade mną czuwał i nad kim ja będę czuwał, wreszcie spotkałem kogoś, z kim rankiem na tarasie czytał będę gazety, wieczorami oglądał w telewizji filmy kryminalne, latem jeździł nad Wigry, a zimą do Wisły. Wiedziałem to niezbicie i natychmiast postanowiłem się moją nową wiedzą z Najpiękniejszą Kobietą Świata (teraz też Jedyną Kobietą Świata) podzielić. – Spędzę z tobą resztę życia – wyszeptałem jej do ucha. – To niemożliwe – odpowiedziała nieoczekiwanie mocnym głosem. – Dlaczego? – dotykałem ustami jej mokrych włosów. – Bo ja kocham mojego męża. Nie wiem, czy powiedziała to szeptem, czy na głos, nie pamiętam. Pamiętam katastrofalną ciszę, jaka zapadła ponad prześcieradłem, ponad nami i ponad całym opustoszałym miastem. Gdzieś słychać było głos dziecka płaczącego na balkonie, daleki sygnał karetki, radio grające w oknie, łoskot pociągu ruszającego z Dworca Centralnego, potem nagły i urwany alarm. – Kocham mojego męża – powtórzyła z ociąganiem, a może z ospałością, co ją powoli po szale miłosnym ogarniała. – Kocham go. Właśnie wrócił z Paryża. Dlatego mogłam przyjść do ciebie. Bo dzisiaj on wyprowadza psa. Tak się umówiliśmy.

6

Życie polega na ustaleniu odpowiedniej proporcji pomiędzy pracą a wypoczynkiem. Po trzech tygodniach wypoczynku, i to wypoczynku porządnego, a nawet – powiedziałbym – wypoczynku ekstremalnego, po trzech tygodniach całkowitego odpoczynku od świata, po trzech tygodniach odjazdu i nieobecności na świecie – wróciłem i zabrałem się do pracy. Owinąłem moją hiszpańską strzelbę czarną folią, do kieszeni włożyłem pudełko ostrego śrutu Diabolo boxer i na godzinę przed godziną zero ruszyłem w wiadomym kierunku. Owinięta w czarną folię wiatrówka wyglądała pod pachą jak karnisz albo element dowolnego mebla. Mój martwy wyraz twarzy nic nikomu nie mówił.

Naprzeciw bramy, w której kilkakrotnie szaleńczo całowałem na pożegnanie i dwukrotnie na powitanie boskie usta Najpiękniejszej Kobiety Świata – naprzeciw tej bramy, po drugiej stronie ulicy wznosił się jednopiętrowy budynek szkoły podstawowej. Był już koniec sierpnia i z każdej strony trwały gorączkowe roboty remontowe, nawet teraz przed frontową ścianą kręcili się tynkarze. Z tyłu jednak, od szkolnego boiska, nie było nikogo. Pustka i głusza, i spiętrzone sterty zniszczonych przedmiotów, po których z łatwością wspiąłem się na dach.

Doszedłem do krawędzi, która miała sens, i ległem na brzuchu w klasycznej pozycji strzelca wyborowego. Wydobyłem wiatrówkę z folii, naładowałem ją i czekałem. Miałem jeszcze około trzydziestu minut. Dach pode mną był nagrzany jak staw pod koniec lata. Dołem jechały trzy czerwone fiaty. Fiat seicento, fiat brava i fiat punto. Chodnikiem szła kobieta z żółtą reklamówką, łysy facet w czerni, dwaj robotnicy nieśli obrócone w moim kierunku lustro, skryłem się w obawie, że zobaczą odbicie mojej głowy, po chwili znów wyjrzałem – teraz szła ruda dziewczyna w dżinsowej koszuli, za nią inna, czarna w czarnym podkoszulku i czerwonych spodniach, potem facet z czarną reklamówką i kiedy się zdawało, że czerń zacznie przeważać, znów się pojawiły trzy czerwone fiaty. Kręciło mi się w głowie, byłem na dachu jednopiętrowego pawilonu, ale lęk wysokości graniczył z pomieszaniem zmysłów. Trzy czerwone fiaty jeździły wokół mojej czaszki, obróciłem się na plecy i patrzyłem w niebo. Kiedy ostatni raz leżałem na rozgrzanej powierzchni, na ciepłej trawie albo na gorącym piasku i patrzyłem w niebo? W przestrzeń podobno coraz zimniejszą i ciemniejszą? Czterdzieści lat temu? Świeciło słońce, obłoki sunęły, przymknąłem powieki i chyba usnąłem, bo jak ponownie otworzyłem oczy, powietrze było o stopień ciemniejsze, a Najpiękniejsza Kobieta Świata – wiedziałem bez patrzenia – stała już pod bramą. Obróciłem się na brzuch – przynajmniej ty mnie nie zawiodłaś moja intuicjo – Ona była*. W białej bluzce, szarych spodniach, w pełnej krasie stała i myślała. Pies, tak jak wszystkie istoty żyjące, do jej stóp się łasił. Spokojnie podniosłem broń do oka, miałem ostatnią, ale dobrą minutę, wiedziałem, że Najpiękniejsza Kobieta Świata co najmniej przez minutę będzie się namyślać, czy pójść w lewo, czy w prawo. Pies usiadł nieruchomo i zastygł jakby w psim przeczuciu ostatniej godziny. Miałem go na muszce, z dołu słychać było równy szmer silników trzech czerwonych fiatów, za chwilę ostry pocisk Diabolo boxer przeszyje psią skórę, psie mięśnie i psie flaki i straszny rozlegnie się skowyt.

---

* Porównaj odpowiednie linijki *Innych rozkoszy*, *Pod mocnym aniołem* oraz przypis na str. 80.

Odbezpieczyłem. Delikatnie dotknąłem spustu i wiedziałem, że nie nacisnę. Prawdziwe życie było nie do pokonania i nie do przebicia. I uniosłem piękną jak sen oksydowaną lufę mojej wiatrówki i prowadziłem ją ostrożnie w górę w kierunku analogicznego piękna, minąłem uda, brzuch, serce, a jak byłem na wysokości szyi, wymierzyłem bardzo dokładnie. Mogłem strzelać z czystym sumieniem i bez obaw, że popłynie krew – miałem przed sobą piękno doskonałe jak geometria i przepuszczalne jak powietrze.

Nocne zmiany

Katarzyna Pisarzewska

Katarzyna Pisarzewska

autorka powieści *Halo, Wikta!*, która zdobyła nagrodę w konkursie na najlepszą powieść dla kobiet Złote Pióro 2002. Dalsze losy bohaterów opisała w książce *Wikta, ratuj!* Pracowała m.in. jako ankieter, socjolog, kwiaciarka, wolontariuszka i nauczycielka.

Duży Jano starał się o pracę na nocną zmianę w całodobowej kwiaciarni przy zjeździe z krajowej 61. na wojewódzką 630. Nie znał się, co prawda, na kwiatach, nie znał się nawet na kolorach, jego ręce pasowały bardziej do łopaty niż do róż i frezji, ale uprawiał kiedyś boks i w razie potrzeby potrafił się o siebie zatroszczyć. Gdyby w środku nocy przyszedł ktoś, kto zamiast zakupów chciałby zrobić mu krzywdę, Duży Jano na pewno potrafiłby wyperswadować taki zamysł. Dzięki temu był kandydatem bezkonkurencyjnym, a że również jedynym, bez problemu dostał robotę.

Jano miał dokładnie wyznaczony zakres obowiązków i bardzo uważał, żeby go nie przekroczyć. Codziennie za pięć dziesiąta przyjeżdżał na rozklekotanym jubilacie, stawiał go w kącie za drzwiami, szedł na zaplecze i tam na kanapie w paski przesypiał następne dziesięć godzin. Mógł włączyć radio albo telewizor, mógł czytać książki, które tygodniami nosił w plecaku, ale ledwie dotykał pasiastej kanapy, natychmiast zapadał w sen. Budziła go dopiero poranna zmiana, chyba że częściej, niż to przyznawał, zrywali go nocni klienci.

Jano nie lubił mówić, że jest czymś więcej niż płatnym śpiochem. A jednak był, i to na tyle często, że już po miesiącu odkrył reguły rządzące nocnymi przypływami i odpływami klientów. I tak do północy przychodzili Wieczorni Kochankowie, wybredni i niezdecydowani ekscentrycy (*szukam czegoś innego*), semantycy (*jak to się nazywa?*) i symboliści (*czy tego nie kładzie się czasem na grób?*). Żeby pozbyć się tych biednych kretynów, Jano stwarzał nowe rośliny albo przypisywał starym nieznane wcześniej właściwości. Tak wyhodował bursztynowe etnoróże, synkopowe dzwonki, czwórdzielnoparzyste gladiolusy, imbir salamankę, bengalskie tulipany i inne jeszcze cuda, o których nie śniło się ogrodnikom.

Duży Jano nie miał ambicji pisarza Haška i nie pragnął wcale pomnażać bożych dzieł. Nic nie sprawiało mu takiej ulgi, jak zamknięcie drzwi za ostatnim z Wieczornych Kochanków i udawanie, że nie słyszy, kiedy ten wracał pod wpływem słusznych wątpliwości i z nadzieją pukał w szybę. Wolał już wstawionych Mężów o Poranku, chociaż budzili go o świcie i pełni nieukierunkowanej jeszcze skruchy drżącym głosem ćwiczyli confiteor. Wieczorni Kochankowie żądali, by był poetą i botanikiem. Mężom o Poranku wystarczało, jeśli wcielał się w samego siebie – w życzliwego, sympatycznego grubasa, który wtykał im w ręce byle jaki wiecheć, cierpliwie słuchał, jak uniknąć życiowych błędów, skrupulatnie wydawał resztę i życzył powodzenia, wypychając ich na ulicę.

Miał jeszcze Jano innych gości, mianowicie kierowców, którzy zgubili się na drodze 61. albo odnaleźli się właśnie na murze kościoła MBKP. Wtedy to dzwonił na pogotowie lub wychodził na ulicę, żeby rękami jak skrzydła wiatraka wskazać we mgle kierunek. Poza tym nic go nie niepokoiło, jeśli więc nawet nie przesypiał swoich dziesięciu godzin, to na pewno nie schodził poniżej ośmiu.

Aż pewnego dnia do kwiaciarni przyszła ciemnowłosa dziewczyna i kupiła bengalskie tulipany. Tydzień później pojawiła się znowu i od tego czasu przychodziła regularnie. Nie zawracała mu głowy, nie przeżywała rozterek nad wazonami, nie zadawała zbyt wielu niewygodnych pytań. Duży Jano poczuł więc do niej sympatię i zaczął o niej myśleć. Próbował zgadywać, kim może być, dlaczego odwiedza go w środku nocy i komu zanosi kwiaty. A ponieważ budziła go z najgłębszego snu i obsługiwał ją jakby we śnie, wywoływała w nim osobliwe uczucia, które później przeradzały się w najdziwniejsze senne scenariusze. Wszystkie zaś miały wspólną cechę – były czarne jak amerykańskie kryminały z lat czterdziestych ubiegłego wieku z dziewczyną z kwiaciarni jako *femme fatale* w roli głównej. Bywała w nich krążącym niespokojnie duchem, wariatką nawiedzającą cmentarze, kochanką szukającą zemsty, prostytutką, złodziejką albo płatną morderczynią. Czasami śniło mu się, że szuka u niego schronienia, innym razem, iż chce go uwieść i zabić, a było to tak sugestywne o trzeciej nad ranem, że przyrzekał sobie już nigdy jej nie wpuszczać. Ale pozwalał jej wejść, oczywiście, a nawet więcej, budził się wcześniej i czekał, nasłuchując lekkich kroków i energicznego pukania w szybę.

Musiał myśleć o niej dość często, nie tylko o trzeciej nad ranem, bo któregoś dnia powiedział chłopakom w knajpie Gorzej, Gorzej: Co tydzień o drugiej w nocy przychodzi do mnie ciemnowłosa dziewczyna i kupuje bengalskie tulipany. Może powiedział to sam z siebie, a może któryś z nich zapytał: Jano, kto przychodzi kupować kwiaty w środku nocy? Co ty tam w ogóle robisz? Jano nie odpowiedział jak zwykle: Śpię po dziesięć godzin, tylko właśnie wtedy pochwalił się, że nocą odwiedza go wampir, wariatka, kobieta-duch, innymi słowy diuszesa.

Tego ostatniego nie trzeba im było mówić. Sami mieli wystarczająco dużo wyobraźni, żeby stworzyć dla niej dwanaście nowych życiorysów i dwanaście nowych ról, przy których fantazje Dużego Jano wydawały się byle jakie i pierwsze lepsze. Może pod wpływem tej erupcji pomysłów, z których żaden nie dotykał ziemi, Mateusz powiedział nagle zupełnie serio: Dowiem się, kim ona jest.

Duży Jano był zbyt zdziwiony, żeby zaprotestować. Dowiedzieć się, kim ona jest? Dowiedzieć się, tak po prostu? Wcześniej nie przyszło mu to do głowy, tak jakby jej obecność była efektem kosmicznej dziury w czasoprzestrzeni, przez którą jak przez okno zerkał w inną czasoprzestrzeń, jakby do chwili, kiedy wchodziła do kwiaciarni, i od chwili, kiedy z niej wychodziła, żyła wyłącznie w jego wyobraźni, i to nie jednym życiem, ale kilkoma równolegle. Teraz nie był już nawet pewien, czy jej sobie nie wymyślił, a właściwie chciał, żeby tak było.

Kiedy w następny czwartek Mateusz czekał na nią w swoim zapyziałym fiacie niczym tajniak z siermiężnego socserialu, Duży Jano miał nadzieję, że się nie doczeka. A jednak przyszła jak zawsze i jak zawsze wzięła tulipany. Wtedy postanowił, że uratuje ją dla siebie w inny sposób – nie będzie słuchał tego, czego dowie się Mateusz, nawet gdyby to było zbieżne z najbardziej nieprawdopodobną wersją wymyśloną w knajpie Gorzej, Gorzej. Najbanalniejsza tajemnica jest zawsze lepsza od najniezwyklejszej prawdy.

*

100

Miała na sobie czarny podkoszulek i sprane dżinsy, jeździła białym, niezbyt czystym citroenem z rejestracją z Dolnego Śląska i wydawała się bardzo zmęczona. Tak mógłby ją opisać i nie dodałby ani słowa.

Więc tak ona wygląda, ta diuszesa i wariatka, ma rozmazany makijaż, potyka się na nierównym chodniku, samochód gaśnie jej dwa razy, nim ruszy. Po drodze zajeżdża na stację benzynową, tankuje, kupuje bułki i macha do sprzedawcy jak do starego znajomego. Czy Duży Jano zainteresowałby się nią tak samo, gdyby kupowała u niego bułki i przyjacielsko machała na pożegnanie?

Nie musiał jej nawet śledzić, byli sami na szosie od zjazdu na wojewódzką 630. aż do krajowej 62. Całe szczęście, nie jechała daleko. Skręciła na pierwszym skrzyżowaniu, a potem wjechała w jedną z osiedlowych ulic. Mateusz zatrzymał się nieco dalej i czekał, obserwując, w którym mieszkaniu zapali się światło.

Zapaliło się na parterze, tam gdzie były kawalerki. Podszedł bliżej i zobaczył ją w kuchni (nalewała wodę do wazonu), potem w pokoju (z burym kotem na rękach) i znowu w kuchni. Chyba karmiła zwierzaka, coś tam do niego mówiła i głaskała. Potem wróciła do pokoju, zaciągnęła zasłonki i zgasiła światło. W pokoju zrobiło się niebiesko, do kuchni sączyło się blade światło z łazienki. I to wszystko, mógł już iść do domu.

A więc mieszkała sama i sama sobie kupowała kwiaty. Taka to była zagadka. Mateusz nie wiedział, czego się właściwie spodziewał. Może suma tajemnic i tajemniczek, które do tej pory przepuszczał przez palce, przekroczyła masę krytyczną i musiał wreszcie coś z tym zrobić. Tamte zresztą nie były takie ciekawe: biurowe plotki, firmowe albo rodzinne sekrety, dokumenty, które jakiś głupek wrzucił do kosza zamiast do niszczarki, dziewczyna, którą jakiś facet obmacywał na stole (zobaczyła ich pierwsza, była zawstydzona, właściwie uciekła, przed drzwiami poprawiała ubranie i włosy, a facet odwrócił się i patrzył im prosto w oczy, był zadowolony, jakby chciał powiedzieć, tak, chłopcy, ona jest w waszym wieku, a ja mógłbym być waszym ojcem, możecie tylko popatrzeć na nią przez szybę, na więcej was nie stać. Szkoda, że nie mam aparatu, powiedział wtedy Kleofas, ten facet ma obrączkę, moglibyśmy zrobić zdjęcia i potem go szantażować. Ale taki był właśnie Kleo: kiedy znajdował jakieś papiery, mówił, można by to sprzedać konkurencji albo jakiejś gazecie. Oczywiście, nigdy nic z tym nie robił, nigdy nie dociekał, czy te dokumenty mają dużą wartość, czy zdradzana żona zapłaci, żeby się dowiedzieć, że jest zdradzana, czy jakiegoś narzeczonego ciekawi, co dzieje się z jego dziewczyną w godzinach pracy. Kleo nie był człowiekiem czynu, on miał po prostu marzycielską naturę).

Historia Dużego Jano była całkiem inna. Dziewczyna nocą kupuje kwiaty... A właściwie, co to znaczy bengalskie tulipany? Czy naprawdę pochodzą z Bengalu? Może to jest jedyna tajemnica w całej tej historii, jedyna zagadka, którą warto rozwikłać.

Tyle tylko można by powiedzieć o tajemnicy, gdyby po kilku dniach Mateusz nie spotkał tej samej dziewczyny w korku na szosie do Warszawy. Tego korka nie powinno być, nie o czwartej po południu, nie w tę stronę. To, że jakiś kierowca wpakował się na mur kościoła MBKP, było chyba złośliwością opatrzności, wymierzoną przeciwko ludziom, którzy o tej porze jeżdżą do pracy i rzadko stoją w korkach. Dlatego zresztą wyjeżdżają w ostatniej chwili, ufni w przepustowość dróg krajowych, w płynność stołecznych arterii i w bezkolizyjność skrzyżowań. A ponieważ są tacy naiwni, łatwo wyjaśnić, czemu pracują w najbardziej gównianych profesjach świata.

Dziewczyna od tulipanów stała za nim. Widział ją we wstecznym lusterku, niewyraźnie jak na filmie kręconym z ręki, ale nie dlatego z początku jej nie poznał. Była ładniejsza od tej, którą pamiętał. I wściekła jak wszyscy wokół. Nerwowo uderzała palcami o kierownicę i co chwila patrzyła na zegarek.

Przepuścił ją za zakrętem. Podziękowała machnięciem ręki, nawet na niego nie patrząc. Próbowała wyprzedzać następnych – może spieszyło się jej bardziej niż im, Mateusz nagle postanowił za nią jechać. Kleofas będzie miał wreszcie okazję, żeby się zrewanżować za wszystkie zaspałem o szóstej wieczorem, za musiałem jechać z matką do lekarza trzy razy na miesiąc i za randka mi się przeciągnęła raz na półtora roku.

Dziewczyna jechała bardzo szybko, gdyby nie czerwona fala, nie mógłby jej dogonić. Co jakiś czas tracił ją z oczu, aż wreszcie na dobre zgubił w śródmieściu. Jeździł jednak dalej, rozglądał się na boki, wypatrując jej albo samochodu, przecież nie pakowałaby się tutaj, gdyby nie miała czegoś do załatwienia.

Zobaczył ją w końcu, przebiegła przez ulicę dwa samochody przed nim i zniknęła w kawiarni Ave Brasil!.

Kiedy zajrzał tam pięć minut później, stała za barem i wiązała na sobie długi fartuch. Ruda dziewczyna, która widocznie nie mogła przez nią wyjść wcześniej, narzekała: – Arleta jak zwykle... Przeprowadź się do miasta... Nie mogę zawsze przez ciebie zostawać.

Arleta uśmiechnęła się i odpowiedziała takim tonem, jakby opowiadała dobry dowcip:

– Przysięgam, Marysiu, to było ostatni raz.

*

Mateusz od ponad roku pracował w firmie Sczyścimy Was i nie licząc Kleofasa, był pracownikiem o najdłuższym stażu. Firma zajmowała się wszystkim, co mieściło się w obietnicy sczyścimy was, to znaczy: myciem okien na wysokościach, sprzątaniem pomieszczeń po firmach, które zbankrutowały albo wspięły się wyżej, uprzątaniem pobojowisk po domowych przeprowadzkach i innymi jeszcze czynnościami mniejszego kalibru. Kleo i Mateusz mieli nienormowane godziny pracy. Ale czasami zdarzały się też przestoje, siedzieli wtedy na tyłku przez tydzień albo dwa, po czym nagle wpadało kilka zleceń jednocześnie. Hefez zatrudniał wówczas dodatkowy personel, a Mateusza i Kleofasa przesuwał do zadań specjalnych, czyli najgorszych.

Kleo mówił, że żyją jak pionierzy kolonizujący opuszczone terytoria, nie znając jutra i niezbyt o nie dbając. Ich mustang, piętnastoletni polonez Hefeza, poza drobnymi defektami, jak drzwi otwierające się w trakcie jazdy, neurotyczne wycieraczki, piszczące hamulce i niedający się wrzucić drugi bieg, nie miał również kierunkowskazów. Każdy skręt sygnalizowali, wyciągając ręce na zewnątrz. Jazda z takimi usterkami, tak pocieszna w słoneczny dzień, podczas deszczu nabierała wymiaru tragicznego. A jednak nigdy nie mieli najmniejszej kolizji, nigdy choćby stłuczki. Samochód stanowił zagrożenie tylko sam dla siebie. Inni kierowcy, widząc, jak skromnie trzyma się pobocza, jak rzęzi i kaszle pod ciężarem ludzi i sprzętu, niekiedy nawet gubiąc to i owo (rurę wydechową na przykład), zachowywali bezpieczny dystans.

Mienie firmy było niewymienialne, czyli wieczne. Wieczny był polonez i wieczne problemy z gotówką. Dziw bierze, do czego musi się uciekać właściciel małej firmy, aby utrzymać ją na powierzchni. Hefez, na przykład, tankował dokładnie tyle, by starczyło na przejechanie trasy, chociaż czasami nie miał pieniędzy, żeby za benzynę zapłacić. Mateusz i Kleofas zrzucali się wtedy po 10 złotych i jeśli Hefez dobrze policzył kilometry, a wóz nie zrobił niespodzianki, docierali do celu o czasie.

Tego dnia, kiedy Mateusz zadziwiająco łatwo poznał imię i profesję Arlety, Hefez oświadczył, że jeśli mają jakieś życie prywatne, to przez najbliższe dwa tygodnie będą mieli dosyć czasu, by o nie zadbać, gdyż nie ma pracy: Panowie, ludzie nie są mobilni, i to nas kiedyś zabije.

Następnego wieczoru, mniej więcej o wpół do dziesiątej, Mateusz zaparkował swojego zapyziałego fiata pod oknami Arlety. Miał cholernie dużo czasu i pomyślał, że zobaczy, co u niej słychać. Oczywiście, było zbyt wcześnie, by ją zastać, jeśli znowu pracowała na popołudniową zmianę, ale kto o zdrowych zmysłach brałby same popołudniowe zmiany?

Teraz wpatrywał się w jej okna i jakby w nagrodę za swoje zainteresowanie zobaczył Arletę w jasno oświetlonej kuchni. Siedziała przy stole z telefonem przy uchu i kiwała machinalnie głową. Miała przy tym taką minę, jakby z trudem powstrzymywała się od płaczu. Ktoś jej coś tłumaczył, do czegoś namawiał, ona zaś zgadzała się na to potulnie, chociaż bez przekonania.

Mateusz pomyślał o tulipanach, które sama sobie kupuje, o samochodzie z dolnośląską rejestracją, o kawiarni Ave Brasil! i zrzędzącej kelnerce Marysi. Przyszło mu do głowy jedyne wyjaśnienie, że Arleta jest samotna, przeraźliwie samotna w obcym mieście, samotna wśród ludzi w pracy, samotna w kawalerce z obcymi meblami i widokiem na parking. Ciekawe, jak długo tu mieszka – dwa, trzy miesiące? Mógłby spytać Dużego

Jano, kiedy przyszła do niego po raz pierwszy. Pewnie wynajęła to mieszkanie kilka dni wcześniej, pozdejmowała ze ścian upiorne święte obrazki, porozkładała swoje rzeczy i załamała się, widząc, że to nic nie zmienia, wszystko jest takie jak było, brzydkie, tanie i obce. Próbuje coś z tym robić, kupuje kwiaty, wiesza zdjęcia, przygarnia kota, a potem dzwoni do matki i mówi: Tak, tak, tak, jest super, naprawdę świetnie, doskonale sobie radzę.

Kiedy tak patrzył na samotną Arletę siedzącą przy stole i usiłującą nie płakać do słuchawki, przyszło mu do głowy, że chętnie byłby z nią teraz w jej kuchni, słuchał, co ma do powiedzenia, pił herbatę, a może nawet trzymał na kolanach kota. Tylko najpierw trzeba pokonać te trzy albo cztery metry i szybę, która ich dzieli.

Dwa dni później Mateusz znowu zaparkował samochód pod domem Arlety. Niczego nie układał sobie w głowie, niczego zbyt dobrze nie zaplanował, pomyślał tylko, że rozwiązania najprostsze są zawsze najlepsze i powinien zrobić te kilka kroków, zapukać do niej i...

Nic z tego nie wyszło, ponieważ Arleta nie była sama. Stała w kuchni naprzeciwko jakiegoś mężczyzny, do którego mówiła coś w dużym zdenerwowaniu. On próbował ją uspokoić, a kiedy w końcu wybuchła płaczem, objął ją i głaskał po głowie, tłumacząc coś bezskutecznie. Wreszcie wysupłała się z jego ramion i wyszła z kuchni. Mężczyzna głęboko westchnął i poszedł za nią. Po dłuższej chwili pojawili się przed blokiem. Arleta niosła jakieś pudełko, z którym nie potrafiła się chyba rozstać. W końcu oddała mu je i pobiegła do domu.

Wszystko stało się już jasne. To, co Mateusz wziął

pochopnie za samotność dziewczyny w obcym, brzydkim mieście, było po prostu efektem rozstania, efektem porzucenia, samotnością nie tak znowu godną współczucia. Ten mężczyzna (specjalnie zwrócił na to uwagę, kiedy wyjął kluczyki i otworzył samochód) nosił obrączkę i wydawał się sporo od niej starszy. Ciekawe, czego się spodziewała? Biedna, niemądra Arleta.

Kiedy mężczyzna ruszył, Mateusz mimowoli przekręcił kluczyki w stacyjce i pojechał za nim.

Przejechali obok cmentarza i stacji benzynowej, droga była wąska, asfalt jakby wsiąkł w przedwojenny bruk, telepali się więc powoli i ostrożnie we wczesnowiosennej, wilgotnej ciemności. W końcu mężczyzna skręcił w jedną z bocznych dróg i zatrzymał się pod bramą.

Mateusz poczekał, aż tamten zniknie w garażu, dopiero wtedy wolno przejechał obok jego domu i zaparkował dziesięć metrów dalej.

Mimo tych okolic prowincjonalnych, cmentarza, bruków pod kołami i sosen na horyzoncie, dom stał pośrodku czegoś, co w folderach reklamowych określano jako osiedle willowe. Wszystkie domy wokoło były nowiutkie i zadbane, solidne i czyściutkie, miały seledynowe trawniki, malutkie klombiki, ogrodowe lampki i tym podobne oznaki dobrobytu.

Ludzie, którzy tu mieszkają, nie zasłaniają okien. Nie, nie dlatego, że nie mają czego ukrywać. Nie mają przed kim. Wysoki parkan, pusta ulica. Sąsiedzi są tacy sami. Żona wychodzi po męża i wita go w progu. Mąż siada w kuchni, żona robi mu herbatę, odwraca się, pyta o coś, klepie go po ramieniu, jakby mówiła, dobry chłopiec. A on jest po prostu zmęczony. Ma prawo. Miał ciężki dzień i trudne spotkanie w interesach.

Na szczęście wszystko się wyjaśniło. Tak, kochanie, jak zwykle wygrywamy.

Jego żona, pulchna, jasnowłosa, wesoła kobieta, opowiadała właśnie jakąś zabawną historię, z której sama się śmiała. Na pewno nie wiedziała nic o Arlecie ani o tej decydującej rozmowie przed dwudziestoma minutami. Tak przynajmniej chciałby myśleć Mateusz, który wyobrażał sobie coś w rodzaju eksplozji w ich bezpiecznym, spokojnym świecie. Wysłałby do tej pulchnej, zadowolonej kobiety list z wiadomością: Twój mąż ma kochankę, sprawdź w czwartek w kawiarni Ave Brasil! o siedemnastej. Potem zadzwoniłby do niego: to ja, twój szantażysta, spotkajmy się w czwartek o siedemnastej, kawiarnia Ave Brasil!, i porozmawiajmy o... Wystarczyliby sobie sami – on, ona i ta trzecia jako świadek. Kochanie, co tu robisz? A ty? Ja właściwie... Wydaje mi się, że wiem, poczekamy na nią? Czy coś państwu podać? Młodą dziewczynę dla tego pana. Proszę nie brać tej pani poważnie, kobiety mówią takie głupstwa, kiedy przestają nad sobą panować...

Oczywiście, nie zrobiłby czegoś takiego, chociaż sama myśl, sama możliwość dawała mu już satysfakcję. Takim jak ten facet wszystko się udaje. Za dziesięć lat będzie obmacywał sekretarkę na biurku w swoim gabinecie i czekał z drżeniem kolan na to, że ktoś ich zobaczy. Takich jak on po prostu na to stać.

Miał willę z ogródkiem, miał garaż i auto i miał Arletę wtedy, kiedy jeszcze mu to pasowało. Teraz to chyba kłopot, prawda? Wpadać na siebie w supermarkecie, natykać w korkach do Warszawy albo na stacji benzynowej... Ciekawe, co takiego Arleta dała mu w tym śmiesznym pudełku, z którym tak trudno było się jej rozstać? Prezent na pożegnanie Wieczornego Kochanka, który zbyt wcześnie wszedł w rolę Męża o Poranku?

Teraz, niemądra Arleto, naprawdę przydałoby ci się jakieś pocieszenie.

Duży Jano stał w drzwiach zaspany jak niedźwiedź i patrzył na Mateusza małymi oczkami tak, jakby go nie poznawał.

– Jano, Jano, nie poznajesz mnie? – spytał Mateusz, przeciskając się między framugą a wielką piersią Dużego Jano.

Jano podrapał się po głowie i cofnął w głąb kwiaciarni.

– Poznaję, ale nie rozumiem – powiedział.

Na jego brak zrozumienia nałożyło się kilka spraw, o których może warto wspomnieć. Po pierwsze, o wpół do drugiej w nocy nikt tu nie przychodził, chyba że zgubił się na krajowej 61. albo wojewódzkiej 630. Po drugie, Mateusz mieszkał w okolicy od dziecka, prędzej więc zgubiłby się w drodze do pracy niż na drodze 61. lub nawet 630. Po trzecie, Mateusz nie przychodził do kwiaciarni w ogóle, a w każdym razie nie nocą.

– Nie rozumiem – powtórzył Jano – stało się coś złego? Coś z moją matką?

Obudził się błyskawicznie, ale Mateusz położył mu rękę na ramieniu i wyjaśnił uspokajająco:

– Przyszedłem tylko po kwiaty. Wiesz, chciałbym, żeby to było coś niezobowiązującego, zabawnego raczej, nawet dziwacznego... A te jak się nazywają? Fajne chyba, co? Mam nadzieję, że takich nie zanosi się na cmentarz.

Duży Jano złapał się za głowę, usiadł na schodkach i rozważał przygnieciony ciężarem swego odkrycia:

Miałem nadzieję, że ciebie to ominie, że ominie nas wszystkich, że nie będziemy się tak wygłupiać, że żaden z nas, żaden z tych, z którymi spotykam się w knajpie Gorzej, Gorzej, nie ulegnie tej chorobie, tej głupocie, tej manii, że żaden z was nie stanie się Wieczornym Kochankiem. Nie zrozum mnie źle, nie mam nic przeciwko miłości, przeciwko zakochaniu, przeciwko uprawianiu seksu ani nawet przeciwko małżeństwu, wszystko jest dla ludzi, ludzie są dla ludzi, niech sobie robią, co chcą. Ale ta choroba, zrozum mnie, ten szczególny rodzaj zaślepienia, czyni z was biednych kretynów, podobnych do siebie kubek w kubek, jak dwie krople wody, każe wam tu przyłazić, budzić mnie w środku nocy i zadawać głupie pytania, nie zdając sobie sprawy z tego, że są głupie. Dlaczego to nie może objawiać się inaczej? Dlaczego to musi objawiać się właśnie tutaj? Dlaczego, co?

Tak właśnie albo bardzo podobnie chciałby zawołać Duży Jano, rwąc z głowy włosy, których nie miał. Tak chciałby zawołać i może nawet zapłakać. Zamiast tego powiedział:

– Mateusz, nie bądź upierdliwy.

– Więc co? – spytał Mateusz bezradny jak dziecko albo jak kierowca rosyjskiego tira we mgle pod Warszawą, jak ci wszyscy, którym Duży Jano musiał pokazywać drogę na drodze i w zalotach, chociaż nie miał prawa jazdy i nie bywał zakochany. – Co mam wybrać?

Wyjaśnię ci to ogólnie – zaczął Duży Jano. – Wyjaśnię ci to raz na zawsze, żebyś nigdy, przenigdy nie pytał już o radę, nawet jeśli przyjdziesz tu z innego powodu. Większość ludzi to wie, wie to intuicyjnie i stosuje się do tego, nie zdając sobie nawet sprawy. Ty widocznie nie należysz do tych ludzi, więc uważaj. Mężczyznom kupuje się rośliny trwałe, które mogą stać nawet trzy tygodnie, rośliny falliczne w kształcie i stonowane w kolorze, czasami określane subiektywnie jako brzydkie i dziwaczne. Wszystkie te warunki spełnia imbir salamanka. Ten tu, po prawej. Jeśli chodzi o kobiety, daje się im kwiaty efektowne, intensywne w kolorze, pachnące, o rozłożystych płatkach, odurzające pod każdym względem, ale nietrwałe. No, nie, oczywiście, mogą być trwałe, ale to nie jest istotne, liczy się tylko efekt, pierwsze spojrzenie, pierwsza chwila, a potem można już zacząć wspominać. Bursztynowa etnoróża, tak, widzę, że łapiesz! Widzisz, jakie to proste?

Ale tego Duży Jano oczywiście również nie miał ochoty mówić. Powiedział coś zupełnie innego:

– Przecież nie znam się na kwiatach. Nie znam się nawet na kolorach. Ludzie mówią łososiowy, a ja widzę żółty. Ludzie mówią kremowy, a ja znowu widzę żółty. Mówią indygo, amarantowy, écru, a ja zwyczajnie głupieję. Pracuję tu tylko dlatego, że potrafiłbym dać sobie radę z bandytami, którzy nie wiem co chcieliby tu ukraść. Nakłamałem, że ćwiczyłem boks. Byłem kiedyś z ojcem na jednej walce, ojciec znał kierownika sali i dlatego pozwolili mi potem wejść na ring i zobaczyć, jak to wszystko stamtąd wygląda. Miałem dziesięć lat. Zobaczyłem krew na podłodze i zemdlałem. Co ci będę zresztą opowiadał. Wybierz coś sam, dobra?

W ten oto sposób Mateusz wybrał kwiaty, których nazwy nie znał, w kolorze, którego się tylko domyślał, i zawiózł je do Arlety. Chciał jej sprawić przyjemność. Chciał ją zaintrygować. Chciał, żeby zapomniała o tamtym bałwanie i zaczęła myśleć o kimś innym.

Szkoda, że nie mógł zobaczyć jej zdziwionej miny.

W tydzień po tym, jak Arleta znalazła pod drzwiami szansonetki Give-me-voice (według terminologii Grubasa z kwiaciarni), za wycieraczkę w jej samochodzie ktoś wetknął złożoną na pół kartkę. Nie wyglądała jak ulotka z pizzerii ani agencji towarzyskiej, Arleta rozłożyła ją i przeczytała:

Żonkile

Sam wędrowałem, jak obłoczek
Często sam płynie przez przestworza,
Gdy nagle widok mnie zaskoczył
Złotych żonkili tłumu, morza;
Od wód jeziora aż po drzewa
Tańczyły – wiatr im w takt powiewał*.

Czemu ktoś wetknął za wycieraczkę kartkę z wierszem? Może to jakaś nowa akcja miejska, jakieś dziwaczne zjawisko, o którym za dwa dni będą z zachwytem pisać wszystkie gazety (podaruj wiersz strendżerowi!). Oczywiście, nie ma sprawy, to nawet miłe... Byleby tylko nikt nie chciał z nią robić wywiadu. Czy to od pani zaczęło się to szaleństwo? Jak się pani wtedy czuła? Czy mogłaby to pani określić jako zajebiste zaskoczenie?

Za chwilę jednak przypomniała sobie kwiaty pod drzwiami (chyba ktoś wetknął je za klamkę, ale niezbyt skutecznie) i natrętna zbieżność tych faktów kazała się jej zastanowić, czy nie ma w tym intencji odnoszącej się tylko do niej. Usiadła za kierownicą i lękliwie rozejrzała się dokoła. A może to program z cyklu „ukryta kamera" lub coś równie napastliwego?

Zdziwienie Arlety było tym większe, że nie zastanawiała się dotąd, skąd wzięły się tamte kwiaty. Sądziła, że to ktoś ze znajomych i chociaż niektórzy się nie przyznali, a innych nie pytała, była pewna, że w końcu się to wyjaśni. Miała zresztą teraz inne problemy na gło-

---

* W. Wordsworth, przekład M. Froński.

wie, wzięła to po prostu za miły gest, gest, którego akurat potrzebowała. Trudno posądzać kogoś obcego o tak dobre wyczucie czasu.

Ale wiersz, wiersz, to już inna sprawa. Nikt ze znajomych, po których można się spodziewać rzeczy niespodziewanych, nie mieszkał w pobliżu. Dlatego zresztą musiała ciągle wysłuchiwać: Arleto, przeprowadź się wreszcie do miasta... Żaden z nich nie pofatygowałby się rano za miasto, żeby wetknąć komuś wiersz za wycieraczkę. Nawet pod wpływem miłosnych objawień w środku nocy.

Włożyła kartkę do torebki i pomyślała, że warto będzie z kimś o tym porozmawiać.

Cały personel kawiarni Ave Brasil! (Arleta, Wasyl Nowotko i Marysia Mosakowska) pochylił się nad kartką. Wasyl zmarszczył czoło, Marysia westchnęła, Wasyl podrapał się po głowie, Marysia poszła obsłużyć klientów, Wasyl jęknął, jakby zabolało go serce, i zawołał:

– Wiem, przypominam sobie! To skecz Monty Pythona, skecz o katowaniu wierszem o żonkilach.

– Świetnie, ale co on mi chciał przez to powiedzieć? I jeszcze te kwiaty pod drzwiami, wyglądały jak różowe pazurki. Nie wiem, jak się nazywają, ale Grubas z kwiaciarni mówi na nie szansonetki Give-me-voice.

– Szansonetki Give-me-voice? – krzyknął Wasyl. – Ciekawi są ci twoi wieśniacy! Posługują się zaawansowanymi narzędziami, mam na myśli wyobraźnię... no, chyba że nie robią tego świadomie. Może to jakiś wypadek przy pracy, skoro ich nić DNA zdenaturowała się do kilku supełków pływających w cytoplazmie nasączonej spirytusem...

Wasyl zastanawiał się (nie po raz pierwszy), kto pisał o ich mieście, może Tyrmand, a może Wiech... Któryś z nich (albo może ktoś inny) nazywał je spirytusowym zagłębiem, gdzie z kranów zamiast wody płynie wódka. Wasyl nie potrafił zweryfikować autora tej pięknej plotki, wrócił więc do poezji.

– Dobra, dobra, wiesz przecież, że żartuję. Ten facet też chyba żartuje, takie mam wrażenie. Nie gniewaj się, on żartuje, bo nie chce być śmieszny, chce ci dać kwiaty, ale mu się wydaje, że to zbyt proste, zbyt głupie może... Więc chce udać, że to nic takiego, a przy okazji wciągnąć cię w grę i sprawdzić (jak by to powiedzieć?), czy macie jakąś wspólnotę skojarzeń... No, chyba że jest po prostu wielbicielem Wordswortha i to całe psychologizowanie nie ma sensu.

Tak, może chodzi mu tylko o to, żeby opowiedzieć jej o sobie, zaintrygować, a potem wybrać najlepszy jego zdaniem moment, by wyjść na scenę i powiedzieć – oto jestem. Arlecie wydawało się jednak, że to nie wszystko: on chce, żeby go odnalazła i daje jej wskazówki, których ona nie rozumie.

W następny czwartek ktoś zadzwonił jak na alarm do drzwi Arlety, kiedy akurat weszła pod prysznic. Gdy otworzyła drzwi, nikogo już nie było, tylko na wycieraczce leżało małe pudełko. W środku, szczelnie otulona w kolorową bibułę, tkwiła szklana kula z różą i padającym śniegiem. Aż dziw bierze, że na podstawce nikt nie wypisał: I nic nie zmrozi naszej miłości. Skąd on to wytrzasnął, jakie heroiczne poszukiwania musiał przeprowadzić, żeby zdobyć coś takiego? Chce ją rozbawić. Jakby chciał powiedzieć: wiem dobrze, że lubisz kwiaty, ale to przecież nienormalne, by jeździć po nie w każdy czwartek o drugiej w nocy...

Arleta doznała olśnienia. Przecież nikt o tym nie wie, tylko Grubas z kwiaciarni. Czyżby to on? Ten nieprzytomny olbrzym, który wyłaził z głębi kwiaciarni jak niedźwiedź z gawry i patrzył na nią tak, jakby jednocześnie miał ochotę uciec i paść jej do nóg.

Na pewno nie można było odmówić mu kreatywności. Prawdopodobnie miała nawet jakiś głęboko ukryty sens, ponieważ Grubas nigdy się nie gubił, nigdy nie plątał jak typowy kłamca, który powie coś na odczepnego, a potem o tym zapomina. Dzięki temu był kimś więcej niż sprzedawcą czy nocnym stróżem. Sam nie wiedział, jak i kiedy stał się ideologiem i rewolucjonistą, który zaszczepiał wśród wiernych nowe idee, po czym, zrobiwszy im mętlik w głowie, rzucał ich na pastwę rzeczywistości. W dodatku żywił przekonanie, że to świat, z dziwaczną systematyką, kolorystyką i praktyką językową, zagraża jego jasnym i naturalnym koncepcjom. Grubas był wrażliwy jak storczyk, tyle że sam musiał siebie pielęgnować.

Arleta miała jednak nieodparte przeczucie, że Grubas z kwiaciarni, mimo wyjątkowych predyspozycji do komplikowania rzeczy prostych, nie był człowiekiem, którego szukała. Nie, Grubas z kwiaciarni był jednym z tych darów, które otrzymała od Tajemniczego, takich jak szansonetki Give-me-voice, fragment wiersza o żonkilach i szklana kula ze śniegiem i różą. I oczywiście, był wśród nich najważniejszą wskazówką. Powinna go więc odwiedzić. Najbanalniejsza prawda jest zawsze lepsza od najniezwyklejszej tajemnicy.

Pukanie w szybę nie ustawało. Duży Jano zwlókł się w końcu z pasiastej kanapy i powoli, bardzo powoli, tak, żeby niecierpliwy klient zdążył zniecierpliwić się na dobre i odejść, dotarł do drzwi. Po drugiej stronie stała ciemnowłosa dziewczyna od bengalskich tulipanów. Nie powinna tu być w ten dzień powszedni, jeśli nazywać świętem czwartek jej normalnych odwiedzin. Coś się musiało stać, coś niedobrego, pomyślał Jano, wpuszczając ją z lękiem większym niż zwykle.

– Muszę cię o coś spytać – powiedziała dziewczyna. – I bardzo proszę, żebyś odpowiedział mi szczerze i poważnie, dobrze?

Duży Jano cofnął się o krok i patrzył na nią tak, jakby jej nie poznawał, ponieważ już po raz drugi naruszyła rytuał swoich wizyt. Nie dość że przyszła nie wtedy, kiedy trzeba, to jeszcze odzywała się nie tak, jak powinna. To jakby aktor zszedł z ekranu, jak w *Purpurowej róży z Kairu*. Jano nie znosił tego filmu, a w tej chwili uświadomił sobie, że nienawidzi go podwójnie, z powodu kwiatu w tytule.

– Ktoś mi dał kwiaty, o, te. Może wiesz, kto to był?

– Jak to, a ty nie widziałaś? – spytał Duży Jano wystarczająco wstrząśnięty tym, że mówi do niej na ty.

– Zostawił je pod drzwiami. Nie wiesz, kto to był? – powtórzyła.

Oczywiście, że wiem! – zdenerwował się Jano. – Powiedziałem o tobie chłopakom w knajpie Gorzej, Gorzej, a jeden z nich tak się tym przejął, że postanowił się dowiedzieć, kim jesteś. Ale widzę, że teraz zaczyna robić z siebie również Batmana Wieczornego Kochanka. Czy ja wiem, co się z nim stało? Czy znam naprawdę tego człowieka? Nie znam go, nie wiem, kto to jest.

– Nie znam go, nie wiem, kto to jest – powiedział Duży Jano. – Bardzo mi przykro, ale tu się włóczy tylu dziwnych gości... strach myśleć, sam się boję.

– Naprawdę nie wiesz? Bo jednak, gdybyś wiedział... Daj mu znać... Powiedz, że go szukam. Tutaj pracuję – wyjęła z torebki coś w rodzaju wizytówki. – Tu jest adres i telefon, nazywam się Arleta.

To zupełnie niepotrzebne – powiedział Duży Jano. – Dosyć zrobiłem już dobrego w tej sprawie. Czy ja wyglądam jak amorek? Nie róbcie ze mnie pośrednika, ludzie! Jeśli przyjdzie, jeśli spyta, czy ona tu była, czy mnie pytała, wtedy to tak, ale tak to nie. Myślisz, że on mi się zwierza? Myślisz, że przyszedł i powiedział, ta dziewczyna będzie mnie tu szukać, zrób to i to? Nie mogę podejmować za niego decyzji. Przecież on się może wcale nie zamierza z tobą kontaktować. Gdyby chciał, to by to zrobił, takie jest moje zdanie.

Taką tyradę wygłosił Duży Jano w głębi duszy. Na zewnątrz zachował jednak o wiele większy umiar.

– Mam dać tę wizytówkę byle komu? – spytał.

– Daj ją jakiemuś porządnemu chłopakowi – powiedziała dziewczyna i wyszła.

– Nie znam takich – odpowiedział Duży Jano.

Był tym spotkaniem bardzo zmęczony. Czuł się tak, jakby istota, którą widywał tylko przez uchylone okno do innej czasoprzestrzeni, nagle chwyciła się framugi, przeskoczyła przez parapet i wylądowała obok niego, w tym dobrze znanym, chociaż niekoniecznie miłym świecie. A teraz na dodatek pomachała ręką i poszła dalej. I jeszcze ta kretyńska wizytówka, a właściwie karta stałego klienta (przyjrzał się jej uważnie). Co ma z nią zrobić? Wyrzucił ją do kosza z odpadkami i z poczuciem dobrze spełnionego obowiązku poszedł spać.

Arleta też była tym spotkaniem zmęczona i rozczarowana. Rozczarowana, że nie miała jednak racji, że ta cała zabawa z kwiatami musiała oznaczać coś jeszcze innego albo zgoła nic. Może ten chłopak jest jej sąsia-

117

dem, obserwuje ją przez okno, wie o niej wszystko, a kwiaciarnia Grubasa wcale nie jest punktem łącznikowym. Może powinna była nawiązać z tym chłopakiem jakiś kontakt i sama narzucić reguły gry. Kiedy dostała fragment wiersza Wordswortha, mogła w odpowiedzi włożyć za wycieraczkę kartkę ze swoją zagadką, na którą on musiałby odpowiedzieć. Wtedy ich kontakt nie byłby jednostronny, on wiedziałby, że ona się w to angażuje, ona wiedziałaby, o czym on tak naprawdę myśli i czy jego skojarzenia i jej skojarzenia to tak naprawdę wspólnota skojarzeń (jak mówił Wasyl).

Jeszcze tego samego wieczoru Arleta ściągnęła z Internetu reprodukcję *Bitwy pod Grunwaldem*, na drugiej stronie umieściła fragment wiersza o żonkilach, i dopisała: Twój wiersz i mój obraz mają ze sobą coś wspólnego. Ale co? I wetknęła ją za wycieraczkę

Następnego dnia kartka znikła, lecz nie trafiła do adresata. Zwiał ją wiatr, ktoś podniósł i zaintrygowany zabrał do domu. Kilka dni później ta sama kartka znalazła się w szarej, niepozornej kopercie wraz ze zdjęciem stada gołębi, które jakiś staruszek podrywał do lotu kijem z powiewającą na końcu czerwoną szmatą, do złudzenia przypominającą podkoszulek. Dopisek brzmiał: Wiersz był użyty w skeczu Monty Pythona, a bitwa pod Grunwaldem z *Krzyżaków* Forda grała tam azjatyckie hordy. Ale co ma wspólnego to stado gołębi z *Bitwą pod Grunwaldem*?

I ta zagadka także trafiła do kogoś innego.

Mateusz i Kleofas siedzieli na dachu na wysokości jakichś stu metrów i patrzyli w dół, czyli w to, co określa się mianem korytarzy ulic, chociaż z ich punktu widze-

nia wyglądały one raczej jak koryta, a może nawet koryt-
ka. Kleofas pochłaniał drugie śniadanie i kruszył ostentacyjnie na ulicę. Pewnie sobie wyobrażał, że rozpędzony okruch może komuś wybić oko, ale taki właśnie był Kleofas, marzycielska natura.

– Uważam – mówił Kleo – że to niezły pomysł, jeden z takich, które ludzie lubią podchwytywać, fotografować do gazet, chociaż nie jest to chyba zbyt legalne. Myślę o Projekcie, nie o fotografowaniu do gazet. Ale, właściwie – snuł dalej – największy problem to to, że mieszkacie na takim zadupiu, Mateo. Myślę o dziennikarzach, jak oni dotrą.

– To nie będzie dla dziennikarzy – studził Mateusz – a poza tym, mamy w mieście własne gazety, dwie albo nawet trzy.

Kleofas nie był jednak przekonany, czy dwie lokalne gazety (albo nawet trzy) zaspokoją jego potrzebę medialnej sławy, i zastanawiał się właśnie, jakim znakiem, skrótem lub nazwą określić siebie wobec tych tłumów, które zawiadomi i sprowadzi – za zgodą Mateusza lub bez niej.

Mateusz zastanawiał się natomiast, co jeszcze może wymyślić i czy to, że Arleta nie trafiła jeszcze do kwiaciarni Dużego Jano, oznacza, że nie chce, czy może, że wskazówki nie były zbyt czytelne. Tego, że Duży Jano nie spisze się jako oficer łącznikowy, w ogóle nie brał pod uwagę.

Następnego dnia wieczorem, przed pójściem do pracy, Duży Jano doznał nagle przykrego uczucia, że o czymś zapomniał, o czymś, co może było ważne, chociaż chyba nie dla niego. I gdzieś w zakamarkach umysłu, tam, gdzie sen oddziela się od jawy, jakiś ruchliwy neuron namacał nietypową wizytę dziewczyny od tulipanów. W tym samym momencie Jano wykonał na swoim jubilacie lekki, swobodny skręt, przeciął wpław dwie kałuże i skierował się wprost do domu Mateusza.

Ale Mateusza nie było. Duży Jano otarł pot z czoła. Spocił się z przerażenia, bo uświadomił sobie, że zapomniał o czymś ważnym i w tej chwili jest to już nie do odrobienia. Zapukał do sąsiednich drzwi. Po chwili w szparze ukazała się uśmiechnięta twarz sąsiadki Mateusza.

– Witaj, Misiu – powiedziała – Mateusza nie ma, dawno go nie odwiedzałeś, chyba jeszcze od liceum. Ależ wy rośniecie, chłopcy!

– Muszę mu coś napisać, ma pani może flamastry?

Kobieta po chwili przyniosła kredkę do oczu. Napisał nią na białych drzwiach mieszkania Mateusza: Dziewczyna szukała cię pilnie. Była wczoraj albo przedwczoraj. Człowieku, mogłeś mi powiedzieć, że coś kombinujesz, dlaczego ja się muszę wszystkiego domyślać. Dała mi adres do jakiejś kawiarni, mam nadzieję, że wiesz do jakiej, bo wyrzuciłem już tę kartkę. Wcale mi się to nie podoba, więc będę kończyć.

Obok narysował coś, co przy dużym udziale dobrej woli można było nazwać szansonetką tremens. Kiedy oddawał kobiecie kredkę, ta powiedziała:

– Nie wejdziesz na chwilę, Misiu?

– A, wejdę – chętnie się zgodził duży Jano, widząc przez okno z klatki schodowej, że pogoda gwałtownie parszywieje.

I w ten właśnie sposób Duży Jano zaniedbał i stracił pracę, której poświęcił tyle serca i wyobraźni.

*

Jeśli ludzi coś do siebie ciągnie, to muszą się spotkać, choćby stawiali na swojej drodze najrozmaitsze przeszkody, bombardowali się ukrytymi znaczeniami, błędnie interpretowali swoje zachowania, mijali się tam, gdzie powinni się spotkać i tak dalej. Mateusz odczytał list na drzwiach i już w kilka godzin później siedział przy stoliku w kawiarni Ave Brasil!, zastanawiając się (niezbyt zresztą intensywnie), który z trzydziestu ośmiu gatunków kawy to neska z mlekiem.

Może powinien tu siedzieć już miesiąc wcześniej, chociaż wtedy dziewczyna od tulipanów na pewno nie podeszłaby do niego i nie zapytała:

– Czy... czy to ty?

W pierwszej chwili był zbyt zaskoczony, żeby odpowiedzieć. Arleta uważnie mu się przyglądała. Mateusz uważnie przyglądał się Arlecie. Śmieszne, ale dopiero teraz zobaczył, jaki ma kolor oczu. Zielone.

– To ja – odpowiedział i węsząc w tym jakąś metafizyczną ściemę, dodał: – Skąd wiedziałaś?

– Zamówiłeś tylko mineralną. Nikt nie przychodzi do nas, żeby wypić wodę. Woda jest najdroższa. A mówiąc szczerze, w tym tygodniu pytałam o to już czterech chłopaków.

Przez dłuższą chwilę próbowali mówić naraz albo naraz milkli, zanim Arleta nie doszła wreszcie do głosu i nie postawiła fundamentalnego pytania:

– Dlaczego ja?

Każda kobieta zadaje sobie to pytanie na zmianę z innym: dlaczego nie ja? Arleta uściśliła:

– Przecież mnie nawet nie znasz, nic o mnie nie wiesz. Dlaczego zwróciłeś na mnie uwagę?

Mateusz musiał więc opowiedzieć wszystko od początku, wszystko od momentu, kiedy Duży Jano powiedział w knajpie Gorzej, Gorzej (zwaną barem Go Go zupełnie zresztą bezpodstawnie), że co tydzień o drugiej w nocy do jego kwiaciarni przychodzi ciemnowłosa dziewczyna i kupuje bengalskie tulipany. Właściwie od tego wszystko się zaczęło, bo trudno wyobrazić sobie, czemu ktoś robi takie zakupy o takiej porze, w dodatku co tydzień.

– Dlaczego nie kupujesz ich po południu w piątek albo w środę, kiedy wracasz z pierwszej zmiany?

Arleta odpowiedziała tak, jakby to była rzecz najnaturalniejsza w świecie:

– Bo wtedy są duże korki i ciężko wrócić do kolejki.

Mateusz bez trudu kontynuował opowiadanie o tym, jak czekał na Arletę pod kwiaciarnią i śledził ją aż do domu.

– I wtedy pomyślałeś, co zrobić, żeby...

– Nie – odpowiedział. – Widziałem cię przez okno raz albo dwa, wydawałaś mi się załamana, samotna, sama – Mateusz zawahał się. – No, ale potem zobaczyłem cię z tym facetem. Zobaczyłem was przez okno. Pojechałem za nim i byłem zły, byłem wściekły na ciebie i na niego... Wymyśliłem to wszystko, bo chciałem, żebyś przestała o nim myśleć i...

Mateusz mówił dalej, ale Arleta, która od jakiegoś czasu szykowała się do komentarza i nerwowo wierciła na krześle, przerwała:

– Coś sobie niepotrzebnie dopowiedziałeś. Nie czuję się tu samotna, chociaż jestem sama. Moja rodzina bardzo mi pomaga, zwłaszcza brat z bratową. Mieszkam w ich kawalerce, dopiero w zeszłym roku przeprowadzili się do swojego domu i wtedy mnie tu ściągnęli. Jeszcze nie zdążyłam przerejestrować samochodu mojego taty, na pewno zwróciłeś uwagę na rejestrację. Z nikim się nie rozstawałam. Ten mężczyzna, którego widziałeś, to był właśnie mój brat, Łukasz. Wiem dobrze, o który wieczór ci chodzi. Mój kot chorował dwa tygodnie i zdechł. Może trochę histeryzowałam, to fakt. Łukasz przyjechał, żeby go zabrać i pochować w ogrodzie. Więc widzisz, w moim życiu nie było żadnych wielkich tragedii ani namiętności, chociaż oczywiście żal kota. Tak naprawdę wszystko jest do bólu zwyczajne.

Przez chwilę każde z nich rozmyślało o tym, o czym myślało drugie wtedy, kiedy się jeszcze nie znali. Arleta zapytała:

– A co z moją zagadką?

– Z jaką zagadką?

– No, wiesz, *Bitwa pod Grunwaldem* i wiersz Wordswortha. Pomyślałam, że jeśli ten wiersz kojarzył ci się tak jak nam, to znaczy, tak jak mnie, to będziesz znał odpowiedź...

Mateusz wyjął kopertę, a z niej kartkę z fragmentem wiersza o żonkilach, reprodukcję obrazu Matejki, zdjęcie z gołębiami, CD w koszulce oraz list: *Bitwa pod Grunwaldem* i gołębie to *Alternatywy 4* Barei, łączy je Balcerek, który hodował gołębie, a na widok *Bitwy pod Grunwaldem* powiedział: taka bitwa jest u nas na Targówku u rzeźnika, jak rzucą balerony, tylko że bab jest więcej. Ale co z jego gołębiami ma wspólnego ta piosenka?

– Znalazłem to dzisiaj w skrzynce na listy. Podobno ludzie przesyłają to sobie w kilku wersjach.

– Jeden wybór nie determinuje następnego, ale stwarza całą masę nowych możliwości – powiedział Wasyl zza baru. – A każda linia skojarzeń to jak alternatywny wszechświat.

– Co to za piosenka? – spytała Arleta.

– *Mr. Cab Driver* Lenny'ego Kravitza. To proste...

– Jarmusch – powiedziała Arleta.

– Jarmusch – powtórzył Mateusz, patrząc na Arletę z uwagą. – Gołębie są z *Ghost Dog*, a taksówkarz z *Nocy na Ziemi*. Zastanawiam się, co dołożyć.

– Ja myślę... – zaczął Wasyl, ale nie pozwolili mu dokończyć.

– To już będzie nasza wspólna wersja – oświadczyła Arleta.

Mogłaby jeszcze dodać (może zrobiła to później), że tak czasem jest, złe przesłanki prowadzą do dobrych wniosków, ale liczy się efekt końcowy. Jeśli tego nie zrobiła, to chyba dlatego, żeby Wasyl nie miał okazji wyjaśnić:

Jak by ci to wytłumaczyć, Mateuszu... Wymyśliłeś na jej temat kupę nieprawdziwych rzeczy, ale to się nie liczy. Za to uczucia (by użyć pompatycznego słowa) są prawdziwe, i tego się trzymajmy.

Parę dni później Mateusz, który bardzo zadomowił się u Arlety, obudził się wcześnie rano wiedziony przeczuciem, że omija go coś ważnego. Budzik wyświetlał 6.34, kot Noe walczył z grawitacją, Arleta spała z twarzą wtuloną w poduszkę. Nie, tutaj nic go nie omijało.

Nagle sobie przypomniał. Błyskawicznie wstał z łóżka i wyjrzał przez okno. W wieżowcu naprzeciwko, mniej więcej w połowie wysokości, ktoś spuścił z okna klatki schodowej jasny materiał, na którym bardzo udanie namalowano wielkie podobizny Tytusa, Romka i A'Tomka. Mateusz westchnął ciężko. Zapomniał całkiem o Projekcie, medialnej popisówce Kleofasa. W sumie to dość przykre: zdobył tę dziewczynę i nie miał potrzeby dłużej jej zaskakiwać. Pomysł welonu z symboliką Flower Power żył dalej własnym życiem w głowie Kleofasa, który najpewniej wciągnął w to Hefeza.

Potem stwierdzili, że kwiaty i ten kawał materiału stworzą co najwyżej wrażenie papieru toaletowego, a nie o to im przecież chodziło.

– Boże, ależ to fantastyczne – powiedziała Arleta, podchodząc do Mateusza i obejmując go w pasie. – Szkoda, że to nie ty wpadłeś na coś takiego!

Pierwszy nos

Hanna Bakuła

Hanna Bakuła

malarka, scenograf, kostiumolog, felietonistka „Playboya" i „Dziennika Łódzkiego", autorka kilku książek, m.in. *Ostatni bal: listy do Agnieszki Osieckiej*, *Idiotka* i *Tajski masaż*. W 1981 wyjechała do Nowego Jorku, gdzie przez osiem lat mieszkała na Manhattanie, malując portrety i projektując scenografie i kostiumy dla awangardowego teatru. Kieruje własną fundacją, zajmującą się domami dziecka, i organizuje coroczne festiwale muzyki Franciszka Schuberta.

Młody Buddysta otwierał kolejną butelkę czerwonego wina. Dla niej kolor był obojętny, bo akurat brała antybiotyk. Podobno wtedy nie można pić, choć zaprzyjaźnieni lekarze twierdzili inaczej. To też nie miało znaczenia, bo jak się wycharkuje ze świstem płuca, to nic poza tym się nie liczy.

– Jestem tantrystą – oznajmił Buddysta, nalewając kieliszek wina i pociągając spory łyk.

– O! – zdziwiła się uprzejmie, acz nie do końca była pewna, czy się nie przesłyszała, bo przed chwilą Buddysta niebagatelnej postury, w nieokreślonym wieku, wyjadł całe mięso z pożywnego, nad wyraz energetycznego rosołu według receptury chińskiej. Rosół ugotował sam z okazji jej zapalenia oskrzeli.

Nie były to kawałki ryb i mięczaków, chyba że tak się nazwie barana i wołu.

Ona nie była buddystką, ale za to nie jadała wcale mięsa. Nie miało to nic wspólnego ze zjadaniem „mniejszych braci", ale z wieloletnim wegetarianizmem nabytym w Nowym Jorku od kochanka stulecia – karateki.

– Miałem podobną historię do twojej, ona też była mężatką – powiedział bez specjalnych emocji.

Rozmowa, a właściwie jej monolog, dotyczyła miłości, o której się nie zapomina. Z tym był kłopot, bo miłość, tak jak bilet miesięczny, traci swoją ważność i najlepiej kupić nowy, chyba że się woli chodzić.

Za oknem szalało lato. Słońce hulało po niebie, nie decydując się na zachodzenie. Pomimo czwartej było południe. On, opalony, w koszulce w kratkę, z lekko świńską dwudniową szczecinką, był uroczym, niewinnym, niepraktycznym, nieskończonym filozofem, wiecznym chłopczykiem bez prawa jazdy, własnego mieszkania i jakichkolwiek oszczędności. W tym wypadku pozostaje zostanie tantrystą albo alkoholikiem. Tantryzm jest znacznie elegantszy.

2

– O tym, że ma żonę, dowiedziałam się, mój drogi, kiedy było za późno. Jest taki moment, gdy już nic nie można zrobić. Z mężem nie rozstawałam się nigdy. Ani na chwilę. Jeżeli chciano mieć z nas jakikolwiek pożytek towarzyski, sadzano nas w dwóch końcach stołu. Byliśmy parą stulecia. Kochaliśmy się do szaleństwa i nie mogliśmy przestać gadać, do tego stopnia, że właściwie przestaliśmy ze sobą sypiać. No, może bardziej ja. To częsty przypadek. Jedno śpi, a drugie nie śpi. Zawsze ktoś śpi bardziej. Z kolei jak tu spać z najlepszym kolegą, który nie ma dla nas żadnej tajemnicy? Kochanek powinien mieć co najmniej sto niewiadomych i sam nie wiedzieć, co jeszcze wymyśli.

Tu przestała, widząc, że mówi dokładnie do odwrotności perwersyjnego, nieprzyzwoitego erotomana, o którym marzą wszystkie kobiety, nawet gdy o tym nie wiedzą. Choćby dlatego, że są za młode. Niech nikt nie mówi, że dwudziestoparoletnia kobieta wie cokolwiek o erotyzmie i czym kaczka wodę pije. Nie wie. Może mieć stu kochanków, ale jej ciało jeszcze nie wie, że jest dla niej, a nie dla nich.

Buddyście wino bardzo przypadło do smaku, a ona, zanosząc się wyjącym jak zepsuty wodolot kaszlem, usiłowała zebrać wspomnienia, które, o dziwo, straciły kompletnie znaczenie, choć do tej chwili nie zdawała sobie z tego sprawy. Myślała, że ta historia jest ważna, może najważniejsza, choć wiadomo, że zawsze najważniejsza jest ta ostatnia, a może bieżąca, dla odmiany? Zaśmiała się cichutko do swojej tajemnicy, która pokazała jej dyskretnie język.

Z kolei wpomnienia nic nie dają, liczy się bieżąca sekunda. To wie każdy filozof Wschodu. Zgodnie z tym liczył się wyłącznie Tantrysta – twórca zup energetycznych.

– Nagle okazało się, że musimy się rozstać, bo ja mam w Warszawie koncert nie do odwołania, a on realizację projektu w Paryżu. Były to czasy, kiedy o paszport trzeba było walczyć, i to przeważnie bezskutecznie. Byliśmy zupełnie pogubieni. Po trzech latach rozpiłowani Jaś i Małgosia. Piekło.

Przyleciałam ubrana jak lalka, ale smutna. Nagle nie miałam odbicia w lustrze. Godzinami rozmawialiśmy przez telefon. Grać ani ćwiczyć też mi się nie chciało. A tu duży koncert. Sala na czterysta osób i najtrudniejsze pieśni Schuberta, który najwięcej wymagał od mezzosopranów, tenorom ułatwiał jak mógł. Może dlatego, że sam był nikczemnej postury i pewnie śpiewał tenorem.

Buddysta ewidentnie nie rozumiał, o co chodzi. W końcu każdy ma swoją ważniejszą historię, a cudzych słucha się, jakby czekając na swą kolej.

– Wino jest w schowku – powiedziała w przestrzeń, widząc, że poprzednia butelka, jak zresztą wszystko w życiu, dobiega końca.

Buddysta był przystojny choć rudy, co okazało się, kiedy zapuścił wyliniałą bródkę, chcąc ewidentnie upodobnić się do kozy swego guru – Gandhiego. Był łagodny, miły i jakby nieobecny, a jednocześnie bardzo chętnie słuchał jej historyjek, które przy jego opowieściach przypominały Matterhorn przy górce w Beskidach, ale to nie przeszkadzało obojgu.

Miał lekkiego fioła na punkcie religii i chińskich żywiołów oraz jedzenia ciepłych posiłków w zimnym klimacie. Tu zgadzali się w stu procentach. Poznali się w Austrii na pokazie ptaków drapieżnych, którym nie chciało się latać, taki był upał. Chodziły wkurzone na piechotę, pomimo machania im przed dziobem zdechłymi królikami na sznurku. Kondor to firma i swoje wie. A kto to widział 35 stopni plus w Alpach?

Jak Szeherezada rozpoczęła swoją opowieść, bez chronologii i kontynuacji. Trochę jak w pociągu, z którego adresat zwierzeń wysiada w Kutnie i idzie miedzą do swojego domku z pustaków koło spożywczego.

3

– Po koncercie z jakąś dużą grupą ludzi poszliśmy do mnie. Mieszkanie miałam wielkie, jak na diwę przystało, a i tak największe było w nim robione na zamówienie łóżko dwa i pół na dwa metry. Stało we wnęce w salonie przykryte kapą z karakułów, jak u Goebbelsowej. Kapę kupiliśmy w Moskwie, dwa dni po poznaniu się w samolocie na wycieczce studenckiej. Było to trzy lata wcześniej.

Siedziała z postawionym kołnierzem błękitnego szlafroka frotté zawinięta w czerwony kaszmirowy kocyk pomimo 30-stopniowego upału. Właśnie kończyła jakieś szatańskie zapalenie oskrzeli, a Buddysta wpadał kibicować i pomagać w niedoli. Ugotował energetyczną zupę na trzech rodzajach mięsa, negując jak wszyscy, włącznie z jej matką, że jest wegetarianką. Nie było w tym wpadaniu do niej żadnej temperatury, a ona też miała tylko trzydzieści siedem z kreskami.

Historyjkę opowiadała, bo się zgadało. Opowiadając, myślała o starszych koleżankach śpiących z takimi chłopcami. Brrr! A panny śpiące ze staruchami? Jeszcze większe brrr! Kto powiedział, że młodość jest piękna tylko dlatego, że młoda? Fu! A starość, że rasowa? Fu!

Za oknem trzy wielkie topole tworzyły jakby parawan, za którym rozpościerały się szatańskie popisy lata. Kwiaty wypinały się do motylków, a bąki, jak kondory w Austrii, ledwo miały siłę latać. Chmury jak rzeźby z bitej śmietany wisiały na niebie, nieruchomo jak pierzyny na śląskich parapetach.

– No, ale gdzie ta miłość? – zapytał uprzejmie Tantrysta i zdrowo golnął.

– Miłość wpadła ze znajomymi, ale jeszcze miłością nie była. Była przystojnym dowcipnym jazzmanem, który wyłaził ze skóry, żeby zaistnieć. Ostatnia rzecz, jaka przyszłaby mi do głowy, to że, jak się później okazało, ześwirował na punkcie mojego wtedy śpiewania, choć ja nie byłam zadowolona, bo spieprzyłam *Ave Maria*, co jest prawie niewykonalne. Zamyśliłam się. Schubert, kiedy to pisał, miał tyle lat, co ja wtedy, a za kilka lat nie żył. Podczas śpiewania nie wolno myśleć. Anioł musi usiąść na ramieniu i nucić do ucha. Nazywa się to natchnie-

niem, ale to nudne, choć trochę przypomina zakochanie.

Tantrysta chyba nie umiał śpiewać, a Schuberta
miał w nosie, w przeciwieństwie do czerwonego wina,
co było widoczne gołym okiem już w Austrii.

– Uwielbiam jazz – powiedział. – Chciałbym poznać
paru tych kolesiów ze starej gwardii. Siedzisz w tym jeszcze, można by skoczyć do klubu? Oni są niesamowici.
Stary dziad po pięćdziesiątce, a nikt tak nie zagra. Są
zajebiści. A ten twój na czym grał?

– Nieważne. Nie siedzę i nie siedziałam, a jazzu nie
znoszę, poza małymi wyjątkami z lat dwudziestych. Ja
nie spałam z Jazzmanem. Spałam z zabawnym, popie-
przonym facetem i mógł być weterynarzem, tyle że nie
ma takich, bo by psi wyginęli.

Zakasłała straszliwie i pomyślała, że dobrze, że są
wakacje i nie ma koncertów, i że chyba nie starczy jej
pary i gardła, żeby opowiedzieć do końca coś, co było
osią jej życia przez dwadzieścia lat.

– Straszliwie piliśmy. Prawie do rana. Spać poszłam, jak robiło się widno. Koło mnie padł kumpel
z konserwatorium – mój akompaniator. Taka koleżanka
z jajami. Piekielnie zdolny i lojalny przyjaciel mój i Tomka. Usnęłam sprawiedliwym snem pijaka. Obudziło
mnie szturchanie w plecy, jakby ołówkiem. Kolega ewidentnie zwariował. Odwróciłam się. Podparty na łokciu
dobierał się do mnie Jazzman. Po koledze śladu. Na
wszelki wypadek walnęłam zalotnika w pysk i zrzuci-
łam z łóżka. Krew mnie zalała. A ten stał goły i pękał ze
śmiechu. To, że był goły, nie zainteresowało mnie zupełnie i byłam dużo bardziej wściekła na kolegę niż amanta. On przynajmniej zachował się normalnie. Najpierw
wywaliłam ubranie, a potem jego. Chciało mi się płakać, ale jeszcze bardziej zabić Jasia – debila, który zosta-

wił mnie z jakimś obcym facetem w łóżku. Zadzwoniłam. Powiedział, że musiał wyjść, a tamten też już się ubierał. Cwana gapa. Jazzman mi się nie podobał. Był zadufanym dupkiem – klubowym klezmerem, a ja superoperowym mezzosopranem. Taka prawda, choć zdaje się chętnie jej nie zauważył. Byłam wściekła. Postanowiłam nic nie mówić mężowi.

4

Miałam wtedy psa boksera imieniem Bania. Uwielbiał wszystkich. Na noc został u mamy. Wychodząc rano, żeby go zabrać, osłupiałam. W słoiku pod drzwiami stał wielki bukiet chryzantem z kartką i numerem telefonu zapisanym grubym flamastrem. Minęły dopiero dwie godziny. Kwiaty o tej porze? Cmentarz albo dworzec. Innej możliwości nie było. Cmentarz był bliżej. A jesień dobiegała końca. Kwiaty dostała mama, myśląc, że są z po koncertu. Mnie to wszystko uwierało jak mały kamyczek w sandale. Niby nie boli, ale chętnie by się go nie miało.

– No to jak ci się spodobał? – zapytał Tantrysta, który był na poziomie kreskówki erotycznej i doświadczenie miał żadne, choć jak każdy uważał się za szczyt rafinady. Trzymał kieliszek, mrużąc erotycznie oczy.

– Ty chyba nie myślisz, że to był jedyny bukiet? Było ich kilka w ciągu tygodnia, a kartka z telefonem coraz większa. W końcu nauczyłam się na pamięć i… zadzwoniłam.

Buddysta odetchnął z ulgą. Ewidentnie trzymał stronę Jazzmana, z którym identyfikował się jako miłośnik jazzu i tornado seksualne.

– Zadzwoniłam pod pretekstem, że potrzebuję coś kupić do samochodu. Był za chwilę. Z niewiadomych powodów nagle bardzo mi się spodobał i już w ogóle nie był aroganckim playboyem. Ciemne włosy jak japońska fala. Zrośnięte brwi. Dwa komplety zębów. I piwne oczy, których normalnie nie znoszę. To był wyjątek. Biała koszula, czarny sweter, buty do kostek. Kurtka amerykańska – wojskowa. Ty nie wiesz, co znaczyło mieć taką kurtkę, bo byłeś w podstawówce. A może jeszcze jesteś – zakasłała jak baca po paczce najtańszych papierosów.

– Pan Bóg strzelił mi złośliwego gola – kontynuowała, wycierając łzy po kaszlu. – Nie mogłam uwierzyć, że tyle bez niego wytrzymałam, ale on też był ugotowany. Nie mogłam się mylić. Bez żadnego powodu powiedziałam nagle, nie myśląc, co będzie, jakby mi się to wszystko śniło. Po prostu jakiś facet postanowił się ze mną przespać, a ja zupełnie straciłam przyczepność, jakbym miała dwanaście lat. Powiedziałam, ja, stary banał jak z wodewilu: – Kocham mojego męża. – A to bydlę na to: – To dobrze – i zaśmiał się słodko. Było po mnie, choć o miłości do męża mówiłam szczerze.

Słońce nadal nie wiedziało, która godzina, i topole wyglądały jak widowisko światło i dźwięk w Malborku. Po niebie fruwali zgodnie ptacy i lotniarze, w ogóle nie bojąc się nadętych obłoków. Buddysta trochę się wciągnął, bo zanosiło się na ekscesy seksualne. Siedziała jak jakaś wiekowa czterdziestoparolatka i mówiła, że zakochał się w niej facet. To nie było takie oczywiste. Kobiety nie uprawiają przecież seksu po czterdziestym roku życia, bo nie żyją. Nagle uśmiechnął się. Przecież to było kilkanaście lat temu. Uff. Łyknął łyka, a wino zamigotało w kieliszku jak szlifowany granat.

5

– Dowcip skrzy się jak kryształowa szklanka z kostką lodu w środku. Dowcipu nauczyć się nie można, choć wszyscy są przekonani, że są dowcipni, podobnie jak uważają się za superkochanków i superkierowców. Mężczyzna może być niski. Może być nawet biedny, ale musi mieć poczucie humoru, i im bardziej pokrętne, tym lepiej. Prawda? – zwróciła się do dolewającego sobie Tantrysty, którego ewidentną zaletą było to, że nie uważał się przynajmniej za świetnego kierowcę, bo nie miał prawa jazdy.

– Chyba tak, ale to nie jest najważniejsze. Filozofie Wschodu w ogóle nie uwzględniają problemu dowcipu. Poczucie humoru z punktu widzenia tantryzmu nie istnieje. W ogóle z punktu widzenia filozofii...

Teraz już wiedziała, dlaczego nigdy nie spała z filozofem.

6

Stali na środku salonu. Jazzmann nie był wysoki ani szczególnie dobrze zbudowany. Raczej sposób, w jaki się ruszał i uśmiechał, był niewyobrażalnie sexy.

– Jak nie chcesz tu, to do mnie.

– Ani tu ani tamtu. Muszę porozmawiać z Tomkiem. On musi się zgodzić, a przynajmniej wiedzieć, że będzie bracie miał rogi jak renifer św. Mikołaja. On mi nic nie zrobił.

– No to najwyższy czas. Twoja kolej – patrzył rozbawiony, choć ruszał żuchwą jak ordynat Michorowski w *Trędowatej*, co przynajmniej od pierwszej wojny światowej uznane było w Polsce za oznakę pożądania.

– Pojadę do niego do Berlina. Dojedzie z Paryża, pogadamy. Powiem mu. Może zrobi coś i my nie pójdziemy do łóżka.

Jazzman patrzył jak szpak. Z kilometra widać było, że nigdy nikomu nie powiedział niczego na swoją niekorzyść i jej pomysł skłonny był uznać za rodzaj staropolskiego krygowania się przed ewidentną konsumpcją.

Nadal stali naprzeciw siebie jak czujni zapaśnicy. Fortepian – lśniąca foka – przeciągał się leniwie na perskim dywanie po babci. Bania spał na podłodze z wyciągniętymi łapami w pozycji „zdechł pies".

Skurwysyn – pomyślała ze złością, ale tak jej się podobał, że przełykała ślinę jak piwosz pod budką.

– Słuchaj, a może mu powiesz po? – zapytał, uśmiechając się jak pasta do zębów.

Zachichotała, choć było jej głupio. Powinna to natychmiast skończyć, czyli wywalić go za drzwi, a do Berlina pojechać po zakupy.

Wtedy zahipnotyzowana zobaczyła, jak wyciąga ręce. Niespodziewanie mocno złapał ją za biust. Bania ani drgnął, choć powinien, bo był po szkole milicyjnej i miał magisterium z dziedziny pies obronny, której dogmatem było niedopuszczanie obcych bliżej niż metr do swego pana. Bania ewidentnie wziął łapówkę.

7

– No i co, poszliście do łóżka?

– Oczywiście, skarbie, i żyliśmy długo i szczęśliwie do dzisiaj. Zaraz przyjdzie i usmażę mu kotleta.

Tantrysta nie uznał żartu za dobry. Był miłośnikiem prawdy, co było widać gołym okiem. W zachodzącym świetle złocił się jak obraz Tycjana, ale to nie miało znaczenia. Zakasłała, jak szalona myśląc, że opowiada jakąś paleolityczną story.

– No ale co, co poczułaś?

Pytanie było doskonałe z jego punktu widzenia, bo skąd mógł wiedzieć, co czuje kobieta złapana za biust. Co innego za włosy. Włosy mieli oboje.

Byli w jej pięknym mieszkaniu z jeszcze lepszym widokiem. Leżała, świszcząc na bezpodstawnie drogiej kanapie, i opowiadała komuś coś. Problemem było to, że nie miała już żadnego stosunku do opowiadanej historii.

– Miałem podobnie. Moja dziewczyna – Tantrysta uśmiechnął się melancholijnie – nie potrafiła odejść od męża. Wyjechaliśmy do Hiszpanii nad morze. Oddychaliśmy słońcem i falami.

Pomyślała, to cud, że się nie utopili, ale nie było sensu żartować.

– Medytowaliśmy, pisaliśmy wiersze, a on, jak gdyby nigdy nic, któregoś dnia przyjechał. Poszli na kolację. Po powrocie powiedziała, że nie może zostać, bo jeszcze nie skończyła tamtej sprawy.

– I co?

Spojrzał jak obudzony ze snu.

– Co, co?

– No i widujecie się?

– Żartujesz. Tylko taka historia, podobna do twojej.

Kolejny atak kaszlu wysadził jej oczy. Mam koklusz – pomyślała uradowana, bo lepiej wiedzieć, co się ma, a lekarze dawno dali za wygraną. Nawet radzili odpuścić antybiotyki. Ale musiała skończyć serię, czyli jeszcze cztery dni bez winka.

Historia nie była do niczego podobna, a na pewno nie do piekła, które zamierzała mu opowiedzieć, ale niewątpliwie był z niej dumny.

Znani jej buddyści nie mieli żadnych porządnych dramatów, koncentrowali się na jak najdalszym odejściu od normalnego, odpowiedzialnego życia, stojąc na głowie i medytując, czyli znikając na parę godzin dziennie, przeważnie na cudzy koszt.

Jej specjalnością były trudne, niezrozumiałe nawet dla niej samej historie.

Wina było mnóstwo. Buddysta potrafił to docenić. Popijał, patrzył życzliwie i migotał jak bursztyn.

W przeciwieństwie do kruczoczarnego Jazzmana, który tamtego popołudnia trzymał ją za biust i lekko sapał, choć udawał, że nie. Przyciągnął ją do siebie. I naprawdę zawirowało wszystko, naprawdę ugięły się pod nią nogi, naprawdę oblała ją fala gorąca, naprawdę zadudniło w uszach. Miała ochotę uciec, a całowała w najlepsze. Miotali się, zataczając i dysząc jak przedpotopowe stwory. Mogło to trwać od pięciu do pięćdziesięciu pięciu minut.

Nagle przypomniała sobie wszystkie noce, kiedy myślała, co będzie, gdy wreszcie zadzwoni do niego, bo było wiadomo, że tak. Nie okłamywała siebie.

Z kolei wróbel w garści, a kanarek na dachu. Próbowała się czegoś o nim dowiedzieć. Szybko przestała pytać. Nikt nie powiedział dobrego słowa, poza jednym – talent. Marnować sobie życie. Odchodzić od fantastycznego męża dla czyjegoś talentu?

Skończyli purpurowi i oparli się o ścianę. Mało nie powygryzali sobie ust i wyglądali jak wampiry po treningu.

– Nie wygłupiaj się, jedźmy do mnie – błagał. – Albo chodź tutaj. Po co jechać? Co mu powiesz? Zabije cię. Chcesz się rozwodzić? Za dużo macie.

I po fali gorąca stał przed nią starszy sporo facet i mówił jak ojciec albo brat. Obu nie miała.

– Lecę jutro samolotem. Już dzwoniłam, powiedziałam, że chcę pogadać, no i że się stęskniłam. Był szczęśliwy. Jeżeli nie będę w piątek o czwartej na lotnisku, nie dzwoń więcej.

Patrzył na nią przerażony.

– Musisz wrócić, a ja będę czekał, i tak będę, aż wrócisz – powiedział i widać było, że nie żartuje. Coś się stało i nie mogło się obyć bez przelewu krwi.

– Katastrofa wisiała w powietrzu, a nade mną unosiła się gęsta, purpurowa chmura namiętności, wielkiej, bo jeszcze niespełnionej. Kapujesz?

Udawał, że kapuje, ale ewidentnie był emocjonalno--erotyczną dziewicą.

– Tylko mi nie mów, że pojechałaś i wróciłaś w piątek, że twój mąż nie zrobił nic, a w szczególności tobie? Tego nawet ja bym nie wytrzymał.

Tu się zdziwiła, bo swojej ukochanej nie zrobił nic poza posłaniem spojrzenia pełnego wyrzutu, gdy zakładała paciorki z fasoli i muszelek, opuszczając ich najtańszy pokoik na plaży, z zapiaszczoną podłogą. Może myślał tradycyjnie o wyższości rodziny nad miłością, dlatego bez dyskusji oddał ją mężowi?

– A co byś mi zrobił na jego miejscu? Wybił zęba? Skrzyczał? Zatupał nóżką?

– O, wiem! Jak w *Misiu*, podarłbym paszport, musiałabyś czekać miesiącami na nowy. Wiem, jak było za komuny – powiedział z przekonaniem, choć jako ówczesne niemowlę wiedzieć nie mógł.

– Widzisz, dobrze kombinujesz, ja bym zrobiła identycznie albo dała w mordę, ale my, a szczególnie ty, to nie on, choć nie był mięsożernym buddystą – zachichotała i zarzęziła, ale krótko. – W Berlinie na lotnisku stał mój ukochany mąż z wielkim bukietem storczyków. Wiesz, jako zorientowany w komunie, co to były storczyki na przełomie lat osiemdziesiątych.

Kiwnął głową i napił się z apetytem. Na kwiatach też, chwała Bogu, się znał, ale jej to nie przeszkadzało. Dziwiła się sobie, że chce się jej pokazywać zetlały gobelinek miłości właśnie jemu. Minęło dwadzieścia lat, a tamte emocje przypominały erotyczny całun turyński.

– Od razu chciałam mu powiedzieć, że się zakochałam, żeby nie musieć się całować albo, nie daj Boże, to drugie.

Zaśmiali się oboje.

– Ale on tulił się jak niemowlę i pojechaliśmy do pokoju gościnnego u przemiłej niemieckiej babuni, niewykluczone, że cheerleaderki Wehrmachtu.

Pokój był wielki, wysoki i przypominał salę operacyjną urządzoną meblami art déco. Szampan był w samochodzie wraz z piekielnie drogimi, paryskimi ciuchami dla mnie. Po szampanie to drugie i drugi szampan. Lampa z matowego szkła, wisząca na czterech brunatnych sznurach, rzucała cętkowane światło na wielki tapczan obity bordowym pluszem z białą wykrochmaloną, sztywną jak trabant pościelą. Seks, jak zwykle, był do dupy. W przenośni, oczywiście. Ale do tego przez kilka lat zdążyłam się przyzwyczaić.

– Seks z własnym mężem nigdy nie jest tak podniecający jak z cudzym, prawda? – zapytała sadystycznie Buddysty, który nie miał męża ani nawet żony. Olał żarcik, bo umierał z ciekawości, czy wreszcie dostała w dziób.

– Potem powiedziałam Tomkowi wszystko, a on gapił się jak idiota. Na koniec zapytał spokojnie:

– Kto to?

– Nie powiem, bo to nie ma znaczenia. Ja się zakochałam, a ty z tym coś zrób, bo lecimy i nie ma jak temu zaradzić. Zaradzić możesz tylko ty. Nie bądź infantylnym kretynem i nie pytaj, kto to, jak w wodewilu, bo jeszcze nie masz rogów, ale milimetrów brakuje.

Krzyczałam, a on kombinował. Z niewiadomych powodów zależało mu na świadomości, kto mu przyprawi rogi za dwa dni po czwartej.

Punkt dla Jazzmana. Tomek okazywał się być gówniarzem, który nic nie zrozumiał.

A potem był czwartek z naburmuszonym mężem i zakupy, i pokusa, żeby coś kupić Jazzmanowi, z którym prowadziłam w myślach nieskończenie błyskotliwe rozmowy.

Już mnie nie było. Praktycznie nie słyszałam, co do mnie mówił naburmuszony ekswłaściciel. Ciekawe było, że rozmawialiśmy zupełnie normalnie o sprawach moich koncertów i jego realizacji osiedla w Paryżu. Ani słowa o nocnej rozmowie i moim nieodwołalnym wyjeździe. Dopiero na lotnisku nie wytrzymał i przytulił mnie jak żołnierz idący na front w ruskim filmie.

– O Jezu! I nic nie powiedział? – wysapał Buddysta, który z pewnością powiedziałby, i to sporo.

– Powiedział, nawet poprosił, żebym została, ale bez przekonania, a ja szłam w stronę autobusu i nie mogłam się odwrócić, żeby mu pomachać. Bo jak mu machać? Czy wesoło, kolonijnie? A może jak babci przez okno? A może jak jemu kiedyś, kiedy wyjeżdżał na jeden dzień, a ja myślałam, że umrę z tęsknoty i bolała mnie cała skóra. Ale to było dawno.

8

Zaschło jej w gardle. Zawyła dziko, zanosząc się urywanym jak serie z automatu kaszlem. Napiła się wody, zaczęła ssać sebidin na gardło. Po superzupie energetycznej smak pastylki był straszny.

– Słuchaj, a co to jest właściwie tantryzm? – zapytała, wycierając łzy z czerwonych oszalałych oczu. Nie miała siły mówić.

Buddysta rozpoczął dość zawiłą historię, która zaczęła się parę wieków przed Chrystusem i stała się uzasadnieniem parabytu dla milionów marzycieli nie mających ochoty na normalne, ludzkie problemy.

Słuchała zadowolona, zerkając na dwie pionowe zmarszczuszki między prostymi brwiami nowego przyjaciela. Jego monotonny, ale ładny głos działał jak proszki ziołowe przeciwko depresji. Czuła się jak w inkubatorze.

Okazało się, że tantrysta to taki najsprytniejszy buddysta, który w przeciwieństwie do dwóch podgatunków, które unikają „trującego ziela", ziela tego szuka i przerabia na swoje kopyto, na czym dobrze wychodzi. Mięso natomiast może jeść, bo lepiej, żeby krowę, a wręcz świnię zjadł wykształcony medytant niż jakiś głupek, który nie dostąpił oświecenia. Generalnie wyszło na to, że zjedzonego spotyka zaszczyt, o ile połyka go tantrysta. Mimo to nie miała chęci na bycie połkniętą. Ale tłumaczyło to pochłanianie przez eksefeba w Austrii sznycli wielkości dużej pizzy. Po prostu chciał uratować krowy przed byle jakim losem, czyli zjedzeniem przez Austriaka.

– A jak z piciem? – zapytała, widząc, że zabiera się do nowej butelki, tym razem przyniesionego przez siebie wina białego.

– O, bardzo chętnie – odpowiedział. – Tantryście wszystko wolno.

Pomyślała, że dobrze jest być tantrystą, po czym pomyślała, że chyba sama jest, choć wolno jej nie wszystko.

Słońce poszło trochę w prawo, zabierając ze sobą

kilka obłoków. Buddysta trzeciego stopnia kręcił kieliszkiem jak oszalały. Wino wirowało, zostawiając leciutkie oleiste smużki.

– Nuta lekko owocowa – mówił, wsadzając nos w kieliszek. – Robię teraz coś, co nazywa się drugi nos, bo pierwszy to wąchanie bez mieszania.

Popieprzony, ale w nieszkodliwym kierunku – pomyślała, zastanawiając się, co to jest trzeci nos.

– Trzeci nos to ujawnienie karmy wina – powiedział, jakby słyszał pytanie.

Nawet najcięższa choroba nie była w stanie powstrzymać ataku histerycznego śmiechu, który efektownie przeszedł w Mahlerowskie rzężenie, przecinane kogucim pianiem.

Siedział zadowolony, bo nawet jak na coś narzekał jako trzeciostopniowy buddysta, miał pogodny wyraz twarzy, trochę jak Mona Liza.

– I co, był na lotnisku?

– A jak myślisz? Pewnie, że był. Kiedy wreszcie wyszłam do holu, stał z Banią na smyczy i uśmiechał się jak gotycki anioł. Umarłam.

– Skąd masz psa?

– Wziąłem od mamy.

– Jak? Nie zna cię.

– Już zna, zadzwoniłem i powiedziałem, że prosiłaś o Banię przez telefon, numer wziąłem z książki telefonicznej. A gdzie mieszka, mówiłaś.

Patrzyła na niego, a fala gorąca posuwała się niebezpiecznie w dół brzucha. Nareszcie rozumiała, co mówiły na temat seksu zdeprawowane koleżanki, które w głębi duszy uważała za kłamczuchy. Do dzisiaj.

On trzymał ją za rękę, a głupi Bania skakał jak oszalały analfabeta bez żadnej szkoły. Udzielił mu się jej entuzjazm.

Wsiedli do małego fiata ze spojlerem. Szczytu ówczesnego szyku.

– I co, od razu poszliście do łóżka?

– Nie, przedtem zerwaliśmy z siebie ciuchy, które nagle zaścieliły cały paskudny, tani, za to purpurowo umeblowany, wynajmowany pokój. Widok był na podobny blok w odległości stu metrów. Tymczasem zrobiła się brudna zima. Na cienko ośnieżonym balkonie ślady gołębich łapek jak napisane przed chwilą haiku. Na wzorku, jak ze starego kimona, stał melancholijnie Bania i merdał odrąbanym ogonem.

Leżeliśmy na czerwonym jakby kościelnym dywanie. Położył głowę na moim brzuchu i niebezpiecznie zsuwał się w dół. Skamieniałam. Nie chciałam stracić kontroli, ale za sekundę darłam się jak dziki indyk.

– Zakochałaś się? – zapytał Buddysta z prawdziwą ciekawością, jakby to było ważne, za to nie było jasne.

– Ja byłam zakochana od momentu decyzji zadzwonienia. Teraz widzę, że ten wyjazd, żeby pogadać z mężem, to był parawan dla samej siebie – akuratnej żałośnie, wnusi babuni.

– Ale kochałaś Tomka, mówiłaś?

– Nagle zdałam sobie sprawę, że w dupie miałam to letnie małżeństwo, pozbawione wszystkiego, o co mi chodziło, a o co mi chodziło, wiedziałam od momentu, kiedy Jazzman złapał mnie za biust, kiedy wpadł po pierwszym telefonie. Bania w ogóle nie reagował na moje i jego ryki. Ustaliliśmy, że wyjemy w poduszki ze względu na sąsiadów. Kochając się na podłodze, niezwykle perwersyjnie odbijaliśmy się w drzwiczkach upiornego regału na wysoki połysk. Taka mroczna meblowa, komunistyczna Kamasutra. Pierwszy raz widziałam szczegóły w lustrze. Nawet teraz, gdy ci to mówię, robi mi się gorąco.

Buddysta przestał machać winem i patrzył, czy aby się na niego nie rzuci. Ponieważ zachowywała się spokojnie, znowu zaczął kręcić kieliszkiem.

W domu nie było śladu baby. Co bym zrobiła, widząc w łazience szlafroczek frotté w papużki i szczotkę z czarnym kołtunem?

Jazzman był piękny, szczupły i niezwykle wyrafinowany. Na wtedy dla mnie. Teraz byłaby to trochę tandeta. Kiedy miałam wątpliwości, mówił: Leż kochana, płynie rzeczka, i płynęła do czasu, kiedy Bania postanowił zrobić kupę.

I oto nastąpił cud. Zupełnie pozbawiony potocznego poczucia humoru Buddysta serdecznie się roześmiał. Kupa, jak wiadomo, śmieszy każdego.

– I co? Kto poszedł?

– Otóż mój drogi, nikt.

Jazzman powiedział, że nie powinnam, jako znana już wtedy osoba, pokazywać się z bardzo charakterystycznie upierzonym Banią dla dobra naszego romansu. Z podobnych powodów, jako osoba też znana, odmówił spacerów z moim, o czym było wiadomo z gazet, psem.

– I co, nie mów, że Bania załatwiał się na balkonie?

– A tak. Wysypaliśmy mu ziemię z paskudnej łysej palmy rosnącej w cebrzyku w rogu pokoju. Nie na próżno był w szkole. Kazałam mu i drugiego dnia bęc. Alleluja! Alleluja!

Z jedzeniem też było średnio. Baraszkowaliśmy już trzy dni. Nie pijąc alkoholu, nie jedząc. Czasami razem się kąpiąc. Nie było milimetra ohydnego mieszkania, gdzie byśmy się nie kochali. Chudłam, a właściwie znikałam. On też. Niewiele rozmawialiśmy, nie marnując czasu na głupstwa. Od wrzeszczenia bolało mnie gardło. On nigdy nie był zmęczony, choć czasem zasypialiśmy spleceni w przedpokoju koło wiejących drzwi wejściowych i budziliśmy się sini nad ranem. Aż wreszcie nie było nic, co nadawałoby się do jedzenia. Wyżarliśmy nawet stare ciągliwe okruszki z pojemnika na chleb. Niezła okazała się zupa z przecieru pomidorowego rozpuszczonego w wodzie z solą. Szkoda było czasu na zakupy. Razem nie mogliśmy pójść, jak on twierdził, dla dobra mojej opinii.

Bania wył po nocach, choć właściwie daliśmy tej świni całe mięso i kluski. Cały czas na mroźnym balkonie wariował z głodu. Spał w łazience.

– Posunął się o parę wcieleń. Może po to był twój romans? – stwierdził beznamiętnie Tantrysta.

Dalej wywijał winem i robił chyba „piąty nos". Pies interesował go bardziej niż jej zmultiplikowane orgazmy, trwające czasami kilka minut. Jako śpiewaczka doceniała ćwiczenia oddechowe.

Czwartego wieczoru leżeli rozkosznie rozwaleni na pomiętej pościeli w poprzek rozłożonej paskudnej wersalki.

– Cuuudo moje – wyszeptała – pies zdechnie. Albo w nocy odwożę go do matki, albo o siódmej idziesz do sklepu po cokolwiek do jedzenia, sam możesz. Nie chcę, żeby Bania zdechł. Ani my.

Leżał, całując jej sutki jak wyrafinowany niemowlak. Znowu się zanosiło, jak co piętnaście minut. Dyszała jak kowal.

– Nie potrzebujemy jedzenia – uznał, odsuwając dłonią czarną falę grzywki.

– ???

– Bo rano o dziewiątej przyjeżdża moja żona.

– Stary! – powiedziała do Tantrysty. – Urwana winda. Śmierć, dudnienie w głowie. Przecież ja już zabiłam Tomka za jego cichym przyzwoleniem. Spieprzyłam sobie cudne, wygodne, choć beznamiętne życie. Jaka, kurwa, żona? Gdzie miejsce na żonę w tym mieszkaniu z jedną szczotką do zębów i ani jednym śladem kosmetyków, nawet męskiego szamponu?

– Masz żonę?

– Mam od miesiąca. Wyjechała do Kanady w dniu, kiedy cię poznałem. Byliśmy dwa tygodnie po ślubie. Bardzo ją kocham.

I obrócił sztylet w ranie kilkakrotnie i bardzo powoli.

Kiedy chwilę później kochali się na paskudnym dywanie, płakała z rozpaczy i rozkoszy duszącej jak garota.

Trafiony, zatopiony. Tantrysta słusznie oburzył się i zdumiał.

– No, nie mów, że ci powiedział parę godzin przed jej przyjazdem? Przypomniał sobie, że jest żonaty? Jak to ją kochał? Ciebie kochał – mówiłaś.

Ładny, rudy czubek nad czołem sterczał zdumiony.

– Kurwa, to jakiś chuj – przeklął pierwszy raz, jakby był pierwszym prymitywnym nosem.

– Nie, mój drogi, nie wyglądał na przejętego ani zdenerwowanego, a kochał się jak kawaler, i to od pokoleń. Nie spałam całą noc. Spakowałam rzeczy i Banię. On zmiótł śnieg i ziemię z balkonu, żeby nie było śladów. Przed wyjściem jakoś strasznie rano, po ciemku, uperfumowałam się. To go zupełnie wytrąciło z równowagi. Otworzył wszystkie okna i nie chciał mnie pocałować na do widzenia, bo bał się zarazić zapachem.

Ja wsiadłam do taksówki. On do malucha ze słynnym spojlerem, żeby nie pofrunąć przy dziewięćdziesięciu na godzinę. Nie umówiliśmy się. Byłam nieprzytomna z rozpaczy, bo jak się facet nie umawia na następny raz, to znaczy, że mu nie zależy. Masz to samo, nie?

Nie zdążył odpowiedzieć, ale na pewno miał.

– Jadąc, przypomniałam sobie, że zostawiłam szminkę w łazience. Teraz, to się specjalnie zostawia, a najchętniej majtki, żeby żona znalazła i wyrzuciła faceta, a my już czekamy. Wtedy romanse miało się w tajemnicy, co dodawało atrakcyjności, ale to pewnie wiesz? – uśmiechnęła się słodko jak wąż do Adama.

Ewidentnie nie podrzucił ani mu nie podrzucono żadnych majtek.

9

Słońce podjęło decyzję, że jednak zacznie czerwienieć, a Buddysta, że się jeszcze napije, i poczerwieniał dla towarzystwa.

– Miałem to samo. Pewna moja znajoma miała romans z żonatym facetem. Lataaami. Strasznie była zakochana, a on ją oszukiwał i wrócił do żony...

– Rzeczywiście to samo – powiedziała – z tą różnicą, że on nie odszedł, a wróciła żona. Reszta się zgadza.

– No i co? Oczywiście szminkę zostawiłaś? Ostro grałaś. Ja też, jak gram, to ostro – powiedział, wierząc w to święcie.

– Wiedziałam, że jeśli żona znajdzie szminkę, to on więcej nie zadzwoni. Zakładałam, że w ogóle mu nie zależy. Byłam bardzo młoda i osłabiona przez małżeńską nudę. Poza tym zero doświadczenia.

Zawróciłam taksówkę na lotnisko. Zostawiłam psa i pędem.

Stał w holu i patrzył tęsknie w drzwi, z których wyjeżdżały wozy cygańskie. Brakowało przy nich tylko dyndających kubłów i starych pierzyn. Ich uradowani właściciele, którzy wykupili na przecenach cały Frankfurt, pocili się dumni jak wikingowie wracający z łupami. Ich samice piszczały ze szczęścia.

Śliczne stewardesy i jak zwykle przystojni piloci LOT-u wyszli bocznymi drzwiami, z torbami na kółkach.

Dobiegłam sekundę przedtem, zanim rzuciła się na niego znana aktorka.

– Klucze – wyszeptałam. Wyjął z kieszeni i podał mi, wyciągając rękę do tyłu. Pobiegłam. Za sekundę wpadłam do mieszkania, złapałam szminkę.

– I co z kluczami? – zapytał lekko szarzejący kolega. Słońce bowiem zachodząc, zniżyło się na tyle, że nie prześwietlało już jego włosów, które bezczelnie zaczęły się robić ciemnoblond.

– Klucze pod wycieraczkę. Potem żona zdziwiła się strasznie, dlaczego je tam zostawił. Powiedział, że na wszelki wypadek.

– Dobre wino.

Był już czas trzeciego nosa. Tantrysta zamyślił się teatralnie. Odchylił głowę i ciurkał wino jak kanarek, wywijając kieliszkiem.

– Smak lekko owocowy. Zapach najlepszy, jak kocie siki na wapiennej ścianie.

– ???

– Tak, ale nasikane nie w południe, raczej dziesiąta–jedenasta.

Jasne było, że jest wariatem, tym bardziej że upiła łyk z podanego jej pompatycznie kieliszka i stwierdziła, iż ma do czynienia z ciężkim, żółtym alzackim sikaczem. Chyba kot szczał pod wieczór.

– Miałem podobną sytuację. Leżę z dziewczyną, a przychodzi moja dziewczyna.

– A klucze były pod wycieraczką?

– Dlaczego? – zapytał zdziwiony.

10

W domu postawiłam torbę i długo stałam przed lustrem. Włosy ciemne. Oczy zielone. Cera tak jak widzisz. Niewiele się zmieniłam, tylko jestem starsza. Tamta była sto razy ładniejsza.

Nic nie miało znaczenia, bo zrobiona w balona braci Montgolfier nie miałam żadnej szansy. Potem przypomniałam sobie wszystkie erotyczne pierdoły, które szeptałam i wrzeszczałam. Potem minę Tomka na lotnisku. Te miliony rozmów prowadzonych w myślach z Jazzmanem. Snucie solo naszych wspólnych planów. Jezu! Wstydziłam się niewyobrażalnie, choć wstydzić się nie było czego. Zakochanie, jak wiesz, jest ciężką, acz uznaną chorobą, jak na przykład ostatnio alkoholizm.

Bania półgłówek skakał zadowolony z tego, że już nie mieszka na cudzym balkonie, wywijał dużym, zmasakrowanym, gumowym kurczakiem. Patrzył zdziwiony. Nawet on wiedział, że gonię w piętkę.

Kawa! Zapomniałam, gdzie od trzech lat trzymam kawę. Dzwonił telefon. Matka albo Tomek. Mowy nie ma. Nie wezmą mnie żywcem. Nalałam wody do czajnika, wsypałam neskę. Nie włączyłam i gapiłam się w otwartą szafkę z naczyniami. Potem zdjęłam but, ale jeden, i powlokłam się puścić wodę do wanny. Nie puściłam, za to spuściłam w klozecie. Wróciłam po kawę. Oczywiście niewłączoną. Grudki neski pływały w zimnej wodzie. Bania potrząsał łbem w ramach choroby sierocej.

– Ja też, jak jestem zakochany, zachowuję się jak idiota. Kiedyś otworzyłem białe wino, a do testowania miałem czerwone. Białe nie było moje, tylko firmy, i miałem je dać koledze.

Patrzyła osłupiała. Ten to miał życie. Ona wtedy była w totalnej dupie.

152

Nie spałam. Wieczorem pokłóciłam się z matką. Tomek nie zadzwonił.

Rano byłam nieprzytomna. Wychodząc z Banią, zobaczyłam słoik z chryzantemami. Jak kiedyś. Nie było żadnej kartki.

Przyszedł niezapowiedziany wieczorem. Od południa byłam wystrojona jak babilońska kurtyzana na zaręczyny z Assurbanipalem. W ustach sucho. Proszek do prania wsypany do cukiernicy. Spalona fasola Jaś.

Spojrzał bezczelnie i z uznaniem na mój wyścigowy strój, oczywiście założony na samotny wieczór.

— Mam nadzieję, że nie przeszkadzam? Czekasz na kogoś?

— ???

— No, ten strój. Wyglądasz ślicznie.

Nie żartował.

Podszedł powoli i przytulił mnie jak człowiek. Bania runął spać w przedpokoju. Kochaliśmy się na ikeowskim wielkim owalnym stole.

— Myślałam, że nie przyjdziesz.

— Trzeba było zapytać — znów ten uśmiech włoskiego żigolaka i greckiego efeba, połączonych ze Słonimskim.

Nie czułam się pewnie, wyczułam, że zaraz wróci do żony.

— Powiedziałeś jej?

— Co?

Jajco, idioto — pomyślałam wściekła. Umieram dwa dni, a ten rżnie głupa. Widać było, że to cyniczne bydlę mnie podniecało. Świadomość, że przegrywam, była interesująca jako debiut masochistyczny, ale nie lubiłam go w tej chwili.

– Ale powiesz, czy nie?

– Oczywiście, że nie. Chyba że odpowiesz twierdząco na moje pytania. Czy będziesz wstawała rano, żeby mi zrobić śniadanie, o ile będę chciał? Czy nie będziesz zadawała pytań? Czy umiesz dobrze prasować koszule, bo nie lubię, jak to robią obce osoby? Czy będę mógł oglądać mecze z kolegami, bez względu na sytuację? Czy będziesz chodziła co niedziela na obiad do mojej siostry, choć podle gotuje, a moja matka nie dosłyszy?

Najsprytniej powiedzieć tak, ale wystarczyło na mnie popatrzeć, żeby wiedzieć, że żaden punkt nie wchodził w rachubę, chyba że ten o koszulach, ale nie mogłam ręczyć za efekt, bo nigdy nie próbowałam.

Uśmiechnęłam się paskudnie.

– Sama widzisz.

– Jesteś żonaty miesiąc, a przez tyle to i ja wytrzymam.

Byłam w rozpaczy. Przegrywałam z jakąś lafiryndą do zera tylko dlatego, że była kuchtą.

Musiałam mieć niezłą minę, bo spoważniał. W ogóle balansowaliśmy na krawędzi czegoś paskudnego. Nienawidziłam siebie. Zamiast go wyrzucić na zbity pysk, bo oszukał mnie jak panicz pannę służącą, negocjowałam.

– Słuchaj, ale to nie znaczy, że nie będziemy się widywali. Ja zawsze chętnie. Umówmy się, że ile razy będziemy mieli ochotę, to dzwonimy i nie można odmówić. Jak chcesz, to do końca świata?

Miał to przemyślane. Ciekawe, ile już miał takich układów?

– Zastanowię się. Idź.

Za chwilę mogłam się rozpłakać. Niewidzialne łapy gniotły mi serce. Byłam zakochana w trupa.

– Ze mną jest podobnie. Nie to nie, lubię jasne sytuacje. Ta moja dziewczyna, ta mężatka, potem też dzwoniła.

– I co? – zapytała uprzejmie. – Spaliście jeszcze?

– No nie. Moje „nie" tantrysty jest niepodważalne.

Na niebie pojawił się jasnożółty pas nad horyzontem. Lecący lotniarz wyglądał jak nietoperz z podkulonymi nogami. Słońce ewidentnie już myło zęby przed snem w purpurowej łazience.

– Nie zrozumiałeś. Ja nie powiedziałam nie. Kiedy wyszedł, stanęłam przy ścianie i miarowo uderzałam czołem, aż zrobiła się czerwona plama. Nic nie pamiętałam. Ani jak długo, ani dlaczego właśnie tak. Chciałam umrzeć.

Tantrysta zbaraniał. W jego świecie win z nutą owocową kociego obsikiwania wapiennych ścian o określonej porze, energetycznych zup i wschodnich powyginanych filozofii nie było miejsca na dramaty, a co dopiero na krew.

– No i co? Dałaś mu kopa – oznajmił sterylnie patrzący na świat młody, niewinny dziwak, dopijając kolejny kieliszek.

13

Spotykaliśmy się co dzień, kiedy żona miała próby albo kiedy grała. Za chwilę na święta wracał Tomek, któremu w żadnym wypadku nie mogłam spojrzeć w oczy.

Poza tym moje pół etatu w Operze zajmowało mi mnóstwo czasu. Śpiewałam w *Cyruliku sewilskim* Rozynę w pierwszej obsadzie, za to rzadko i Amora w *Orfeu-szu i Eurydyce* w drugiej, za to częściej, ale nie więcej niż dwa razy w tygodniu.

Ciągle poprawiałam kostiumy. Ten Amora był beznadziejny, bo wyglądałam w nim jak różowy bąk. Był fatalnie skrojony. Wiem, że miałeś nadzieję, że to tusza. Nie mój drogi – zakasłała na pół gwizdka. – W końcu prywatna krawcowa mi go dopasowała i wyglądałam jak amorek z agencji towarzyskiej.

Byłam jak w transie. Ćwiczyłam po parę godzin dziennie z idiotą Jasiem, który się czegoś domyślał, bo przestał być psio serdeczny. Uwielbiał Tomka. Zbliżyłam się przemyślnie do moich i Jazzmana wspólnych znajomych, od których wysłuchiwałam historyjek o jego udanym małżeństwie, a udarowa wiertarka wierciła mi dziury w sercu.

On, podczas przypadkowych spotkań w towarzystwie, był chłodno miły, choć czasem minutę przedtem kochaliśmy się jak szaleni. Kiedyś w restauracji siedział z żoną i przyjaciółmi. Weszłam. Sparaliżowało mnie. Udał, że mnie nie zauważył, a ja poczekałam na przyjaciół pod drzwiami i poszliśmy do restauracji obok. Nic nie jadłam, a tętno waliło mi w głowie.

14

Było coraz lepiej, ale nigdy nie rozmawialiśmy na żadne poważne tematy.

– Tomek przyjeżdża jutro.

– A gdzie będzie mieszkał? Chyba nie z tobą po tym, co mu zrobiłaś? – uśmiechnął się wściekły i zazdrosny.

Bo przecież w tym momencie ja też miałam prawo do swojego normalnego życia, wręcz seksualnego.

– I mam nadzieję, że z tego prawa skorzystałaś – zachichotał wzór cnót na lekkiej bani. Włosy miał już ciemne, za to oczy czerwone. Jak każdy tantrysta po dwóch butelkach wina.

Tomek przyjechał w smutny, krótki dzień bez śniegu, choćby się przydało, bo było wstrętnie. Zamarznięte psie kupy. Parujące jak perszerony jesionki biedaków marznących na przystankach. Łyse drzewa i niebo jak szary koc ze schroniska dla bezdomnych.

Wiozłam Tomka z lotniska i widziałam świat jego oczami. Osoby, która spędziła miesiąc w Paryżu. Siedzieliśmy odsunięci od siebie w brudnej, śmierdzącej taksówce – polonezie. Mój samochód nie zapalił. Było 10 stopni mrozu.

– No i jak tam z ukochanym?

– Tomku, gdzie będziesz mieszkał? – zapytałam spokojnie, wiedząc, że o ile uda mi się go pozbyć, Jazzman da mi pochwałę z nagrodami.

Mieszkanie było moje, po babci. On miał w Otwocku dom swoich nieobecnych rodziców. Spędzaliśmy w nim każdy ciepły dzień.

– Jak to gdzie? Z wami.

Patrzył na mnie złym, pytającym wzrokiem. Za godzinę zabrał uszczęśliwionego Banię. Zapalił samochód i pojechał do Otwocka.

Minęły dwa dni. Jazzman nie dawał znaku życia, a ja szalałam, bo mieliśmy umowę, że ja nie dzwonię. Komórek nie było.

Na przyjęcie świąteczne do przyjaciół poszłam z Tomkiem. Gadaliśmy przez telefon jak kiedyś. Mnie nie chciało się jechać do Otwocka, a tym bardziej tam nocować. Dostawałam drgawek na myśl o seksie z kimkolwiek, kto nie był tą świnią Jazzmanem. Mąż taktownie się nie wpraszał. Schudł pięć kilo. Ja też. Oboje zgodnie – z rozpaczy.

Buddysta już od godziny stosował próbę trzeciego nosa, czyli wąchanie i picie.

Za oknami fioletowy pas ze świstem przecinał gorejące niebo. Zapaliła lampę i kolega znowu porudział.

– A masz świeczki? Dobra energia.

Przyniosła trzecią butelkę.

– O, jak miło – wyseplenił Buddysta i wprawnie zabrał się do otwierania. Tym razem było to wino z południowej Afryki. Tam też z pewnością były wapienne ściany i oczywiście wyłącznie czarne koty.

Ciekawe, kiedy padnie – pomyślała bez emocji, czujnie czekając na kolejny atak kaszlu.

15

– Kiedy weszliśmy, on stał z żoną, którą trzymał za tyłek. Wpadłam w panikę. Witałam się i całowałam jak w transie. Do nich podeszłam na końcu. Podałam jej rękę. Uśmiechnęła się promiennie. Potem podałam jemu i zrobiłam się purpurowa, ale make-up robił swoje.

Tomek przedstawił się z wdziękiem. Był też bardzo przystojny i elegancki w markowych ubraniach. Blondyn z błękitnymi jak Bajkał oczami. Bardzo szczupły, nosił brązowe, stalowane u najdroższego szewca oficerki, sztruksowe i aksamitne marynarki i czarne, cieniutkie golfy.

Patrzyłam na niego oczami Jazzmana i wypadło genialnie.

Cały wieczór byłam demonstracyjnie urocza, nawet

tańczyłam z Tomkiem, choć dotykanie go było koszmarem.

Jazzman nie patrzył, ale wyszedł wcześnie i tylko my oboje wiedzieliśmy, że wariował z zazdrości. Żona jak luksusowa, naiwna papużka, ćwierkała z koleżankami, uśmiechając się do mnie, co było bardzo zabawne. Ciekawe, jakby się uśmiechała, widząc nas w wannie, a potem na podłodze w łazience, na pogniecionej stercie ręczników, pijących szampana z dzioba.

– A co piliście? W łazience mógł nie mieć temperatury. Mówimy oczywiście o szampanie, nie o winie musującym, chociaż australijskie szczepy... – pieprzył jak poparzony, ale ładnie mu było z winem i totalnym stuporem.

– Kochany, wtedy piło się szampany radzieckie, bo były, ale, o ile wiem, są one z autentycznych szczepów.

Chyba nie słyszał.

16

– Pojawił się rano i wylądowaliśmy wyjątkowo na łóżku, z którego skopałam Banię i wysłałam na miejsce. To była zaleta jego magisterium. Słuchał mnie bez dyskusji.

Niebezpieczne było dokazywanie w jego pobliżu, bo dziwnie patrzył, szczególnie na popisy oralne. Raz nawet myśląc, że to jakaś nowa zabawa, polizał przerażonego Jazzmana w tyłek.

Banią dzieliliśmy się z Tomkiem jak rozwiedziona para dzieckiem.

Po powrocie z tamtego przyjęcia Tomek wszedł na górę po jakieś rzeczy. Nocował u mojej matki, obok. Spędzał z nią mnóstwo czasu, rozmawiając wyłącznie o mnie. Była całkowicie po jego stronie.

– To Jazzman, prawda?

Zbaraniałam, nikt nie wiedział, a Bania z pewnością nie pisnął słówka. Przyznać się? O nie! Jeszcze zrobi jakąś aferę z jego żoną. Był bardzo przebiegły.

– Coś ty? Świrujesz? Nie, to nie on i nigdy się nie dowiesz kto – a czerwona byłam jak burak.

– A dlaczego tak uważasz?

Popatrzył na mnie z pogardą i satysfakcją, ale bez złości.

– To proste, to jedyny facet, z którym się nie pocałowałaś na powitanie. Znam cię.

Znał. Nie było sensu nic mówić, choć babcia radziła nigdy się nie przyznawać.

– I co zrobił Tomek? – zapytał nagle trzeźwiejszy Tantrysta, który oczywiście miał to samo, ale nie czekał na odpowiedź. – I ta koleżanka od tego żonatego do teraz rozpacza – powiedział znawca życia i win. – Ostatnio była w Gdyni i zadzwoniła, żebym przyjechał ją pocieszyć... – zadumał się. Chwilowo zgubił wątek, ale jak zwykle historia była identyczna.

Tomek nie zrobił nic, bo nic zrobić nie mógł. Dalej wpadał na moje próby i kupował prezenty, ale przestaliśmy razem bywać. Sprawa wisiała nad nami jak wielka pajęczyna, którą tkał cicho pająk-demon.

Z Jazzmanem widywaliśmy się kilka razy w miesiącu, ciągle w tej samej temperaturze. Nigdy nie rozmawialiśmy na tematy osobiste. Nigdy nie mówiliśmy o miłości. Nasza rzeczka płynęła równo, po lekko mulistym dnie.

– No i co, rozwiodłaś się? A Jazzman?

– Rozwiodłam się dużo później, a on też. Nawet trzy razy.

Nasze bycie razem, jak szczelnie zapakowana próżniowo wędlina, nie miało się jak popsuć. Poza Tomkiem nie wiedział nikt. Nikt nas razem nie widział, bo nawet nie byliśmy na kawie. Na przyjęciach zamienialiśmy dwa miłe słowa.

Żadnych pretensji, żalów, weryfikacji. Nigdy, choć były takie możliwości, nie przyszło nam do głowy się pobrać. Pamiętałam o czekających mnie obowiązkach z prasowaniem na czele. Nie ma głupich. On z kolei powiedział kiedyś, kiedy kochaliśmy się na parapecie z widokiem na sklep spożywczy po drugiej stronie ulicy, że nie wie, co by zrobił, gdyby zdradziła go żona. Tu też nie wchodziłam w rachubę, bo zdradzałam Tomka, a że z nim nie miało znaczenia. Chodziło o zasady.

Tu, uważaj, kilka miesięcy po naszym poznaniu, żona uciekła mu z najbliższym przyjacielem. Miasto huczało. Mało nie zwariował i wyżalał się na mojej piersi, a ja śmiałam się szczęśliwa, że dostał w tyłek. W ogóle go nie lubiłam, tylko chciałam.

Byłam z nim, kiedy rodziła się jego córeczka z konkubiną, która złapała się na lep płynącej rzeczki, będącej kałużą. Za parę lat urodziły się bliźniaki z inną żoną. Zawsze potem piliśmy razem. Czasami moja obecność w jego życiu kogoś zastanawiała, ale nie było się do czego przyczepić, bo znowu znikałam z horyzontu.

Tomek stał się tornado seksualnym. Patrzyłam zdumiona, ta pierdoła miał niesamowite powodzenie, szczególnie u staruszek po trzydziestce. Wyglądał wspaniale i co pewien czas dzwonił, że chętnie wróci, bo go to udowadnianie mi, że jest fantastyczny w łóżku, strasznie nudzi. Nadal mieliśmy dobry kontakt. Do czasu. Nie wiedział, że spotykam się z Jazzmanem. Za kilka miesięcy miałam oficjalnego narzeczonego. O tym wiedział i nienawidził go z całego serca.

Nie kochałam żadnego z nich. Teraz wiem, że i Jazzmana. Coś pękło, nie wiem kiedy, ale za nic bym nie zrezygnowała z tej perwersyjnej sytuacji. Świadomość, że nikt nie wie, była boska, a łóżko nadal na światowym poziomie.

Jazzman mnie odblokował. Po pierwsze seksualnie, po drugie psychicznie. Przynajmniej wiedziałam, czego nie chcę. Żadnych powrotów. Mam to do teraz.

Mowy nie było, nigdy nie weszłam dwa razy do tej samej rzeki.

Nie rozmawialiśmy o miłości ani o niczym. Zawsze było za mało czasu. W końcu nie spotykaliśmy się na konwersację. Wszystko było sterylne i bezosobowe. Nawet nie składaliśmy sobie życzeń na urodziny. Żadnych prezentów, za obopólną zgodą. Czasami znikał i okazywało się, że miał poważną operację. Wiem, że to nie do pomyślenia, ale próżnia wcale nam nie przeszkadzała. Mijały lata, a my swoje.

– I co z nim, jak długo to trwało? Jak się rozstaliście?

Świeczki migotały nerwowo. Tantrysta starał się z miernym skutkiem nadać swojemu poczciwemu spojrzeniu orlą ostrość.

Wypił za dużo i już dał spokój z miałem to samo, bo jej historia była z innego świata. Nie powiedziała mu nawet połowy.

Co by biedaczyna zrozumiał z opowieści o weselu Jazzmana z cud-modelką, z którego na godzinę uciekł do jej łóżka.

Wtedy myślała, że to koniec. Że przegrała. Dziewczyna była przecudną paryżanką, która długo nie wytrzymała polskiego klimatu, pod żadnym względem, a pierogów w szczególności. Jego nowe laski pojawiały się jak apostołowie w praskim zegarze.

O dziwo, w ogóle nie była zazdrosna. Kiedyś przyjaciółka pochwaliła się romansem z nim. Nic ją to nie obeszło. Nawet mu o tym nie wspomniała. Powoli stawali się potworami emocjonalnymi o tak grubej skórze, że nawet nie miało sensu próbować jej przebić. Ich związek miał tylko ciało. Gdzie były dusze, nie pytali nawet siebie.

Mówiła, już tylko siłą rozpędu, bo noc rozsiadła się wygodnie i rozpostarła granatową spódnicę jak baba w *Blaszanym bębenku*.

Co może wiedzieć facet – Mona Liza – o jej perfumach, które musiały być identyczne z perfumami żony czy aktualnej kochanki Jazzmana. W końcu zaczęła bezpiecznie używać takiej jak on wody kolońskiej.

O tym, że nigdy o nic się wzajemnie nie pytali, a o kolejnych partnerach dowiadywali z gazet. Ona często miała zagraniczne kilkumiesięczne kontrakty. Stała się sławna.

Nigdy nie przyszedł na koncert. Nie gratulował. Raz tylko przyleciał do Bilbao na galę, ale wtedy nie widzieli się kilka miesięcy i nie wytrzymał. Poza tym był król, a Jazzman to dziki snob. Była zdziwiona, bo wtedy absolutnie pewna, że mu na niej nie zależy. Nic nie wiedziała o jego uczuciach. O swoich też nie mówiła, nie było o czym.

17

Tantrysta wstał i usiłował wziąć dwa kieliszki jedną ręką. Udało jej się rzucić jak żbik i złapać jeden w powietrzu. – O smutna, pusta, kolejna butelko! Aleś się biedna nasłuchała – trzeźwa jak gwizdek zaśmiała się serdecznie.

Delikatnie, tłumiąc ziewanie i krztusząc się jak Chopin przed śmiercią, popychała Buddystę na bani w stronę wejścia, a w tym wypadku odwrotnie. Robiło się nie-bezpiecznie późno. Od pół godziny zerkała na zegarek.

Koszulka w kratę się pogniotła. Bure włoski zmierz-wiły się zmęczone zmianami koloru światła.

– Przesunęliście się o kilka wcieleń, ale czy do przo-du? Cały czas kłamaliście, i to oboje, w imię niczego. Chyba że się jednak kochaliście. To usprawiedliwia wszystko – powiedział autorytatywnie wybitny znawca ludzkich serc i perwersji.

– Co to, to nie! – odpowiedziała rozbawiona.

Uniósł brewki. Nic nie kombinował. Nabrał owoco-wej nuty. Chwała Bogu nie miał pomysłu na sikanie na ścianę.

– To akurat rozumiem. Postanowiłem jechać do Gdyni pocieszyć tę dziewczynę, co jej uciekł żonaty. Zdałem się jak zawsze na los. O ile zdążę na pociąg za godzinę, jadę.

– A jak nie, to nie jedziesz, tylko idziesz – dodała, chichocząc.

Brnął przez swoją historię jak pies bernardyn z ba-ryłką wina.

– Do domu metrem, a potem zdałem się na przypa-dek. Łapię taksówkę – dobra, jak nie to nie. Do kierow-cy mówię: „Jedziemy jak na amerykańskim filmie. Pła-cę mandaty", a ten szpula. Pełen wypas. Wziąłem bu-telkę czerwonego hiszpańskiego wina do testowania. Facet w ostatniej chwili zdążył. Wskoczyłem do pocią-gu. Testowałem do Gdyni. Lekko cierpkie z nutą po-rzeczkową zmąconą charakterystycznym smutkiem po-zostawionych na dłużej wytłoczków.

Można się było popłakać, zaśmiała się, co spowodo-wało kolejny atak coraz nudniejszego kaszlu.

– No i jak ją pocieszyłeś? W najstarszy sposób?

– Nieee, słuchaj, wziąłem pokój, dzwonię, a ta płacze. Wszedłem, porozmawialiśmy o karmie. Jakby zrozumiała. Żadnego, rozumiesz, seksu. A następnego dnia wróciłem do domu, tym o trzynastej. Mały spacer nad morzem, joga, trochę prany i na dworzec.

Był w siódmym niebie i patrzył, czy ona też.

Był to oczywiście, w jego pojęciu, przykład bezprecedensowej fantazji. Pocałowała go w policzek.

Nie było późno. Jako filozof, Tantrysta postanowił jechać autobusem. Do torby, typu karnawał dziadowski, wsunął pusty słoik po zupie energetycznej.

– Dobranoc – powiedział, wycofując się w kierunku schodów. – Następnym razem musisz mi opowiedzieć, jak to się rozpieprzyło. Żona was złapała?

– Masz to jak w banku, o ile nie umrę na koklusz.

– Będę jutro bez zupy, ale zrobię makaron ryżowy z glonami i przyniosę więcej wina.

Zadrżała. Historia dobiegła końca, a na jutro miała inne plany, zaczynając od zaraz.

Za chwilę przez okno widziała, jak Tantrysta przemienia się w słup soli, przepuszczając w drzwiach wejściowych faceta podobnego, gdyby nie brak włosów, do niezwykle popularnego jazzmana – swojego idola.

Tabor

Agnieszka Stefańska

Agnieszka Stefańska

pracownik Uniwersytetu Łódzkiego, nauczycielka niemieckiego. Jest autorką wystawionego w łódzkim Teatrze 77 monodramu *Szkoła gejsz*. Wydała książkę *Extra Vergine*, która została uhonorowana nagrodą główną w konkursie na najlepszą powieść dla kobiet Złote Pióro 2003. Ostatnio ukazała się jej powieść *Niedzielni poeci*.

Mieszkańcy ulicy Lipowej nadal nazywali dom Taborem, choć minęło wiele lat, od kiedy mieszkali w nim ostatni Cyganie. Stał tuż za zakrętem, na końcu ulicy, wśród zaniedbanych krzaków bzów i zdziczałych drzew. Część okien zabito deskami, inne ziały pustką i mrokiem pozbawionego światła, żałosnego w swej brudnoszarej glorii, rozgrabionego domostwa. A przecież kiedyś był to najokazalszy dom w okolicy, prawie pałac.

Od dwóch dni, kiedy Daniel Kulm wrócił do miasteczka, mówiło się na Lipowej, że w ruinie straszy. Właściwie było mu to na rękę, mógł przychodzić do tego domu, kiedy tylko miał ochotę, pewien, że nie natknie się na popalające papierosy dzieciaki ani emerytów wyprowadzających swoje załatwiające się wszędzie psy. Zmącona doświadczeniem pamięć przesłaniała mu radość samotności. Często zostawał w nim na noc, bawiąc się myślą, że zapalona w oknie świeca stanie się dla mieszkańców Lipowej przyczyną nowych plotek. Prawdę mówiąc, od kiedy przed dwunastu laty wyjechał z miasteczka, sam nieraz zastanawiał się, czy nie jest duchem. Wtedy bowiem, stojąc pośrodku tego pokoju, przez którego rozpruty sufit patrzył teraz w gwieździste niebo, sądził, że umarł naprawdę. Bardziej może niż wszyscy ci szczęśliwcy zapełniający przyciasny, miejscowy cmentarzyk. Stracił honor, stracił twarz i stracił Rajkę, jedyną kobietę, którą – jak mu się wydawało – w całym swoim trzydziestoletnim życiu naprawdę kochał. Na własne życzenie przestał być Romem i w świecie białych ludzi osiągnął tyle, że teraz mógł kupić ją wraz z tym przeklętym domem.

Krótki wpis w elektronicznym kalendarzu głosił: Licytacja domu – 17.05. Tylko tyle. Bez trudu wywnioskował, że skoro Rajka pozbywała się rodzinnego domu, musiała potrzebować pieniędzy. On mógł jej pomóc.

– Najpierw kupię Tabor, a potem rzucę jej go pod nogi... – mruknął półgłosem, zadowolony ze swojego planu.

W normalnych warunkach uznałby ten pomysł raczej za prymitywny i mało oryginalny. Teraz jednak wierzył, że ten symboliczny gest, będący niczym innym, jak manifestacją pychy i bogactwa, przypadnie do gustu Rajce i jej romskim krewnym.

Zdjął zabłocone spodnie, złorzecząc, że od zarania dziejów, poza jednym w roku popołudniem poprzedzającym Wielki Piątek, nikt tu nie sprzątał ulic. Zimno kłuło go w nogi i genitalia. Daniel przeklął siarczyście. Dziś jakaś narwana nauczycielka na rowerze, kierująca dwudziestoosobową wycieczką szkolną, zbryzgała go gliniastą wodą z kałuży niemal od stóp do głów. Bezczelna baba przejechała tak szybko, że zdążył zapamiętać jedynie jej ogniście rudą czuprynę. Banda zachwyconych dzieciaków z radością poszła w ślady swojej przywódczyni. Wspomnienie przedpołudniowej przygody zupełnie nie nastrajało go do wieczornych eskapad po miasteczku, przemierzał więc ogromny, pusty dom, bezskutecznie próbując znaleźć w nim ciepłe, przyjazne miejsce.

Mieszkając w wielkim mieście, człowiek wcześniej czy później odzwyczaja się od dwóch rzeczy: ciemności i dźwięków natury. Tu jednego i drugiego miał w nadmiarze. Przy zapadającym zmroku Daniel nie mógł się oprzeć chęci nadsłuchiwania odgłosów z zewnątrz. W starym domu przy załamaniu pogody słychać było odległe o kilkanaście kilometrów morze. Ogromne masy wody walczyły ze sobą zaciekle, rycząc jak podrasowane roadstery zmagające się na śmierć i życie. Daniel mieszkał tu przez wystarczająco wiele zimowych miesięcy, by akurat te odgłosy zapamiętać na całe życie. Były bliskie i niepokojące zarazem.

– Jak ten cholerny dom... – westchnął zdziwiony niepasującym do tego otoczenia brzmieniem własnego głosu.

Czuł się nieswojo. Wszędzie już po dwudziestej panowały egipskie ciemności, a w domu nie było światła. Elektryczność odcięto wieki temu. Kiedy z mozołem usiłował oswoić się z wszechobecną ciemnością, coś niespodziewanie zawyło tak przeraźliwie, że Daniel odruchowo podskoczył, uderzając się przy okazji boleśnie w głowę.

Drrryń diiii... dyń di di dii...

Musiało upłynąć pół sekundy, nim rozpoznał sygnał własnej, pozostawionej gdzieś komórki. Była na pewno w pobliżu, ale echo pustych pomieszczeń rozpraszało dźwięk. Przez moment mógł mieć wrażenie, że bierze udział w horrorze, gdyby nie telefon z uporem maniaka powtarzający fragment idiotycznej melodyjki z kreskówki dla dzieci, którą zaprogramowała mu była dziewczyna. Miała zwiastować tylko ją. Nieraz Daniela mdliło, gdy wydzwaniała, chwaląc się kolejnymi podbojami sercowymi. Ponieważ zignorowanie dzwonka było zupełnie niemożliwe, z trudem podjął się szukania telefonu w ciemności. Głupawa melodyjka wyła jak wóz strażacki. Jeszcze tego brakowało, by zleciała się tu cała okolica.

– Niech to szlag! – przeklinał w duchu wszystkie kobiety, które uważają, że wzbudzenie zazdrości w mężczyźnie jest najlepszą metodą zmuszenia go do powrotu.

Być może na niektórych metoda ta działała skutecznie, lecz u przeważającej większości wywoływała odruch natychmiastowej ewakuacji. On akurat zdecydowanie należał do większości.

Po omacku usiłował wyłączyć komórkę. Pech chciał, że trafił na nieodpowiedni przycisk i rozmowa została połączona.

– Zgadnij, gdzie jestem? – piskliwy głosik, którego barwę już dawno udało mu się zapomnieć, wyrzucał słowa z prędkością szybkostrzelnego karabinu. – Oraz kto mnie próbuje w tej chwili poderwać? Zgadnij! No, zgadnij!!

Nawet nie próbował. W tle dało się słyszeć wyraźne barowe odgłosy miasta. Zarówno dźwięki Warszawy, jak i głos byłej w tym opuszczonym przez ludzi miejscu wydał mu się tak abstrakcyjny, że odeszła mu ochota na kłótnię.

– Nic nie słyszę! – wrzasnęła kobieta, mimo że nic nie mówił. – Ale doszły mnie słuchy, że wyjechałeś na sentymentalną wycieczkę – za wszelką cenę starała się nadać głosowi ironiczny ton. – Czy może twoja ucieczka ma związek z taką rudą i piegowatą, którą widziałam na twoim szkolnym zdjęciu? Ruda wprawdzie w twoim typie, ale pewnie już zajęta, co? – czknęła donośnie, nie czekając na odpowiedź. – Przykro? Jak miło, że i tobie czasami bywa przykro.

– Ruda... Jaka ruda, u diabła?!

172

Daniel nie miał pojęcia, o jakiej rudej mówi. Rajka miała włosy czarne jak kruk i nie było jej na szkolnej fotografii, choćby z tego prostego powodu, że prawie w ogóle nie przekraczała progu szkoły. Mógłby przysiąc, że nie pamięta nikogo o takiej aparycji, gdyby gołe nogi, jak na zawołanie, nie przypomniały mu dzisiejszego fatalnego poranka. Chłód podstępnie zakradał się już na plecy. Parsknął poirytowany.

– Dziś jedna ruda zmieszała mnie z błotem – zauważył, ale w słuchawce odpowiedział mu tylko rytmiczny przerywany sygnał.

Właścicielka piskliwego głosu bez ostrzeżenia wyłączyła telefon. Cisza, która zapadła, uświadomiła mu, że nie ma miejsca, do którego by należał. Poczuł się samotny. Dla niego życie toczyło się zawsze gdzieś indziej.

W stolicy nie zwykł zasypiać przed północą, ale w tych warunkach nie mógł liczyć na żadne ekscytujące nocne rozrywki. Postanowił więc przeczekać w Taborze do rana, tym bardziej że szalejąca na zewnątrz wichura nie zachęcała do wyjścia. Dom na Lipowej również nie tchnął pogodą i wewnętrznym ciepłem, ale Daniel czuł, że powoli powinien się do niego przyzwyczajać. Zastanawiał się nawet, czy kiedy stanie się wkrótce właścicielem, grasujące w nim duchy przeszłości znikną raz na zawsze. W końcu chwilowo był panem tego chylącego się ku upadkowi domiszcza. Mógł go zniszczyć, podpalić, zrównać z ziemią, zrobić cokolwiek, by z hukiem pożegnać się z pamięcią czasów, kiedy mieszkał tu pierwszy właściciel willi, ojciec jego pięknej romskiej narzeczonej.

W rozgrabionym przez wandali domu bez trudu odnajdywał ślady przeszłości. Okno z powybijanym kolorowym szkłem kojarzyło mu się z pierwszą nocą spędzoną z Rajką, schody – z Rajką, a nawet dziecięce zabawki przyniesione pewnie przez kogoś z zewnątrz kojarzyły mu się tylko z nią. Nie potrafił określić, czy towarzyszące mu echa wydarzeń były miłe, czy zupełnie obojętne. To po prostu jedyne wspomnienie, które zabrał ze sobą do świata białych. Na ocenę, czy faktycznie było ono najlepsze, nigdy nie dawał sobie przyzwolenia.

Od czasu wyjazdu z miasteczka nieskończenie wiele nocy pielęgnował w sobie obraz Rajki wracającej w jego objęcia. Jej przeszłość, jej starannie wybrany przez rodzinę mąż i jej urocze dzieci w jego śnie przesuwały się do strefy zupełnego nieistnienia. Była tylko ona i on. A mimo to budził się wciąż z uczuciem niepokoju i niespełnienia, bo nawet śniąc, nie potrafił wyzbyć się paskudnego uczucia poniżenia, które towarzyszyło mu, gdy był zakochanym nastolatkiem.

– Jestem jak ten cholerny, romantyczny Martin Eden dryfujący ku samozagładzie – wyrzucał sobie codziennie o poranku, przeglądając się w lustrze w swojej nowoczesnej, warszawskiej łazience.

A jednak marzeń nie potrafił się wyrzec. Był bezgranicznie podporządkowanym im fornalem.

Kiedy miesiąc temu usłyszał, że Rajka została wdową, przez trzy dni nie przełknął kęsa jedzenia, a potem przez następny tydzień upijał się do nieprzytomności. Ze szczęścia i niepewności. Znowu wszystko stało się możliwe. Ona i on, jak było to przeznaczone. Wierzył, że jej przyjazd na licytację nieruchomości cofnie czas.

Tymczasem czas dzielący ich spotkanie dłużył się w nieskończoność. Po prawie dwóch godzinach bezskutecznych poszukiwań suchego kąta, w którym mógłby się w miarę wygodnie ułożyć do snu, natrafił na spory kopczyk cegieł. Od biedy można było to uznać za prowizoryczne łóżko. Rozłożył na nim elegancki, nowiutki śpiwór pożyczony od kumpla alpinisty i zmęczony padł na tak przygotowane posłanie, zastanawiając się, co jeszcze oprócz tych pięćdziesięciu procent krwi romskich koczowników, które odziedziczył po ojcu, łączy go z przodkami. Uznawszy, że niezbyt wiele, Daniel uczynił ostatni tego dnia wysiłek w walce o wygodę i wyciągnął nogi, opierając je o porozrzucane wszędzie, pokryte cementem cegły. Ktoś zapewne próbował kiedyś pozyskać je do własnych celów, rozbijając ściany działowe, ale najwidoczniej szybko się zniechęcił i porzucił na środku pokoju. Ale to nie stanowiło przeszkody i było mu całkowicie obojętne. Z poziomu pokrytej gruzem, strzaskanej, marmurowej posadzki można było przez otwór w dachu patrzeć na bezchmurne niebo. Daniel spojrzał na zegarek. Dochodziła północ.

– Za kilka dni spełni się moje marzenie: kupię tę skorupę – powiedział na głos, rozglądając się po zrujnowanym domu.

Jednak tryumf ten wcale go nie cieszył.

Kiedy przysypiał, jak na zawołanie wróciły stare obrazy, dźwięki, zapachy. Były całkiem przyjemne. Marzył o rudej jak wiewiórka dziewczynie ze szkoły. Nie do końca przytomnie uświadomił sobie, że na szkolnym zdjęciu musiała być Olga, córka przedsiębiorcy pogrzebowego o wielce wymownym nazwisku Szpadel.

Jej ojciec, Władysław Szpadel, uważał, że w jego branży dobre nazwisko było nie do przecenienia. Olga nie podzielała ani dumy ojca z wielopokoleniowej tradycji prowadzenia pogrzebowego interesu, ani entuzjazmu. Daniel bardzo wątpił, by mógł ją spotkać w miasteczku. Ziewnął i zapadł w głębszy sen. Obraz dziewczynki z rudymi kucykami wyparł inny – rudzielca, który zniszczył jego najlepsze, włoskie spodnie. Po krótkim czasie jeden obraz zaczął przechodzić w drugi i Daniel stracił rozeznanie, kto jest kim w jego nocnych fantazjach. Jeszcze przez moment po przebudzeniu, leżąc na wznak i patrząc przez otwór w suficie w niebo, myślał o nauczycielce z rudymi włosami.

Uzmysłowił sobie, że tej nocy po raz pierwszy nie śnił o Rajce. Przymknął oczy i próbował powrócić do snu o Oldze Szpadlównie.

Sen, niestety, już nie nadszedł.

*

Dokładnie dwa dni, czternaście godzin i pięćdziesiąt cztery minuty po tym, jak potomek starej romskiej rodziny bezskutecznie próbował zasnąć, patrząc w gwiazdy, Olga intuicyjnie wyczuła obecność Daniela w miasteczku. Słyszała to i owo o podejrzanej zjawie w Taborze na Lipowej, ale dopóki przedwczoraj nie natknęła się na niego podczas szkolnej wycieczki, nie wierzyła w ten niespodziewany powrót do miasteczka, z którego od lat wszyscy już tylko wyjeżdżają. Choć we wściekłym jak chmura burzowa przystojniaku ledwie poznała chudego cygańskiego chłopca, w tej chwili mogłaby przysiąc na dusze wszystkich klientów ojca, że poczuła jego zapach. Była to woń wiatru i egzotycznych męskich perfum doskonale wyczuwalna przez poczekalnię, chłodnię i pokój ekspozycyjny. I czegoś jeszcze, czego nie potrafiła nazwać słowami. Ten zapach wywabił ją z biura ojca na ulicę.

Nie zawiodła się. Daniel Kulm stał po drugiej stronie ulicy, naprzeciwko nowo wyremontowanego Zakładu Pogrzebowego W. Szpadla i z pobladłą twarzą wpatrywał się w coś na wystawie. Tym czymś był najprawdopodobniej „zadowolony nieboszczyk", którego ojciec ryzykownie umieścił w centrum tradycyjnej zazwyczaj ekspozycji. Olga od razu zauważyła, jak Daniel bardzo się zmienił i wyprzystojniał. Zadziwiające, że takie szczegóły dorosła kobieta rejestruje w mgnieniu oka. Kilkanaście lat temu jego wygląd był Oldze obojętny. Teraz jednak w niczym nie przypominał obdartego, cygańskiego chłopaka, którego zapamiętała z dzieciństwa.

Dziwne byłoby, gdyby ten elegancki światowiec, jak prowincjusze, zachwycał się nowatorską wystawą zakładu pogrzebowego, lecz ku zaskoczeniu Olgi przybysz, nie spuszczając z ekspozycji zaciekawionego wzroku, ruszył wprost na zakład ojca. Zaintrygowany osobliwym poczuciem piękna W. Szpadla, szedł dość pewnie. Zbyt pewnie. Przeczuwając niechybne nieszczęście, syknęła, zasłaniając dłonią oczy. Przyzwyczaiła się, że od kiedy zamontowali sięgającą ziemi witrynę, waliło w nią głowami kilku gapowiczów tygodniowo.

– Jasssna cholera!! – zachrypiał Daniel, pocierając dłonią rosnący na czole guz.

Po drugiej stronie przezroczystej pułapki stała, gapiąc się na niego, właścicielka dobrze mu znanego rudego łba.

– Coraz lepiej... – wycedził kwaśno, przenosząc wzrok z ognistej czupryny nieco niżej.

Olga niepewnie rozchyliła palce zasłaniające oczy, dyskretnie oceniając straty. Na szczęście szyba była w jednym kawałku.

Tymczasem olśniony uderzeniem w głowę Daniel Kulm rozpoznał w swojej wczorajszej oprawczyni koleżankę z dzieciństwa. Zaczerwienił się i kaszlnął zmieszany.

– Olga?

Osłupiały patrzył na nią zdecydowanie zbyt długo i zbyt natarczywie, żeby jakikolwiek tutejszy mógł uznać to za przyzwoite. Chrząknęła zakłopotana. Nie miała wątpliwości, że kiepsko przyswojony za młodu małomiasteczkowy savoir-vivre z czasem zniknął bez śladu z jego pamięci. Tu słowa zawsze musiały wyprzedzać spojrzenia, a ostentacyjne gapienie się uchodziło na sucho tylko nieopierzonym wyrostkom i głupkom.

Dziewczyna postanowiła ratować sytuację, zapraszając przybysza szerokim gestem do imponującego rozmachem salonu ekspozycyjnego. Grymas zastygłego zdumienia na jego twarzy powoli i konsekwentnie ustępował miejsca najszczerszej radości.

Dorosła Olga wciąż miała dziecinne piegi, które tak fascynowały go w latach szkolnych. Potrafił gapić się na nie godzinami zdziwiony, bo na twarzach znanych mu Romów ciężko było dopatrzyć się podobnie niezwykłego zjawiska. Ona naturalnie miała mnóstwo piegów. Choć był bardzo skrupulatny, nigdy ich nie policzył, bo zjawiały się i znikały jak fatamorgana. Ta najlepsza uczennica w klasie zawsze wydawała mu się taka tajemnicza, skomplikowana. A on przy niej tak zwyczajnie, niezdarnie prosty.

Zaklął w duchu. Niechętnie przyznał rację swojej byłej dziewczynie: Olga chyba faktycznie była w jego typie.

– Wciąż tu mieszkasz? – zapytał niepewnie, przenosząc wzrok z niej na równiutki rząd wyściełanych trumien.

– Na szczęście jeszcze nie – odparła szybko Olga, wskazując ręką tył budynku. – Póki żyję, mieszkam w domu na zapleczu.

Wyglądało na to, że Szpadlówna, która została nauczycielką geografii, niewiele się zmieniła. Nadal marzyła o wielkich podróżach, lecz jeździła tylko rowerem do szkoły i z powrotem, a większość wolnego czasu poświęcała pomaganiu ojcu w prowadzeniu interesu. Daniel natomiast czuł się tak, jakby nie wydoroślał wcale. Jego pradziadkowie, jego dziadkowie i jego rodzice byli chorobliwie przesądni. Poczuł, że coś z rodzinnych obaw przeniosło się na niego, bo na widok ogromnych jak dmuchane pontony, plastikowych wieńców i tuzina różnorodnych drewnianych trumien nogi się pod nim ugięły. W jednej leżał podejrzanie rumiany i rześki nieboszczyk.

– Czy on...? – Daniel taktownie ściszył głos, wskazując na sprawcę niedawnego zderzenia z szybą.

– Oj, nie! To manekin. Tata go kupił z holenderskiego katalogu wysyłkowego, wierząc, że swoją zadowoloną facjatą przyciągnie klientów – odparła ze swadą.

Odetchnął z ulgą. Olga od niepamiętnych czasów była jedyną osobą, która potrafiła go rozbawić nawet w najbardziej beznadziejnej sytuacji.

– Przyciągnął?

– Coś ty! Ojciec kiepski był w szkole z języków i nie doczytał, że manekin służy całkiem do czegoś innego – córka przedsiębiorcy pogrzebowego mrugnęła znacząco w kierunku fałszywego nieboszczyka. – A ja nie wyprowadzałam staruszka z błędu.

Daniel, im dłużej żył, tym większego nabierał przekonania, że niektórym profesjom organicznie przypisana jest skłonność do niekonwencjonalnych żartów.

Piegowata Szpadlówna od zawsze nie przestrzegała konwenansów. I kochał ją za to najczystszą, braterską miłością. Romscy chłopcy, którzy przyjaźnili się z białymi dziewczynkami, uznawani byli za szaleńców, lecz znacznie gorzej miały córki bogatych, praworządnych Polaków, które spędzały czas z takimi jak on, obdartymi leniami, wagarowiczami i najgorszymi uczniami w szkole. Daniel wyrzucał sobie, że w swoim zaślepiającym egoizmie zapomniał, iż oprócz złych wspomnień zosta-

179

wił też w miasteczku prawdziwego przyjaciela. Piekielnie atrakcyjnego przyjaciela.

Roześmiał się z pikantnej historii, którą mu opowiedziała, dzięki czemu poczuł się trochę pewniej w abstrakcyjnej scenerii zakładu W. Szpadla.

Pomyślał, że gdyby Olga była Romką, w tym wieku dawno miałaby już męża i gromadkę dzieci. Rajka została nawet wdową. Tymczasem dziewczyna żyła prawie tak samo beztrosko jak on.

– Ech, Olga... – uśmiechnął się, kątem oka zerkając na starą przyjaciółkę.

Dręczyło go pytanie, czy w tej zapadłej dziurze jest ktoś, kto potrafi docenić jej oryginalną, bardzo współczesną urodę. Tak jak ona wyglądały najczęściej fotografowane piękności, lecz wątpił, żeby nawet ona sama zdawała sobie sprawę ze swojej wyjątkowości. Nieświadomość własnych skarbów była jeszcze jednym z oblicz małych miasteczek, co dostrzec można było tylko z perspektywy długotrwałego oddalenia.

– Ile to już lat? – zapytała Olga, z wdziękiem siadając na trumnie.

Z niepokojem zauważył, że on sam czułby nawet opór przed dotknięciem czegokolwiek z dekoracji tego osobliwego wnętrza. Bagaż wyniesionych z przeszłości zakazów i przesądów czasami ciążył bardziej niż pamięć starych, nie najlepszych czasów.

– Dwanaście i pół – wysilił się, by jego głos brzmiał swobodnie.

– Aż tyle?

Skinął głową. Męczyło go odczucie dziwnego kontinuum czasowego, jakby nie dalej niż wczoraj siedzieli razem na kościelnym parkanie. Całe życie poza miasteczkiem stało się nagle mniej ważne, jakby wzięte w nawias i wyrzucone poza najistotniejsze życiowe rachunki. Rozum podpowiadał mu jednak, że to tylko złudzenie i w gruncie rzeczy jest całkiem inaczej.

– Przyjechałem pożegnać przeszłość – wyznał, patrząc jej w oczy

– „Eleganckie pożegnania to nasza rodzinna specjalność" – wyrecytowała reklamowe credo ojca, a potem dodała poważnie: – Wiesz, raczej nie życzę nikomu, żeby potrzebował pomocy mojego ojca...

Nie chciał mówić zbyt wiele, choć Olga była właściwie jedyną znaną mu osobą, której mógł powiedzieć o Rajce. Po raz pierwszy czuł, że opowiadając jej o kobiecie, dla której gotów był poświęcić życie, nie byłby do końca przekonujący. Zaniepokoiły go te wątpliwości. Głośno wolał w zakamuflowany sposób powiedzieć raczej, iż przybył tu z powodu tatuażu na honorze, którego nie sposób zmyć. On zaś chciał chirurgicznym cięciem rozprawić się ze swoim tatuażem pamięci. Jego rozmówczyni nie miała szansy poznać całej prawdy o Rajce, bo Daniel konsekwentnie milczał, kryjąc się pod maską świetnie zasymilowanego światowca. Wszak biała przyjaciółka z dzieciństwa uosabiała świat beztroski, który dla kogoś takiego jak on zawsze pozostawał ułudą.

Olga, która przez cały czas obserwowała go dyskretnie z wysokości wystawowego modelu trumny, zeskoczyła zeń równie szybko, jak się tam znalazła. Wprawa, z jaką wykonywała te ewolucje, przywodziła na myśl zatrważającą konkluzję, iż musiała wykonywać je dość często.

– Przepraszam, wciąż się zapominam i zapraszam gości do zakładu ojca! – tłumaczyła się zmieszana. – Jestem szalenie nietaktowna.

Daniel próbował coś odpowiedzieć, ale nie dała mu dojść do głosu

181

– Nie zaprzeczaj, wiem, że tak jest.

Twarz Olgi zaróżowiła się, a jemu spodobała się ta niespodziewana reakcja. Wbrew wcześniejszym planom błyskawicznie podjął decyzję, że musi ją jeszcze zobaczyć.

– Niech będzie – rozłożył ręce w przewrotnym geście kapitulacji. – Jesteś nietaktowna. Za karę, no nie wiem... dasz się zaprosić gdzieś na hamburgera?

– U nas nie ma budek z hamburgerami, Kulm. Zamiast straszyć w ruinie, mogłeś lepiej spożytkować czas i pospacerować po miasteczku. Może byś coś zauważył.

Fakt. Punkt dla niej. Dopiero wczorajszy sen o dziewczynie z włosami koloru wiewiórki wygonił go z nory na Lipowej.

– Mamy za to – dodała po krótkim namyśle – budkę z chińskim jedzeniem.

– Niemożliwe!

– A jednak. Magiczny świat sajgonek w sosie słodko-kwaśnym łaskawie zagościł w starym popegeerowskim baraku, gdzie kiedyś handlowano węglem.

– Zatem spotkam cię dziś w baraku z węglem?

– Niech będzie – zgodziła się z lekkim ociąganiem – o czwartej, nie później. Nie chcę, żeby mnie ktoś posądził, że z tobą...

Wiedział, że chciała powiedzieć „romansuję", ale słowo utknęło gdzieś w gardle. Cóż, jako powracający z niebytu Cygan, nie powinien spodziewać się za wiele.

Puścił porozumiewawczo oko, żeby rozwiać jej wątpliwości. Był wystarczająco zahartowany, by nie mieć żalu o drobiazgi.

Zasalutował przed nią.

– Zatem przyzwoity pegeerowski barak o przyzwoitej czwartej.

*

Pięć godzin później, wchodząc do ciasnawego baraku, Olga zauważyła, jak bardzo się zmienił. Jego wielkomiejski wygląd trochę ją onieśmielał. Nie pasował do zapyziałego miasteczka, a jeszcze bardziej zdumiewał ją widok Daniela na tle swoistej „dekoracji restauracyjnej", na którą składały się dwa plastikowe stoliki, dwa skompletowane z nimi krzesła i cztery przypadkowe drewniane pieńki stojące pod pokaźnych rozmiarów lampionem skopiowanym chałupniczo na styl chiński. Z kuchennego okienka niczym nigdy niepodlewana roślina zwisała lekko zawiana właścicielka – żona kierownika mleczarni. Miała na sobie kretonową podomkę i umocowany na gumce spory, słomkowy kapelusik, stylizowany na nakrycie głowy zawodowych zbieraczy liści herbaty. Na widok eleganckiego klienta z miasta ożywiła się nieco i powlokła na zaplecze po wazonik z chińskiej laki. Nawet jak na miejscowe warunki egzotyczna estetyka tego wnętrza była mocno wątpliwa, próżno więc było oczekiwać, że zrobi piorunujące wrażenie na mieszkańcu Warszawy.

– I jak? – zapytała przewrotnie Olga na powitanie
– Rewelacja! – Daniel przez ramię zerknął ku właścicielce knajpy. – Skoro ostatnio widzieliśmy się w domu pogrzebowym, aż strach pomyśleć, gdzie spotkamy się następnym razem.

Rudowłosa nauczycielka bąknęła coś o zmianie stolika, wskazując potężny kamień podpierający barak. Zauważył, że ma na sobie obcisłą białą spódnicę i krótki, czarny sweterek. Zdumiewająco szybko zapomniał, że jeszcze niedawno wzdrygał się na wspomnienie ich pierwszego spotkania i zniszczonych spodni. Teraz długie, intensywnie pomarańczowe włosy działały na niego elektryzująco. Uznał, że sporo w tym winy zbyt szybko wypitego mocnego piwa, które podała mu znudzona kierowniczka. Nie miał złudzeń, że warszawscy przyjaciele wiele oddaliby, by choć przez chwilę znaleźć się w towarzystwie tak interesującej kobiety. Pochlebiało mu to.

Usiadła obok niego blisko, tak że przy lada poruszeniu z konieczności dotykali się kolanami. Daniel gotów był uznać ciasnotę tego pretensjonalnego otoczenia za jego największą zaletę. Nawet picie z jednej butelki ciepłego piwa było w tych warunkach dużo zabawniejsze od niekończących się eskapad po nocnych klubach stolicy.

Nie spodziewał się, że będą rozmawiali tak swobodnie, jakby rozstali się zaledwie przed tygodniem. Z pewnym ociąganiem Olga wyznała mu nawet, że przeczuła jego powrót do miasteczka.

– Przeżywając całe życie w cieniu zakładu pogrzebowego, chcąc nie chcąc zaczynasz wierzyć w znaki, wiele zwiastujące zapachy... – westchnęła, uparcie wpatrując się gdzieś ponad głową Daniela.

Jego otępiałe przebywaniem w zawilgoconym Taborze zmysły również bezwiednie wyłapywały pewien zapach. Zapach kobiety. Przyziemny, bliski i bardzo zmysłowy. Kiedy Olga sięgnęła po piwo i przystawiła butelkę do ust, bezwiednie dotknął wierzchem dłoni jej włosów. Wyglądały jak ogień i mógł przysiąc, iż niemal parzyły mu palce. Dziewczyna wolną ręką odsunęła jego dłoń z powrotem na stół. Uśmiechnął się przepraszająco, przyjemnie zaskoczony jej niespodziewaną prostolinijnością. Z kąta baru właścicielka jednym na wpół otwartym okiem bacznie ich obserwowała. Dawno zapomniał o tym zabawnym uczuciu niepewności objawiającym się drapaniem gdzieś głęboko w środku brzucha, poniżej żeber. Dotąd mógł mieć każdą kobietę. Dopóki pielęgnował obraz Rajki, uśmierzał ból rozstania w tak wielu ramionach, że twarze i ciała im przypisane rozpływały się we wspomnieniach. Było to stuprocentowo bezpieczne. Coś mówiło mu, że Olga z całą pewnością nie pasuje do starej, dobrze mu znanej układanki.

Od czasów Rajki tak naprawdę nie był z żadną kobietą, choć był z wieloma. Również wtedy, kiedy ochoczo rozprawiał o miłości, która to miała być rzekomym sprawcą wszelkich uniesień na tym świecie, nie wierzył w ani jedno swoje słowo. W końcu, jak dotąd, wspomnienie Rajki przynosiło więcej rozczarowań i bólu niż radości. Od czasu powrotu na Lipową łapał się na uparcie powracającej myśli, że świat poszedł do przodu i sam też się zmienił. Nieopatrznie przeoczył moment, w którym jak wąż zrzucił ciasną skórę zawiedzionego chłopca, odsłaniając świeże, niepewne jeszcze ciało nowego Daniela Kulma. Wciąż jednak nie miał pomysłu, jak wykorzystać ogrom wolności, którą oferowała ta obszerniejsza skóra.

Za wszelką cenę dążył, żeby codziennie choć raz zobaczyć Olgę. Ponieważ czas spędzany samotnie w Taborze na Lipowej rozwlekał się w długie godziny jałowej bezczynności, Daniel usprawiedliwiał się w duchu, że rozmowy z dziewczyną stanowią jedynie całkiem zrozumiałą ucieczkę przed monotonią małomiasteczkowego życia. Dopiero gdy któregoś razu Olga nie znalazła dla niego czasu, zdał sobie sprawę, że brakuje mu jej obecności bardziej niż wygodnego łóżka, gwaru wielkiego miasta, a nawet bardzo konsekwentnie pielęgnowanych wspomnień o Rajce. Miasteczko bez Olgi wydawało mu się puste, głuche i bezdennie nudne. Przesuwający się niespiesznie czas brzęczał w uszach irytująco niczym komar nocą, uwięziony w zasłonie. Myśli nie układały się w żaden logiczny ciąg. I choć dla Daniela

Kulma pojęcie miłości było od lat zarezerwowane wyłącznie dla Rajki, czuł, że sprawy komplikują się bardziej, niż przypuszczał. Kiedy telefon Olgi milczał, hamował się, żeby, niczym uczniak, nie warować przed jej domem. Wiedział, że przekracza umowną linię terytorium największego skarbu Władysława Szpadla: jego jedynej córki.

Olga ostrzegła go, że ojciec od czasu, kiedy pochował (rzecz jasna z największymi honorami) żonę, wolne chwile spędzał na zamartwianiu się o jedynaczkę. Bacznym okiem mierzył każdego, kto zbliżył się do niej na odległość pięciu metrów.

Władysław Szpadel miał sokole oko do wyszukiwania w ludziach chorób i słabości. I choć Daniel był niemal pewien, że w jego wypadku niewiele by wskórał, od prawie- każdego napotkanego człowieka mógł usłyszeć, iż gdyby nie fakt, że z powodzeniem prowadził dom pogrzebowy, zostałby nieźle prosperującym jasnowidzem. Bez pudła oceniał, kogo śmiertelny smutek przybija do ziemi, a komu nie grozi łopata grabarza. Poniekąd umiejętność ta przydawała mu się w pracy. Zawsze z niemałym prawdopodobieństwem potrafił oszacować, ilu dany sezon przyniesie mu nowych klientów. Kwartalnie mylił się co najwyżej o jednego, góra dwóch nieboszczyków. Wliczając w to nagłe ozdrowienia i komunikacyjne wypadki, Szpadel na swoich rachubach wychodził zawsze na prostą. Tym samym nieomylnym wzrokiem, którym patrzył na sąsiadów, potrafił też ocenić własną córkę. Spoglądał okiem przedsiębiorcy pogrzebowego na wielu jej znajomych, ale nigdy nie spotkał się z tak ogromną siłą i witalnością, jak w przypadku Olgi. Uważał, iż tak krzepka dziewczyna musi się spodobać każdemu rozsądnie myślącemu mężczyźnie: była zdrowa jak tur i – jako że jadła niewiele – ekonomiczna w utrzymaniu. Będąc dzieckiem przedsiębiorcy pogrzebowego, a także jedyną sukcesorką, siłą rzeczy, musiała mieć serce świętej i skórę słonia, co, o czym był święcie przekonany, otwierało długą listę przymiotów. Miał nadzieję, że któregoś dnia okaże się też na tyle rozsądna, by docenić jego śmiałą ideę fuzji z zakładem kamieniarskim i ulokować swoje uczucia w pracowitym (i oczywiście krzepkim) synu kamieniarza.

– Ta dziewczyna to mój skarb! – powtarzał przy każdej okazji, chcąc podkreślić wyjątkowość córki.

Jako karta przetargowa w negocjacjach z kamieniarzem była naturalnie „skarbem" o niebagatelnym znaczeniu.

Gdy jednak jego niezależna i piękna córka zaczęła znikać z domu, by spotykać się z Danielem Kulmem nocującym w zrujnowanym Taborze, Szpadel zmartwił się, zdając sobie sprawę, że na ojcowskie wychowanie jest już trochę za późno. Olga natomiast po raz pierwszy w życiu odniosła wrażenie, że ojciec żałuje, że nie ma syna: silnego i odpornego na sercowe wstrząsy jak on sam. Miał wystarczająco wiele rozsądku, by wiedzieć, że mężczyźni i miłość były jedynym źródłem zamętu, na jaki nie uodparniało nawet prowadzenie domu pogrzebowego.

Wszystkie głęboko przemyślane prawdy Szpadla nie przemawiały do serca Daniela. Jako Rom wierzył, że choć ludzie wciąż mijają się w drodze, to jednak, tajemniczym zrządzeniem losu, niektórzy spotykają się częściej niż inni. Przekonany był, że jemu i Oldze pisana była przyjaźń na śmierć i życie. W końcu od dobrego tuzina lat czuł się jedynym panem swojego czasu i życia. Przed zmierzeniem się z przeszłością, którą symbolizowała Rajka, z beztroską nurzał się w teraźniejszości.

Przyszłość, którą z takim mozołem każdego kwartału usiłował przeniknąć wielki Władysław Szpadel, była mu zupełnie obojętna.

Na złość tym, którzy wiedzieli lepiej, co do życia potrzebne jest Oldze, romskim zwyczajem porywał ją z pokoju nauczycielskiego wszędzie tam, gdzie nie śledziły ich oceniające spojrzenia. Zazwyczaj nie robili nic, tylko patrzyli na przytłaczający ogrom nieba, który jest nieomylnym zwiastunem bliskości nadmorskich równin. Horyzont przecinały jedynie pozbawione urody, nieskładnie wybudowane, rozrośnięte domy.

– Chciałabym wygrać na loterii masę forsy i zjeżdżać stąd, gdzie pieprz rośnie – wyznała któregoś razu Olga.

Daniel Kulm obserwował ją bacznie. Wskazała ręką w stronę ulicy Lipowej.

– Kiedy miałam wszystkiego dość, chodziłam oglądać Tabor, siadałam pod drzewem i marzyłam, by tak jak Cyganie mieć w zanadrzu zawsze gotową do drogi walizkę – ciągnęła, nie pozwalając sobie przerwać. – Chyba dlatego, że nigdy nie wyjeżdżałam z miasteczka. Czasem myślę, że nie wychylę w swoim życiu głowy poza zakład pogrzebowy.

Wszystko wskazywało na to, że mówi zupełnie poważnie.

Ich dłonie odruchowo znalazły do siebie drogę. Pozwolił na to, bo pasowały tak, jak szyte na miarę rękawiczki. Przez chwilę nie chciał pamiętać o tym, iż sprawy między przyjaciółmi nie powinny iść za daleko. Pragnął tylko zabrać ją stąd, otworzyć przed nią przestrzeń, o której tak marzyła. Bardziej sobie niż jej obiecał głośno, że kiedyś to na pewno uczyni.

Olga potrząsnęła głową, ale nie cofnęła ręki z dłoni Daniela.

– Największym szaleństwem, jakiego można się po mnie spodziewać, to wyjście za mąż za syna właściciela zakładu kamieniarskiego po to, by mój ojciec mógł wreszcie spełnić swoje skryte marzenia o wielkiej, rodzinnej fuzji. Pociągające prawda?

Przyznał, że ten pomysł zupełnie mu się nie podobał. Byli tak bardzo do siebie podobni, że nie potrafił jej oszukiwać. Jego pułapką było uczucie do Rajki, jej to miasteczko. Daniel nabrał pewności, że im obydwojgu przydałby się cud.

Olga patrzyła na niego z odległości kilkunastu centymetrów.

– Po co tak naprawdę tu przyjechałeś? – zapytała półgłosem.

W jej spojrzeniu było coś, co sprawia, że żaden zdrowy mężczyzna nie potrafiłby pozostać obojętny. On musiał. Zrobił to bardziej w imię jej szczęścia niż swojej miłości do Rajki. Choć miał ochotę przycisnąć ją do siebie, żaden gest, żaden ruch nie wchodził w rachubę, bo zdawało mu się, że nosiłoby to nazwę nadużycia. Głęboko westchnął.

Pomyślał, że tak musi czuć się facet, który idzie do baru, podrywa dziewczynę, czasem nawet zakochuje się w niej bez pamięci. W domu czeka na niego żona i zgraja własnych dzieciaków. Oni są przyziemną prawdą o nim samym, której nie zmieni żaden, nawet najlepszy knajpiany bajer. W tym sensie Rajka przez lata była jego nieformalną żoną.

– Liczyłem na kupno Taboru – powiedział szczerze. – Zdaje się, że planowałem w ten sposób udowodnić komuś, jak wiele stracił.

– Kobiecie?

– Tak.

– A więc jednak! Nie powinnam być tak naiwna

i myśleć, że zjawiłeś się tu po to, żeby mnie porwać – uśmiechnęła się gorzko.

– To nie tak! – usiłował chwycić jej ramię, ale się wyrwała.

Nie słuchała go.

– Kochasz ją?

– Olga...

– Lepiej nic nie odpowiadaj – była wściekła. – Przepraszam cię za moje wyznania, wygłupiłam się.

Popatrzyła w czarne oczy Daniela. Podobnych im nie miał nikt, kogo znała. Od chwili kiedy zobaczyła go przed zakładem ojca, bezustannie myślala o tym, że mogłaby zanurzyć się w nich jak nurek w ciemnej oceanicznej głębi. Nienawidziła kobiety, dla której wrócił, choć to dzięki niej pojawił się w jej życiu. Teraz to, czego najbardziej się obawiała, stawało się przytłaczająco jasne.

– Nic nie powiedziałaś, za co musiałabyś przepraszać, to raczej ja...

Zasłoniła dłońmi uszy, żeby nie słuchać jego usprawiedliwień i pokręciła głową. To ona nie miała prawa ani do swojej nienawiści, ani do niczym nieuzasadnionych nadziei.

– Niemal planowałam ci się oświadczyć. Głupia gęś ze mnie!

Napięte ramiączko urwało się, przez co wyglądała bezradnie. Obydwoje przeczuwali, że za każdą katastrofą ich świata czai się gdzieś beznadziejna namiętność.

– Zrozum, chodziło mi raczej o to, że dziewczyny, z którymi się wychowywaliśmy, powinny być zakazane. Są jak siostry – skłamał Daniel, próbując bezskutecznie podciągnąć urwane ramiączko.

Zauważyła, jak bardzo chciał, by ten gest wypadł jak najbardziej niewinnie, ale tak się nie stało.

Daniel Kulm pomyślał, że muszą wyglądać jak niespełnieni kochankowie. Gdy Olga ze spuszczonym wzrokiem nerwowo poprawiała garderobę, poczuł się obłudnikiem. Wyrzucał sobie, że nie zauważył, jak bardzo jest niepewna. Tak zręcznie ukrywała to pod maską witalności. Próbując wyznać mu miłość, przez ułamek sekundy zaryzykowała, oddając się całkowicie w jego ręce. Była niczym krucha, wirująca szklana kula podrzucona wysoko w powietrze. Daniel z własnego doświadczenia dobrze znał to upajające wrażenie przebywania w obłokach, które pozwala trwać w nadziei, że ta właściwa dłoń złapie cię w odpowiedniej chwili. Tym razem on nie złapał.

Patrzył, jak Olga odchodzi szybkim krokiem, obojętnie mijając oglądających się za nią ludzi. Gdy w zamyśleniu wpadła w przeszklone drzwi zakładu ojca wprost na tryskający radością życia manekin, pomyślała, że oto znalazła swoje przeznaczenie. Ten drobny wypadek dał jej wystarczający pretekst, by się rozpłakać z wściekłości i upokorzenia. Za nic miała nawet fakt, że swoim zachowaniem zdenerwowała najlepszą klientkę Szpadlów, pewną wielokrotną wdowę, która widząc, że nie na niej skupiona jest uwaga otoczenia, wyszła, odgrażając się, iż jej noga już nigdy nie przestąpi progu zakładu pogrzebowego. Słysząc to, Olga warknęła tylko coś do kompletnie oszołomionego ojca i tylnym wejściem czmychnęła do swojego pokoju. Postanowiła nie wychodzić stamtąd do czasu, aż Daniel na zawsze opuści miasteczko.

Władysław Szpadel miał wystarczająco dużo oleju w głowie, by zdać sobie sprawę, że w rękach jego córki, przyszłość zakładu pogrzebowego jest mocno zagrożona. Męskim zwyczajem zaproponował jej szklankę wódki na uspokojenie, lecz gdy nie poznała się i na tym geście dobrej woli, uznał, że Oldze musiała się przytrafić jedna z dwóch rzeczy: mogła postradać zmysły lub się zakochać. Tak naprawdę nie był wcale pewien, czy jego latorośli nie przytrafiły się przypadkiem oba nieszczęścia naraz.

*

Kiedy Daniel Kulm włóczył się po miasteczku, wyrzucając sobie, że jest straconym dla świata palantem, niepostrzeżenie nadszedł ostateczny termin sfinalizowania zakupu Taboru. Tego dnia stało się to, czego nikt się nie spodziewał, i Daniel Kulm zwyczajnie zapomniał, po co właściwie tu przyjechał. Najpierw odebrał z pralni wskrzeszone do życia spodnie, a następnie próbował poprawić podły nastrój w chińskim barze.

Jakie było jego zaskoczenie, gdy po południu, w pustym zazwyczaj Taborze, zobaczył tajemniczą postać z monstrualnie dużą głową zawzięcie torującą sobie drogę do drzwi. Parła tak energicznie, że fragmenty pokruszonego styropianu i desek fruwały w powietrzu.

Nie od razu skojarzył, z kim ma do czynienia, bo widziany z daleka kok misternie skonstruowany z grubych, czarnych włosów przypominał przeciętnej wielkości koło dziecięcego rowerka. Tylko miotane po romsku przekleństwa nie pozostawiały wątpliwości. Tak... Miał przed sobą swój nierealny i wytęskniony obiekt westchnień.

– Ty? – odezwał się idiotycznie.

– Ja! – Rajka tupnęła nogą, wprawnie miażdżąc wilgociolubnego robaka.

Rozglądała się dookoła z dezaprobatą. Nie przestawała przy tym ani na chwilę potrząsać niezwykle okazałym kokiem. Z bliska było widać, że częste farbowanie na przemian na czarno i brązowo bardzo długich i odpornych włosów dało szokujący kolorystycznie miszmasz. Daniel do końca nie był pewien, czy efekt ten był zamierzony, bo coś takiego widział po raz pierwszy w życiu.

Musiał przyznać, że mimo niewielkiej nadwagi ukrytej pod kilkoma warstwami kolorowych sukien, poruszała się szybko i sprawnie jak linoskoczek, zaglądając do każdego okna i wciskając się w każdą dziurę. Wydawała się jednak coraz bardziej rozczarowana konfrontacją z przeszłością. On sam, mimo usilnych starań, też miał nietęgą minę. Z całkiem innego powodu.

– Mówiłeś coś? – ozdobiona wielkim kokiem głowa Rajki wychyliła się zza zrujnowanych pomieszczeń gospodarczych.

Perfekcyjnie skonstruowana, rzucająca na kolana mowa, którą na jej spotkanie układał sobie od tygodni, z wrażenia wyleciała mu z głowy. Mimo wszystko musiał coś powiedzieć.

– Eee... Chciałem kupić Tabor, bo całe lata snułem plany na przyszłość związane z tym domem... – nieskładnie przypominał sobie jakiś fragment z środka powitalnego przemówienia.

– Plany. Tego się domyślałam – pokręciła głową, asekurując dłonią misterną fryzurę. – Zamierzasz tu trzymać jakieś kury czy inną zwierzynę?

– Kury? Skąd ten pomysł? Zresztą nie wiem, czy zostanę tu dłużej.

– Niedobrze... Kury to świetny interes, przemyślałam to. Gdybym nie została wdową, na pewno dorobiłabym się kurzej fermy. A tak muszę zadbać o zupełnie co innego. Mogę być wobec ciebie zupełnie szczera? – Rajka przeniosła na Daniela życzliwy, pytający wzrok. –

Chcę znaleźć zaradnego męża z dobrze prosperującym biznesem...

Przez moment pomyślał, że chyba tak musiała przyglądać mu się w najszczęśliwszym czasie ich narzeczeństwa. Jednak żadna komórka w części mózgu odpowiadającej za pamięć nie drgnęła w euforii podczas leniwego przepływu informacji. Patrzył, jakby wszystko, czego doświadczał, działo się z jego udziałem, a jednak obok niego. Jak w najgłębszych snach, gdzie człowiek traci kontrolę nad swoim ciałem, przyglądając się sobie z boku. Nawet najbardziej niesamowite sny, w przeciwieństwie do jawy, bywały czasem miłe i intrygujące. Rzeczywistość była absurdalna jak życie wszystkich bohaterów Becketta i Ionesco razem wziętych.

Daniel Kulm, postrzegający teraz rzeczywistość z perspektywy snu na jawie, ku własnemu zaskoczeniu uświadomił sobie, że w tym momencie jest mu absolutnie wszystko jedno.

– Nie mam serca do kur i nie jadam drobiu – na wszelki wypadek wyartykułował to głośno i wyraźnie.

Rajka tylko wzruszyła ramionami. Chyba on również musiał ją trochę rozczarować. Nie miał na sobie ani złotego zegarka, ani nawet przyzwoitego garnituru.

– Nie upieram się przy kurach. To dużo roboty. Prawdziwy Rom nie powinien się w życiu zbytnio narobić. Nie wypada.

Raz jeszcze obeszła podwórko. Obejrzała dokładnie każdą dziurę w płocie i szczelinę w murze. Zapytała o nieistniejący garaż i minimalną cenę gruntu w miasteczku. Cały czas kręciła z niezadowoleniem głową.

– Nic niewarte!

– To twój dom rodzinny.

– Nic niewarte! – powtórzyła. – Nic dziwnego, że oprócz ciebie i przedsiębiorcy pogrzebowego pies z kulawą nogą nie zainteresował się ruderą. Trzeba być głupcem albo grabarzem, żeby mieć upodobanie do takiego próchna!

Daniel nie wiedział, że również Szpadel interesuje się Taborem. Przez ostatnie dni nie myślał o niczym innym tylko o jego córce i teraz odetchnął z ulgą, że nadarza się okazja odstąpienia na jego rzecz od kupna domu.

– Dla tak marnego interesu nie trzeba było mnie wzywać przez adwokata, żebym osobiście uczestniczyła w licytacji – pogroziła mu upierścienionym palcem. – Kiedy dowiedziałam się, że szuka mnie jakiś prawnik, mało nie wykitowałam ze strachu.

Rajka roześmiała się, jakby opowiedziała doskonały kawał. Zauważył, że w jej uśmiechu nie było już dawnej niewinności. Stała w progu rozpadającego się pałacu, wpatrując się przenikliwym wzrokiem w jego twarz. Tylko wróżące kobiety romskie potrafią wniknąć ludziom do umysłów, odczytywać dobrze skrywane sekrety. Rajka najwidoczniej to potrafiła.

– Po co właściwie mnie tu sprowadziłeś? – zapytała zaczepnie.

– Chciałem wyrównać między nami rachunki – odpowiedział prawie szczerze.

Wyglądało na to, że mu uwierzyła. Jeszcze wczoraj planował powiedzieć coś wznioślejszego, coś patetycznego: „Chciałem wskrzesić naszą miłość", ale teraz słowa te nie przeszłyby mu przez gardło. Były nieprawdą. Jedną z wielu, jakimi karmił się z wygody. Uczucie, które żywił do Rajki, nie wymagało myślenia ani decyzji. Było czystą namiętnością, idealnym złudzeniem, takim, jakim mogą być tylko marzenia o kiepsko zapamiętanej przeszłości. Rzeczywistość okazała się, niestety, karłem.

Rajka obciągnęła długą spódnicę wokół nóg i usiadła na brzegu schodów.

– Palisz? – błyskawicznie przeszła na szybkostrzelny, trochę przez niego już zapomniany język Romów. Widać było, że posługuje się nim o wiele swobodniej niż polskim.

– Nie.

– Nie? Wszyscy w naszym klanie palą – przyjrzała mu się uważnie. – A może ty nie masz się już za jednego z nas? Jesteś Gadżo?

Wydęła kpiąco usta.

– Farbowany Gadżo! – klasnęła dłońmi o kolana, nie wypuszczając papierosa z ust.

Nic nie odpowiedział.

– Taaa... – patrzyła na niego przez wolno wypuszczany papierosowy dym. – Wtedy, kiedy prosiłeś o moją rękę, też milczałeś.

– Ty też.

– Masz o to żal?

– Wierzyłem, że mnie kochasz.

Rajka uśmiechnęła się.

– Nawet mówisz jak biały. „Kochać...” My, Romowie mamy określenie: „chcieć", pamiętasz? Ja chciałam ciebie, a ty mnie. Przez złość i gorącą głowę wszystko ci się pomieszało.

Daniel dosiadł się do niej.

– Może masz rację? Może faktycznie wszystko mi się pomieszało?

Zdawało mu się, że w tej sytuacji powinien poczuć żal lub złość. A czuł jedynie ulgę. Kusiło go, by powiedzieć Rajce, jak bardzo te mury przynosiły zapomnienie. Wcześniej dawała je praca, pieniądze, rzadziej kobiety. Uciekał w czas, dojrzewanie się, starzenie, wierząc, że z każdym upływającym rokiem dalej jest od swojej romskiej przeszłości naznaczonej klątwą skalania. Z każdym rokiem stawał się bardziej biały, aż wreszcie, kiedy ludzie przestali widzieć w nim Cygana – wrócił, by przejrzeć twarz w zwierciadle przeszłości. Nie powiedział nic z obawy przed śmiesznością, że to wszystko, na co tak czekał, okazało się ledwie trzymającą się kupy pozostałością po starym budynku. Na szczęście Rajka potrafiła dużo zrozumieć bez potrzeby wypowiadania wielu słów.

Strzepnęła popiół z papierosa i macierzyńskim gestem poklepała go po ręce.

– Jesteś mądra, Rajka. Mądrzejsza ode mnie...

– Jestem na tyle mądra, by pozbyć się tej skorupy i nie sprzedawać jej tobie. Przynajmniej tyle mogę zrobić, żebyś znowu nie znalazł się w opresji.

– W żadnym wypadku! Jestem już innym człowiekiem – zapewnił ją Daniel.

Mówił bardziej do siebie niż do siedzącej obok kobiety. Nie miał na myśli ani decyzji o zakupie domu, ani zakrzaczonej działki. Jego myśli krążyły wokół czegoś, a raczej kogoś zupełnie innego.

– Nie jesteś już dawnym Dankiem – zauważyła Rajka.

– Nie jestem.

– Zapomnij więc o Taborze i urządź własny świat. To dobra rada, której nie będę więcej powtarzać, bo dobre rady sporo kosztują.

Siostrzanym gestem mocno przyciągnęła go do siebie. Musiał przyznać, że jak na nimfę nawiedzającą jego niegdysiejsze, młodzieńcze sny miała końską krzepę.

Tkwiąc w stalowym uścisku Rajki, pojął, że stracił już wystarczająco dużo czasu na pogoń za złudnymi marzeniami. Z tą samą niemal wyrazistością uświadomił sobie, że w tej chwili powinien być zupełnie gdzie indziej, z zupełnie kimś innym. Zatęsknił za Olgą tak bardzo, że sama myśl o niej powodowała bolesny ucisk w dole brzucha. Chciał biec, gnać przed siebie w poszukiwaniu straconych szans. Był mocno obolały i całkowicie wyleczony z młodzieńczych fantazji.

Uszczęśliwiony cudownym ozdrowieniem, uwolnił się z objęć „kobiety swojego życia", obiecując sobie w duchu, że zapamięta Rajkę taką, jaką przez dwanaście lat nosił w sercu. Choć nie było to łatwe, był pewny, że poniekąd jej zawdzięczał powrót na Lipową i spotkanie Olgi. Już samo to powinno wystarczyć, żeby być jej dozgonnie wdzięczny. Pożegnał się z Rajką z wyraźną ulgą. Może tak właśnie miała wyglądać jego droga do Olgi?

Daniel Kulm był tego całkowicie pewien od chwili, kiedy zrozumiał, że wygasłej namiętności nie da się wskrzesić. Miłość przychodzi, kiedy chce, rodząc się jak świt, zawsze w najmniej oczekiwanym momencie. On czekał na nią dwanaście lat, a potem, gdy spadła na niego z impetem rozpędzonego roweru, nawet jej nie zauważył. Jednak od tamtej chwili Olga Szpadlówna wtargnęła do jego jawy i snów, rozpalając żarem swoich ognistych włosów ich temperaturę o dobrych kilkanaście stopni. Czuł, że traci kontrolę nad swoim świetnie zaplanowanym i ułożonym życiem. Jak każdy zdezorientowany zakochany, czasami nie wiedział, czy z tego powodu bardziej jest mu do śmiechu, czy może do łez. Stanowczo jednak postanowił nie spędzać kolejnego tuzina zim na próbie zapomnienia o kobiecie, którą zesłał mu los. Ostatnie spotkanie z Rajką dość dotkliwie uświadomiło mu, jak kończą się takie historie.

*

Do tej pory na próżno włóczył się ulicami, szukając Olgi. W nadziei na spotkanie przyjaciółki odwiedzał dobrze znane jej miejsca, spoglądał w witryny zakładu Szpadla, a nawet stał się bywalcem chińskiego baru. Wszystko na nic. Olga uparcie nie pojawiała się nigdzie. Był wściekły, bo w przeciwieństwie do innych kobiet nie zamierzała ułatwiać mu zadania. Wydawało mu się, że sprawiedliwa opatrzność karząca głupców już nigdy nie da mu szansy wyznać Oldze, jak bardzo jej brakuje.

Jego ponure rozważania przerwał strumień rdzawego błota bezlitośnie obryzgujący go od stóp do głów. Daniel Kulm nie zdążył nawet pożałować pieniędzy wydanych na pralnię, gdy zrozumiał jasno i wyraźnie, że takie widać musi być jego przeznaczenie. Na szczęście, z tą samą brutalną nieodzownością, z jaką nadchodził ostateczny kres użytkowania ulubionych spodni, rosło prawdopodobieństwo ujrzenia Olgi.

Wszystko rozgrywało się z niemal matematyczną precyzją, z jaką niesiony przez los ładunek przypadków osiąga masę krytyczną tylko po to, by wybuchnąć w jednym, ściśle określonym momencie czasoprzestrzeni. I faktycznie, z tejże losowo naznaczonej przestrzeni najpierw wyłonił się całkiem realny, zdezelowany rower Olgi, za nim błyskawicznie jej ruda głowa. Tuż za nią (choć na tym widoku zależało mu zdecydowanie mniej) dostrzegł rozpędzone dziewczęta podążające za nauczycielką. Idąc śladem swojej pani, hamowały przed nim ostro, dokładając do plam na włoskich spodniach kolejny, wstrętny i niespieralny stempel z gliny. Niewiele czasu upłynęło od jego ostatniego spotkania z rowerową wycieczką, ale w nim samym zmieniło się wiele, czego najlepszym dowodem był fakt, że stał i ze stoickim spokojem przyglądał się zdradliwej dziurze w drodze.

Deszcz nie padał od dawna, lecz w rozpadlinie, w nigdy nieremontowanym asfalcie położonym niefrasobliwie na glinianej drodze, wciąż utrzymywała się woda. Jacyś robotnicy przed laty schrzanili robotę, ale w tej chwili miał to gdzieś. Olga patrzyła na niego bez nienawiści, a na początek to już było coś. Nieważne, że nie odezwała się ani słowem.

– Nie mogłem wyjechać bez ciebie. Nie spełniłem jeszcze twojego życzenia – przemówił pierwszy nieswoim głosem.

Olga poleciła towarzyszącym jej dziewczętom, aby jechały dalej bez niej. Ociągały się, wyraźnie zafrapowane niecodzienną sytuacją. W końcu jednak niechętnie wsiadły na rowery i oglądając się co chwilę, popedałowały do szkoły.

– Nic mi nie obiecywałeś, Danielu. Możesz odjechać.

Nie chciał. Gotów był zrobić wszystko: porzucić swoje dotychczasowe życie i do emerytury zgłębiać tajniki grabarskiego interesu albo robić cokolwiek, byleby być przy niej. Było mu wszystko jedno, co się z nim stanie. Znów miał zniszczone ubranie, a przed sobą cel swojego życia. Wszystkiemu zaś towarzyszyła obezwładniająca jasność myśli.

– Czy człowiek zawsze musi przekonywać się o swojej głupocie w tak bolesny sposób? – zapytał niepewnie.

Olga z ukosa zmierzyła wzrokiem jego brudne spodnie. Po jej twarzy błąkał się niewyraźny uśmiech.

– No, nie wiem... Chyba jestem ci winna pranie?

– Moje spodnie są do twojej dyspozycji choćby i w tej chwili – Daniel wykonał gest świadczący o tym, że nie żartuje i gotów jest natychmiast je zdjąć. W końcu bywało, że dla kobiety robił dużo gorsze rzeczy.

– Lepiej nie! – ostrzegła, rozglądając się dookoła. – Swoją drogą, Kulm, ty jesteś całkowicie nieobliczalny.

– Chyba nigdy nie byłem bardziej poważny.

Nie potrafiła udawać, że jest jej obojętny. Nie był. Ani teraz, ani nigdy wcześniej. Pociągał ją tym bardziej, że dożywotnia tęsknota i wieloletnie wypatrywanie przez okno powrotu ukochanego mężczyzny nie wydawały się jej pisane. A może po prostu straciła ochotę na przesypianie następnej dekady swojego życia? W końcu, jako dziedziczka Władysława Szpadla, wystarczająco już napatrzyła się na historie z tragicznym finałem. Życie trwało zbyt krótko i zawsze kończyło się zbyt kiepsko, żeby tracić je na niekończące mijanie się z Danielem. A wystawianie miłości na próbę tylko w kinie miało szansę skończyć się happy endem. Dlatego Olga postanowiła zaryzykować. Nie dbała o opinię ojca na temat nieodpowiedzialności swojego czynu. Była jak dziki jastrząb udający udomowionego ptaka. Teraz pragnęła tylko opuścić swoją dobrze oswojoną grzędę i udać się z Danielem w podróż w nieznane.

W prawdziwym życiu są rzeczy, które trzeba robić albo w całkowitym zaćmieniu umysłu, albo wcale. Ta była jedną z nich.

Zdecydowała się więc wziąć na próbę półroczny bezpłatny urlop w szkole i zobaczyć kawałek świata. O dziwo, nikt nie sprzeciwiał się owym planom.

Gnębiąca Olgę sprawa przyszłości dziedziczonego z pokolenia na pokolenie zakładu pogrzebowego rozwiązała się szybciej i bardziej niespodziewanie, niżby ktokolwiek mógł się tego spodziewać. Stało się tak za sprawą Rajki, która nie tylko zdołała skutecznie sprzedać ojcu Olgi stary dom, ale też nabrała wilczego wręcz apetytu na szykowny zakładzik pogrzebowy w centrum małego miasteczka. Władysław Szpadel swoim jubilerskim okiem błyskawicznie wyłowił cenny fakt, że kuta na cztery nogi Cyganka zdrowiem fizycznym nie ustępowała jego córce. A już siłą i pasją do prowadzenia grabarskiego interesu z całą pewnością przewyższała Olgę. Ponieważ od lat czekał na takiego inteligentnego współpracownika, zszedł do piwnicy po starannie ukrytą butelkę najlepszej nalewki, wypił ją do dna, ogłaszając tym samym rozpoczęcie nowego rozdziału swojej firmy (i naturalnie, życia).

Wydarzenia ostatnich dni pozwoliły Danielowi na dobre zaleczyć rany po Rajce i Taborze. Zamiast wypatrywać tego, co niezbyt realne i odległe, z radością sięgnął po coś, co niemal od zawsze leżało w zasięgu jego ręki. Teraz, siedząc w samochodzie, obserwował, jak Olga, raz po raz dotykając go nagim, chłodnym ramieniem, wierci się na siedzeniu pasażera, bezskutecznie próbując ujarzmić włosy.

– A więc tak wygląda miłość? – zapytał bezgłośnie, obserwując przeglądającą się w samochodowym lusterku towarzyszkę podróży. Niestety, nie znał nikogo, kto potrafiłby jednoznacznie odpowiedzieć na takie pytanie.

Po raz pierwszy oboje poczuli się tak, jakby odnaleźli drogę do prawdziwego życia. To była wspólna droga.

Kiedy wyjeżdżali z miasteczka, Olga wskazała w stronę zakładu pogrzebowego, gdzie w towarzystwie uszczęśliwionego właściciela energicznie krzątała się Rajka. Daniel Kulm westchnął melancholijnie, burknął coś pod nosem po romsku i głośno zatrąbił na pożegnanie. Powoli zaczynał przyzwyczajać się do jeszcze jednej prawdy, że na niektóre sprawy nie ma najmniejszego wpływu.

Nie zdziwił się więc zanadto, gdy w krótkim czasie Rajka, sobie tylko znanym sposobem, dokonała prawdziwej rewolucji w majątku Szpadla. Dzięki niej stary dom na Lipowej doczekał się nowej elewacji, a w jego wnętrzach urządzono luksusowy kurnik. Twierdzi, że patrząc na to, co uczyniła z Taboru, z dumy czuje przyjemny ucisk w okolicy serca. Daniel zapewnił ją, że również czuje. I nie ma znaczenia, że mówiąc to, desperacko unika jej wzroku.

Rzecz w tym, żeby nie zapomnieć, że w życiu żadna klęska, żadne marzenie, żaden Tabor nie jest ostateczny, jest on tylko punktem wyjścia, za każdym bowiem taborem otwiera się nowy tabor, jeszcze piękniejszy, intensywniejszy.

Taki zawód

Manuela Gretkowska

Manuela Gretkowska

powieściopisarka, eseistka. Zadebiutowała powieścią *My zdies' emigranty.* Wydała również: *Tarot paryski, Kabaret metafizyczny, Podręcznik do ludzi, Światowidz* oraz zbiór opowiadań *Namiętnik.* Felietony autorki, publikowane w czasopismach „Elle", „Cosmopolitan", „Wprost" i „Playboy", ukazały się w zbiorze *Silikon.* Wydany w 2001 osobisty dziennik, zatytułowany *Polka,* był nominowany do literackiej nagrody NIKE. Ostatnio opublikowała napisany wspólnie z mężem tom prozy *Sceny z życia pozamałżeńskiego* oraz dziennik powrotu do Polski *Europejka.*

Zaczęło się w Londynie podczas szkolenia dla takich jak ona trzydziestoparoletnich dyrektorów szkółek obcojęzycznych z całej Europy. Dla urozmaicenia programu zaproponowano im zajęcia relaksacyjne. Jula miała do wyboru: kurs flamenco, tai chi, wizualizacje. Wybrała to, czego nie znała – tajemnicze shuai zbliżające „do wnętrza kobiety". Na te zajęcia przyjmowano wyłącznie dziewczyny, obowiązkowy strój – kąpielowy. Skośnooka instruktorka kłaniała się po każdym słowie i kazała się rozebrać. Jula obserwowała, z jaką zwinnością Hiszpanka, podobna bardziej do Kreolki niż Europejki, zrzuciła z siebie krótką spódnicę. Ramiączka koronkowego biustonosza opadły niby kolorowe tasiemki ze świątecznego prezentu. Czeszka skopała z siebie rajstopy i spodnie jak wroga. Ruda Norweżka klepnęła się głośno po pośladkach, zagrzewając do ćwiczeń, i stanęła w rozkroku. Hannah – zgrabna Holenderka – chichocząc, urządziła cyrkowy striptiz. Rozśmieszyła tym i ośmieliła resztę zawstydzonych dziewczyn. Jedne w stanikach i spodenkach, inne topless w stringach stanęły naprzeciwko azjatyckiej instruktorki sięgającej im do ramion.

– To jest obrus, stół, na który podajecie obiad – rozdawała serwetki. Ukłoniła się w stronę pustego rogu sali, nie wiadomo komu. – Jesteście gospodyniami, karmicielkami rodziny. Zamieniacie produkty w jedzenie, w to, co podtrzymuje życie. – Poleciła im wąchać lniane, śnieżne szmatki i wyobrażać sobie zapach ulubionych potraw, gotowanych obiadów. – Wydech i głęboki wdech, wdychacie zapachy, jecie przez nos zupę, deser. Głęboko wdychamy, wydychamy.

Trwało to z pół godziny. Jula prawie widziała pomidorówkę, ulubione pierogi z serem. Mam halucynacje. – Otworzyła oczy, wpuszczając do głowy światło rozpraszające zwidy. – To musi mieć coś wspólnego z oddychaniem, hiperwentylacją – pomyślała.

– A teraz złóżcie serwetki – powiedziała instruktorka. – Niech się zmieszczą w dłoni – zacisnęła szmatkę w pięści i wypuściła, rozpościerając przed sobą. – Jesteście kochankami. To jest wasze prześcieradło, wyobraźcie sobie, co na nim robicie z mężczyzną. Jest wam dobrze, bardzo dobrze, powąchajcie serwetkę, zostawiony na niej zapach ciała. Proszę się nie odzywać – łagodnie skarciła coraz głośniej wzdychającą Holenderkę. – To wszystko dzieje się w waszej głowie. Pościelcie łóżka – mówiła ze wschodnim akcentem. Jej głos wydawał się Juli metalicznym dźwiękiem imitującym mowę. Pancerzyk włosów upiętych w kok nasadzony nad porcelanową, pożółką twarzą upodabniał Azjatkę do nakręcanej lalki zginającej się ciągle wpół na dowód, że mechanizm grzeczności i napiętych do granic wytrzymałości sprężyn działa.

– Zwijamy prześcieradła – zakomenderowała.

– Ja jeszcze nie, nie zdążyłam! – poskarżyła się pulchna Karin stojąca przed Julą.

– Pomóc ci? – zażartował ktoś.

Jula przyglądała się odwróconej do niej tyłem Karin, jej piegowatym pośladkom podziurawionym słońcem w złociste plamki. Pieguska była najmłodsza na kursie, zaledwie dwudziestoletnia. Odziedziczyła szkołę w Trieście po zmarłej ciotce. Dorastała w luksusie, jej zbyt białe ciało zdawało się obtoczone w lukrze pieniędzy. Gdybym naprawdę miała tej dziewczynie pomóc – myślała Jula – uczyłabym ją seksu jak jazdy na rowerze. Trzymałabym za rękę albo złapałabym od tyłu, żeby myślała, że to ona sama. Jula czuła, przebierała się w ciało Kariny, była piegowatą, milutką Włoszką wiercącą pupą w poszukiwaniu orgazmu.

– Wydech i wyobraźcie sobie sukienkę z serwetki. Musicie się w nią ubrać, żeby nie wstydzić się na przyjęciu, wielkim przyjęciu pełnym elegancko ubranych ludzi. Widzicie to? – instruktorka zamknęła oczy.

– Idzie królowa angielska z torebką, ma tylko torebeczkę i koronę! – zawołała któraś z entuzjazmem.

Jula przesuwała po sobie bezładnie serwetką. Najpierw zasłoniła zgrabną pupę, potem zadziornie sterczące piersi. Wreszcie przykryła oczy. Poczuła się wtedy bezpieczna, dziecinnie niewidzialna. Wyjrzała spod białej opaski, sprawdzając, co robią dziewczyny. Większość zakryła sobie piersi albo wygolone cipki.

– Tam jestem najbardziej goła, w sobie – Karin ugniotła szmatkę w tampon i wsadziła pod przezroczyste majtki.

– A teraz znowu stańcie na waszych serwetkach, wygodnie, luźno. Skaczemy w miejscu!

Jula, głęboko oddychając, wyobrażała sobie to, co jej kazano: bycie drzewem, wieżą, z której spadają niepotrzebne rzeczy, wspomnienia. Rozległy się dźwięki wschodniej muzyki. Jula straciła poczucie czasu płynącego w powolnym kołysaniu melodii i pewność, gdzie naprawdę jest – podskakując, była raz na górze, raz na dole, a właściwie już nigdzie. Uczepiła się więc rytmu, pozwalając, by opadły z niej resztki świadomości – kim jest. Wpadła w trans. Muzyka przycichła. Jula ocknęła się na podłodze. Instruktorka pomagała jej usiąść, by przyjrzeć się serwetce. Słyszała szlochy dziewczyn i histeryczne śmiechy, gdy zbierały to, co się z nich wysypało: dawno wycięte wyrostki, tabletki nasenne, tabletki poronne, nie do końca wyskrobane płody, pretensje w kształcie żelek. Jula na swojej serwetce nie widziała niczego, no, może oprócz kilku włosów łonowych i wiśniowych odprysków lakieru do paznokci.

– Nie miałaś nic w środku? Nic naderwanego, ciężkiego? – upewniała się instruktorka.

– Nie – Jula była co do tego przekonana.

Dziewczyny zawinęły w serwetki swoje odpadki. Miały je spalić albo wyrzucić. Ona złożyła pustą szmatkę, zagięła ją nerwowo w kancik. Nie zastanawiała się, czym jest terapia shuai: gimnastyką czy hosztaplerstwem. Czymkolwiek była, zadziałała. Na nią i na te różne dziewczyny zbierające niewidzialne rzeczy z białych serwetek. Instruktorka kłaniała się każdej na pożegnanie, poklepywała po ramieniu, uśmiechała się porozumiewawczo. Jula wychodziła ostatnia.

– We mnie był tunel – powiedziała z dumą, strzepując serwetkę.

– Dobrej podróży – ukłoniła się Azjatka.

*

Jula nie była pewna, czy instruktorka powiedziała to do niej tak po prostu, bo jutro kursy miały się skończyć i czekał ją powrót do domu. Czy kryła się za tym złośliwość, zwana wschodnią mądrością. W Polsce wspomnienia zabaw z serwetką, londyńskie wycieczki do klubów wydawały się egzotycznym filmem. Musiała zająć się podupadającą szkołą. Ledwo spłaciła kredyty, przyjmując setkę nowych uczniów, pojawił się nowy problem. Matka Tomka dostała zawału i po wyjściu ze szpitala uparła się, że chce dożyć ich ślubu. Skoro i tak go planowali, mieszkali już razem od roku, więc niech się pobiorą teraz, za miesiąc, dwa. Jula nie zamierzała się buntować. Przecież tak miało być.

– Może powinniśmy jechać do ślubu ambulansem na sygnale? – kpił Tomek. – Pobierając się, przedłużymy życie mojej matki.

Oczywiście zdawał sobie sprawę z szantażu. Z takim charakterem jak jej nawet zawał nie był wypadkiem, ale decyzją życiową podjętą w najbardziej odpowiednim momencie.

Tydzień później Tomek zaprosił Julę do restauracji i przy deserze wyjął z aksamitnego pudełka zaręczynowy pierścionek. Przymierzając go, nie była bardziej zakochana, może bardziej dorosła. Dlatego tak bardzo chciało się jej być znowu dziewczynką. Nie mieć przed sobą piersi, ale przyszłość. O wiele więcej przyszłości i wyborów niż teraz. Sięgnęła po wykrochmaloną serwetę, wytarła usta. Odruchowo zaczęła się nią bawić, przypominając sobie piosenkę z dzieciństwa: „Mam chusteczkę haftowaną... tego kocham, tego lubię...". Śpiewała w myślach, ale poczuła brak tchu. Łamał się jej wewnętrzny głos. Krztusiła się, zakryła serwetką poczerwieniałą od kaszlu twarz. Przez chwilę znowu była w Londynie na zajęciach shuai. Miała swoją białą szmatkę i odgrywała scenkę. Poczuła ten sam zasysający tunel co wtedy. Dusiła się, bojąc, że w niego wpadnie, w samą siebie.

Szybko wrócili do domu, wykąpała się i próbowała zasnąć. W pokoju obok Tomek spał już od godziny, przy włączonym telewizorze, z którego słychać było sitcomowe śmiechy. Zbiorowym cha, cha komentowały każdą myśl i gest Juli. Najbardziej je ubawiło, gdy po północy wzięła książkę telefoniczną. Oklaskami i salwami śmiechu nagrodziły Julę za włączenie Internetu w poszukiwaniu kogoś, kto by wytłumaczył, co się z nią dzieje. Zrezygnowała z hasła „terapia światłem, bioenergoterapia" i znalazła strony z psychoterapeutami.

*

Wybrała go przypadkowo: „Jacek Majewski – psychoterapia analityczna" brzmiało młodzieńczo i przyjaźnie w porównaniu z Januszem jakimś tam – samo wymawianie tego imienia napełniało ją smakiem starych herbatników. Do wyboru w spółdzielni psychoterapeutycznej była jeszcze Elżbieta Bobrowska – na pewno straszny babon walczący z nadwagą i młodszymi kobietami, jakby zwały jej tłuszczu wzięły się z pożerania lolitek i seksownych dup. Był też Eustachy Koniecpolski. Nazwisko, chociaż arystokratyczne, kojarzyło się bardziej z cmentarną klepsydrą niż z żywym człowiekiem mającym pomóc trzydziestodwuletniej, zakochanej dziewczynie.

Wpisała się na listę oczekujących. Pierwsza wizyta nazywała się „konsultacją wstępną". Jula nie miała pojęcia, co to znaczy, co będzie konsultowane, ona? Zjawiła się punktualnie pod śródmiejską czynszówką. Z głębi mieszkania podzielonego na gabinety wyszedł wysoki, szczupły mężczyzna. Kiedy podszedł bliżej i przedstawił się: Jacek Majewski, chciała mu się rzucić z wdzięczności na szyję. Za ten elegancki, ciemnobrązowy głos. Jego sposób mówienia nasączony rozumiejącą powagą. Smutne oczy i zmarszczki układające się na twarzy czterdziestolatka w dorzecza smutku spływające wokół ust. Jeśli nawet mi nie pomoże – pomyślała Jula – przynajmniej będę się mogła z przyjemnością wygadać. Jest podobny do Leonarda Cohena – zauważyła. – Może do jego piosenek. Nie – oceniła sylwetkę – Jeremy Irons, szpakowaty, młodzieńczy i w sztruksach.

– Opłaty za każdą sesję, nawet opuszczoną, również w przypadku choroby. Sesje pięćdziesięciominutowe, nieprzedłużane pod żadnym pozorem. Trzy razy w tygodniu – wyliczał warunki psychoterapii, a ona słuchała i zgadzała się, przekonana, że przedstawia jej regulamin promocji zmartwychwstania. Opowiedziała mu o shuai, o swoim tunelu, bezsenności, lękach. Zapisywał coś w notatniku, jednakowo uważny na każde jej słowo.

Tomkowi nie powiedziała o terapii. Nie mówiła mu też o przedślubnych wizytach u kosmetyczki. Wolała, żeby dostrzegł efekty. Gdyby przefarbowała się na niebiesko, zaczęła śpiewać po chińsku, zorientowałby się dopiero w weekend. Przez cały tydzień w wagonie zwanym bałutpeople dojeżdżał do Warszawy. Pracował w podwarszawskim studio produkującym teleturnieje. Był menedżerem od pomysłów. Dzięki temu go poznała; zapisał się jak większość łódzko-warszawskich menedżerów na kurs angielskiego w Łodzi. Tutaj było dwa razy taniej niż w „stolicy" – tak mówili, przychodząc do jej szkoły, i jeszcze próbowali wytargować zniżkę. Wyuczeni kilku trików handlowych, pałający chęcią zysku, siadali w pierwszych rzędach i co lekcja opowiadali o swoich sukcesach w oszukiwaniu. Kursy służyły im do przetłumaczenia siebie całych w świecących garniturach i garsonkach na angielski. Tomek był inny. Nie chciał rabatów, urojonych praw do zniżek. Powtarzał za nią cicho słówka, ale spojrzeniem wołał, domagał się

213

jej. Nie była pewna, czy umawiając się z nią, użył sztuki negocjacji czy uwodzenia.

– Kochaliśmy się pierwszy raz u niego w domu – Jula starała się pamiętać, że mówi do terapeuty, a lekarza nie trzeba się wstydzić. Od miesiąca opowiadała mu o wszystkim. – Podniecała mnie nawet pościel, jedwabna, zmysłowa. Spotykaliśmy się już długo, od początku semestru, nie poderwał mnie na imprezie, ulicy, ale wydawało mi się, że w tej kawalerce przygotowanej na randkę mogła być zamiast mnie inna. Młodsza, ładniejsza albo i brzydsza, ale bardziej pasująca do Tomka. Ja ani na moment nie traciłam kontroli. Nawet kiedy było mi tak dobrze, że musiałam zamknąć oczy, ciągle widziałam nas oboje z boku. Byłam dziewczyną z gazety, z reklamy. Czułam jak ona, ale... – Jula wspominając, zawahała się. Zanurzanie w przeszłość skończyło się zachłyśnięciem teraźniejszością, zwierzała się przecież obcemu mężczyźnie.

– Nie bardzo rozumiem – Jacek przerwał jej milczenie. – Wydawało się pani, że była pani kimś innym?

– I tak, i nie... Nie miałam peruki – Jula skupiła się na drobiazgach, dekoracjach tamtej sceny, omijając aktorów. – Jej ręce były moimi rękawiczkami. Ona czuła naprawdę, była filtrem, przez który całowałam, dotykałam. Boję się, że kiedy się kochamy, nie jestem sobą.

– Sądzi pani, że on o tym wie, domyśla się?

– Jestem jego ideałem, tak mówi.

– A pani, czuje podobnie?

– Zabawne, bo każdy mój... każdy, z kim spałam, mówił to samo: jesteś kobietą mojego życia. Może to męskie komplementy? – Jula uśmiechnęła się zadowolona ze swojej prowokacji.

Nie odpowiedział. To ją zirytowało. Terapeuta ciągle unikał niewygodnych odpowiedzi.

– Podobno są pochwy zerówki uniwersalne jak krew, każdemu pasują – nie zastanawiała się, co mówi. On nie może znowu jej zbyć milczeniem albo tym swoim: „Jak pani sądzi?". Nigdy nie pisnął nic osobistego, a ona robi przed nim psychiczny szpagat.

Zadzwonił zegar, koniec sesji. Ostatniej, więcej nie przyjdzie po tym, co mu nagadała.

*

Jacka rozczuliła złość pacjentki. Tak bardzo starała się być dorosła. Narysowała sobie szminką kobiece i nieruchome usta mówiące kiepskie żarty o waginie. Stempel czerwieni nie zakrył pulchnych warg. Były podczas sesji nadąsane i dziewczęce. Siedząc w fotelu, naciągała krótką spódniczkę na zgrabne nogi, a on widział, że biedna stoi na paluszkach, żeby wydać się wyższa i mądrzejsza. Żeby zauważył ją wystającą zza stołu i pochwalił za pilność w skarżeniu na siebie samą. Ta spódniczka to też nie przypadek. Odkrywa się, aby zakrywać.

Ale dzięki niej uśmiechnął się do siebie pierwszy raz tego dnia. Nie chciało mu się wracać do pustego mieszkania. Anka, żona wszechstronna – jak o sobie mówiła – wyjechała do Krakowa bronić klienta. Wysłała do Jacka w trakcie sesji esemes z pocałunkami: „xxX, a to X, to wiesz gdzie, w XXL".

Piotrkowską, gdzie Jula codziennie wchodziła do bramy swojej szkoły – spacerowały zakochane pary. Stare czy młode, były do siebie podobne: kobiety kurczowo uwieszały się na swoich mężczyznach ze strachu, że nagle całkiem porośnie ich futerko łonowe i kwicząc, odkicają do innej. Dla Polek mniej więcej takim stworem był normalny mężczyzna uciekający przed bliskością. Jula zdała sobie z tego sprawę dopiero po powrocie z londyńskich kursów. Za granicą miłość na spacerniaku nie była tak lękliwa: jedno przy drugim, pod ramię czy chociaż za paluszek. Tęskniła za Tomkiem, ale gdyby przyjechał, nie paradowałaby z nim po ulicy w prywatnej *love parade*. Od paru dni nocował w pracy, nie opłacało się mu wracać z Warszawy w tygodniu. Wymyślił nowy teleturniej i był szefem ekipy.

Jula wychodziła ze szkoły po dziewiętnastej i miała godzinę na obejrzenie sukienek ślubnych. W odbiciu sklepowej szyby mignęła jej sylwetka terapeuty. Szedł środkiem ulicy, szukał wolnej rikszy. Jula postanowiła go śledzić. To był rewanż za jego ukrywanie własnej prywatności. On wiedział nawet o snach Julii, ona o nim nic: czy ma żonę, psa, uczucia. Spotkała go, może to znak i nie należy przerywać sesji. Czegoś się o nim dowie i nie będzie ciągle na przegranej pozycji. Skręcił w bramę do studyjnego kina, gdzie był przegląd filmów Almodóvara. Zatrzymał się przy kinowym kiosku. – Jeśli stanę do kasy przed nim, będzie, że to on na mnie wpadł – zaplanowała. Przed nią było jeszcze kilka osób.

– O, dobry wieczór – udało się jej zagrać zaskoczenie.

– Dobry wieczór.

Usłyszała zdanie starannie pozbawione emocji. Pomyślała, że wygłusza je miękki i wykwintny sztruks, w który się ubierał. Oliwkowa marynarka, spodnie pod kolor. Owijały go niby cenny kamerton, nie pozwalając na rezonans z rzeczywistością, czy co?! – Wkurzał ją.

– Wiedziałam, że pan też lubi Almodóvara.

– Owszem, tak.

– Cieszę się, że obejrzymy go razem, będziemy mogli porozmawiać o czymś ciekawszym niż moje... problemy.

216

– Proszę wybaczyć, do kina chodzę sam – w tej odpowiedzi nie było nic aroganckiego. Najprostszy ton, coś między odrzuceniem a fałszywymi przeprosinami.

Jula nie była pewna, czy wszedł do sali. W gabinecie jego brak odpowiedzi, uniki były pigułami, zamykały jej usta dla dobra leczenia. Teraz odtrącił ją facet. Samotny mężczyzna, co z tego, że z obrączką. Nie proponowała mu randki. – Jeżeli nie przyjdę do niego jutro, uzna, że się obraziłam o to kino i jestem infantylną idiotką. Muszę iść – zdecydowała się i wpakowała sobie do ust garść popcornu, na wszelki wypadek, gdyby podkorciło ją wrzasnąć:

– Czy jest na sali psychoterapeuta?!

*

Kończyli sesję. Odpowiadała na pytania, nie zastanawiając się. W końcu był to rodzaj klasówki z jej życia. Wystawiła sobie dobrą ocenę, pierwszy raz od początku terapii. Gdy milczał, patrzyła na niego, już nie pesząc się.

– Mogę o coś zapytać? – odważyła się i nie czekając na odpowiedź, dodała: – Dlaczego pan mnie nie lubi?

– Skąd pani to przyszło do głowy?

– Wczoraj w kinie potraktował mnie pan...

– To są dwie różne sprawy. Poza gabinetem terapeuta nie kontaktuje się z pacjentem.

– Tym bardziej jeśli go nie lubi...

– To nie ma znaczenia.

– Nie sądzę. Nie umiałabym zwierzać się komuś... niesympatycznemu. Jesteśmy przecież ludźmi, a nie robotami.

– Sesje nie są towarzyskimi spotkaniami. Jeśli pani chce z kimś pogadać, pozwierzać się, od tego są spotkania towarzyskie.

Nie obejrzał przez nią wczoraj filmu. Chowanie się w małej salce, ryzykowanie wspólnego wyjścia... jest za stary na takie podchody. Przyjemnie byłoby oglądać film z tą małą. Prowadzi kursy języków, więc na pewno zna hiszpański. Szeptałaby mu, co źle przetłumaczono, on wyjaśniałby jej, czym różni się współczesna histeria od filmowych psychoz. Manewrowałaby ostrożnie długimi nogami niemieszczącymi się w wąskim przejściu. Ale była jego pacjentką, w dodatku nie najłatwiejszą. Aż do dzisiaj przyprowadzała na terapię tylko swoje zgrabne ciało. Podciągała spódniczkę, czesząc się w kok, odsłaniała kark pokryty blond meszkiem. Za nic nie chciała pokazać duszy. Nosiła ją w zbroi oporu. Wymigiwała się zdawkowymi tekstami. Teraz swój opór wzmocniła projekcją. – Własną niechęć do terapii, być może do mnie, przerabia na zarzuty, że jej nie lubię – myślał Jacek. – W zasadzie wszystko przebiega prawidłowo, może nieco dłużej, niż powinno, ale ona wyczuwa, że przyspieszamy, zbliżamy się do pierwszej katarakty, za którą nie będzie powrotu w górę rzeki. Ona ewidentnie nie chce wyjść za mąż, jeszcze bardziej boi się usłyszeć o tym.

– Szanuję pani uczucia.

– Dziwne, bo ja się czuję właśnie źle w tej sytuacji.

– To znaczy jak?

– Nie mam do pana zaufania, nic nie wiem, czy jest pan żonaty, ma dzieci. To nie fair. Obnażam się przed panem, a w zamian dostaję... właściwie nic. Żadnej rady, wsparcia.

– Terapia nie jest poradnictwem, od tego są poradnie psychologiczne. My mamy wspólnie analizować pani wnętrze, dojść do prawdy o pani.

– Jakiej?

– Na pewno nie mojej. Wspólnej, ale na pani temat.

– Ostatnim razem postanowiłam więcej do pana nie przychodzić.

Mógł się tego spodziewać. Przynajmniej to już mają za sobą.

– Dlaczego?

– Terapia w niczym mi nie pomaga.

– A czego pani oczekiwała?

– Że wszystkiego się dowiem... Wychodzę za mąż i chciałabym się do tego przygotować, żeby nie popełnić żadnego błędu.

Nie spodziewał się, że psychoterapia zastąpi kiedyś nauki przedmałżeńskie. Może niedługo będzie udzielał błogosławieństw, wręczając certyfikat zdrowia psychicznego.

– Na terapię par przychodzi się we dwoje, na nauki przedmałżeńskie chyba też... Jeśli celem pani terapii ma być dobry związek – starał się nie być ironiczny. Patrząc w oczy, odwracał uwagę pacjentki od tego, co robiło jej gotowe do ucieczki albo ataku ciało przesuwające się na skraj fotela, z palcami zaciśniętymi na poręczach.

– Ale to ja mam problem, nie on – zaprzeczyła gwałtownie.

– Problemy mają zawsze dwoje rodziców.

– Czemu się pan upiera, że Tomek ma coś wspólnego z tym, co się ze mną dzieje?

– Bezsenność, strach nasiliły się po pani decyzji o wyjściu za mąż. O tym cały czas rozmawiamy, czyż nie?

Jula była bezradna. Terapeuta kpił z niej, upokarzał za jej własne pieniądze.

– Co pan o mnie wie?! Miałam rację – wstała.

Jacek wiedział, do czego doprowadzi ta rozmowa. Kierował nią tak, jak Jula zmierzała w stronę drzwi. Zdecydowanie, krok za krokiem. Liczył się z ryzykiem.

Ona może nie wrócić, on zachowuje się nieprofesjonalnie, paląc kolejne etapy. Zaufał jednak intuicji.

– Skoro pani zrywa terapię, warto wiedzieć dlaczego.

– Jestem rozczarowana, w niczym mi pan więcej nie pomoże.

– Jest tego pani pewna? – zapytał poważnie, niemal groźnie. – Ja w każdym razie czekam na panią, tak jak jesteśmy umówieni – zamknął notes. Trzasnęła drzwiami.

Rozdarłaby go ze złości. Ona ucieka przed ślubem? Jest niedojrzałą panienką, która nie wie, czego chce? Akurat tego nie można o niej powiedzieć. Po maturze miała już plan: anglistyka, wakacyjne wyjazdy do pracy dla kasy. Przez pięć lat studiów jeździła w wakacje na Kretę: pracowała w trzech knajpach. Amerykanie z tamtejszej bazy wojskowej pytali, czy ma bliźniaczkę, dwoiła się im w oczach. Rano podawała śniadania w tawernie, obiady obok w restauracji, nocą biegała z tacą między gośćmi hotelowych potańcówek. Gdyby przyjęła oświadczyny jednego z *marines*, byłaby *housewife* w Stanach. Złotym snem można sobie tyłek wytapetować od środka, na wierzch cekiny i sztuczne rzęsy. Nie o to jej chodziło. Wynajęła kamienicę przy Piotrkowskiej i otworzyła własną szkołę. Zatrudnia siedem osób, ma prawie dwustu uczniów. Nie wzięła grosza od rodziców. Tych prowincjonalnych artystów z wielką pracownią i małym talentem, tłukących na akord abażury od „Tffufaniego". Nie będzie nimi, nie zamierza wychowywać swoich dzieci pod stołem między butelkami terpentyny, wina i romansami. Jej dom jest porządny, z wieszakami w szafach, a nie sznurkami, które ojciec po pijaku teatralnie wywlekał na strych, żeby się wieszać. Dlatego lubiła w garderobie Tomka przesuwać rząd jego garniturów – parawan z czarnych marynarek i zaprasowanych spodni oddzielający ją od bałaganu dzieciństwa.

Nie mogła się doczekać jego przyjazdu z Warszawy. Na dworcu ledwo ją cmoknął i opowiadał o robocie. Zupełnie jak jej menedżerscy uczniowie. On też wreszcie był w swoim żywiole.

– Teleturniej nowej generacji, nowa formuła! – przekrzykiwał tramwaje. – Po 11 września, po *Big Brotherze* zmieniły się pytania i odpowiedzi, trzeba nadążąć. *Milionerzy* to archeologia. Wyśmiewanie matołów w *Najsłabszym ogniwie* to zrzędzenie belferki. Musi być coś nowoczesnego opartego na instynktach i nauce. Rozumiesz? Archetypy i nowoczesność. Bo w ludziach oglądających teleturnieje rośnie poziom agresji, kiedy ktoś przegrywa. W nowej formule będzie można przegranego walnąć w łeb. Inteligencja i siła. Jest dwóch graczy i jeżeli przeciwnik nie wie – łup go w imieniu mądrzejszych, aż do nokautu. Zdajesz sobie sprawę, ilu w tym kraju jest sfrustrowanych inteligentów? Co im z tego, że pamiętają, za co Curie-Skłodowska ma Nobla i kiedy była bitwa pod Grunwaldem. Teraz będą się mogli wyładować przed telewizorem na głąbach.

– Kto to będzie oglądął, zboki? – Jula była zadziwiona jego entuzjazmem. Opowiadał o szczegółach, trenerach zawodników. Jednocześnie odpowiadał na telefony – on był szefem, znał na wszystko odpowiedź. Wygrał teleturniej swojego życia.

Przesunęli termin ślubu. Tomek musiał być ciągle w pracy. Jego matka dzwoniła regularnie i badała stan ich związku za pomocą słuchawki przyłożonej do głowy syna albo Juli. Ona, podpytywana o „pobieranie się", widziała wzajemne pobieranie, ale wydzielin do laboratoryjnej analizy. Najchętniej, zamiast rozmawiać, wysłałaby przyszłej teściowej wyniki: czy się nadają, czy pasują do siebie.

Wróciła na sesje ze strachu przed normalnością. Przecież tak żyli jej rodzice i znajomi: bez siebie, bez sensu.

*

– Nie mówiłeś o tej pacjentce, sądziłem, że przerwała terapię – zdziwił się Michał, od lat superwizor Jacka. Był jego cotygodniowym lepszym i mądrzejszym „ja" rozgrzeszającym z sesji.

– Nie było co opowiadać, terapia rozwijała się prawidłowo. Po buncie stopniowo zaprzestała oporu i wreszcie od dwóch miesięcy robimy postępy. Prawdę mówiąc, idzie nam znakomicie, wyjątkowo dobrze pracuje.

– Ładna?

– A dlaczego pytasz?

– Słyszę ekscytację w twoim głosie.

Na pewno się nie mylił. Michał miał psychologiczny słuch porównywalny do maestrii stroiciela fortepianów. Jacek zawahał się, czy przyznać mu rację, ale superwizja polega na absolutnej szczerości, inaczej nie ma sensu.

– Tak, coś w tym jest – potwierdził.

– Coś więcej?

Jacek zastanawiał się, czy jest dla niego aż tak przezroczysty.

– Co do niej czujesz? – Michał mocnymi dłońmi bardziej chirurga niż psychiatry dodawał sobie do kawy słodzik, rozsypując go na potężne, przedwojenne biurko. Miniaturowy dom wariatów pozamykanych w szufladach i kartotekach.

– Rozczula mnie – przyznał.

– Rozczula... uhm... Ciekawe słowo, co się za nim kryje?

– Myślisz, że projektuję na nią swoje tęsknoty? – Jacek westchnął, superwizor miał fisia na punkcie przeciwprzeniesienia.

– Słyszę, że nie chcesz o niej mówić. Co cię blokuje? Jackowi zrobiło się duszno, doleciał do niego ciężki zapach wody kolońskiej Michała. Jego sztywny garnitur i biała koszula przypomniały mu strój dyrektora liceum. Miał wrażenie, że jest na własnej wywiadówce. Chciał już wyjść z gabinetu. Wstał otworzyć okno.

– Marzyłem zawsze o córce – wyznał, siadając z powrotem w fotelu.

Michał uniósł brwi.

– Córka jest lojalna – Jacek wyliczał. – No, kobieta najbliższa mężczyźnie, na zawsze.

– Bezwarunkowa akceptacja, tak?

– Wrodzona – Jacek się uśmiechnął.

– Opowiadasz Annie o niej? Zazwyczaj opowiadasz jej o pacjentach, a o tej...

– Julii. A o niej nie.

– Chcesz ją mieć tylko dla siebie?

– Chyba tak.

– Coś w tej pannie za mocno cię dotyka. Zastanów się nad tym, moim zdaniem, pakujesz się w kłopot.

– Przesadzasz, trzymam dystans i dobry kurs.

– Sam najlepiej wiesz, dokąd płyniesz. Ale tu, myślę sobie, może lepszy byłby twardy grunt pod stopami.

Jacek przewrócił stronę notatnika.

– Został jeszcze ten narcyz – przeszedł do omawiania następnego pacjenta.

– Nadal taki destruktywny?

– Sądzę, że ta jego hipochondria to zwykła obrona przed nieuchronnym rozpadem fałszywego *self*...

*

Pobrać się w Nowy Rok? – Jula przymierzała ten dzień do siebie jak białą suknię. Im bliżej ślubu, tym weselne kiecki na wystawach bardziej pęczniały, nadymały się bufkami. Przechodziła na drugą stronę ulicy ze strachu, że się z nimi zderzy przez szybę i wpadnie pod lawinę koronek i tiuli. Zanim by ją odkopali, zadusiłaby się od małżeńskiego szczęścia. Chociaż zamiast bernardyna mógłby ją wylizać przystojniak z GOPR-u. O czym ja myślę? – stanęła przed witryną księgarni. Gdyby mogła to opowiedzieć terapeucie, natychmiast bez czekania na jutrzejszą sesję. Ufała mu, bo znał przyszłość. Przewidział jej obawy. Najpierw go wyśmiała, później musiała przyznać rację. Dźgał ją pytaniami, popędzając w stronę prawdy. Tak, w Tomku drażniły ją cechy jego matki. Despotki kryguącej się za wachlarzem cnót i zalet. Bywał jej kopią. Edypalna rywalka – powiedziałby terapeuta.

Pierwsza runda z mamuśką będzie polegała na ogłoszeniu: ślubu nie będzie albo dużo później, gdy będzie nam pasowało. I powie jej to syn. Jula go przekona. Można się nie pobierać z miłości, prawda? Matka, namawiając do ślubu, straszy nim. Że już wystrugany z drzewa osikowego, trzeba tylko pocałować się do krwi przed ołtarzem i wbić go zgodnie z tradycją w samo serce.

Opustoszałe fabryki mijane po drodze do szkoły przenosiły swoją widmową produkcję do głowy Juli. Wrzeciona nawijały z hukiem jeden wątek wyszarpany razem z nitkami włosów: Ślub! Ślub!

*

– Mam wrażenie, że podświadomie sabotujesz jej związek – Michał przerwał Jackowi relację z terapii Julii.

– Nie sądzę, wydobywam to, co ona sama czuje.

– Nie ma pod tym przesadnego lęku o nią?

– Co masz na myśli? – zapytał.

– Jesteś o nią zazdrosny.

– Coś mi próbujesz wcisnąć.

– Ryzyko minimalne w porównaniu z tym, co możesz sugerować swojej pacjentce – Michał nie ustępował.

Za oknem wychodzącym na park padał pierwszy śnieg. Biały puder tuszujący skazy tego miasta. Jacek przeniósł się tutaj z Gdańska dla żony. Nigdy nie polubił Łodzi. Uważał, że przypomina lotnisko, miejsce do nabrania rozpędu, by stąd uciec. Lotniskowiec Łódź. – Uciekam myślami – przyłapał się na własnym oporze. – Powinienem odpowiedzieć Michałowi. Ale co? Że kończy terapię, bo złamał procedury i za bardzo się zaangażował? Ma tak dużą praktykę, że może polegać na własnej intuicji. Terapia z Julią przynosi efekty, zakończy się powodzeniem. Jeśli ją przerwie, dziewczyna nie zaufa innemu terapeucie, a w najlepszym razie cofnie się do początku. Oczywiście, nie jest uczciwy, ale za to skuteczny.

– Michał, mam wszystko pod kontrolą – zapomniał już, że kłamstwo daje takie poczucie pewności.

*

Rozstała się z Tomkiem, bez awantur, niemal szeptem. Jakby oboje nie mieli już sobie nic do powiedzenia i ściszali głosy aż do milczenia. Poszedł nocą na dworzec i zawrócił. Jula miała nadzieję, że zmienił zdanie i obieca zerwać z matką. Ale on przyszedł po buty. Z nerwów nie zauważył, że wyszedł boso. Zamknęła się w łazience i nasłuchiwała, było coraz ciszej. Obudziła się rano skulona przy wannie. Dopiero na sesji wyrzuciła z siebie pretensje. Wtedy rozstała się z nim naprawdę, krzycząc.

Postanowiła się wyprowadzić pod koniec miesiąca, za tydzień. Bała się inwazji jego matki, ale ona nagle przestała dzwonić i przychodzić.

Jeśli twój telefon będzie milczał, pamiętaj, że to ja – powiedział Tomek, wyjeżdżając. A ona wcale nie była samotna. Miała komu opowiadać siebie. Czuwał nad nią prywatny Bóg terapeuta. Sztruksowy duch, któremu spowiadała się z każdego dnia. Prowadząc lekcje w zastępstwie chorych lektorów, widziała go w rogu klasy robiącego notatki z jej nastrojów.

Starannie szykowała się do tej sesji. Lakier do włosów usztywnił blond kosmyki nad czołem. Z chęcią spryskałaby nim twarz, utrwaliła z niej jedno, najlepsze ujęcie. Siedząc przed terapeutą, powstrzymywała się od płaczu.

– Widzę, że coś się z panią dzieje.

W jego głosie był cień współczucia.

– Co pani teraz czuje?

– Nic.

– Nic?

Wzruszyła ramionami.

Zamknęła się w skorupie na amen – pomyślał zniechęcony.

– Mam wrażenie, że jest pani wściekła.

Pochyliła głowę, zasłoniła się rozpuszczonymi włosami, spod których powiedziała prawie bezczelnie:

– Tak, jestem smutna i wściekła... na pana...

Patrzył na nią wyczekująco.

– Od początku pan wiedział, że mój związek z Tomkiem to pomyłka...

– Nic takiego nie twierdziłem.

– Pan mówił, że się boję bliskości – spojrzała zaczepnie.

– A to nie jest prawda?

226

– Chyba nie... – zastanowiła się. – Bo czuję bliskość z panem... wydaje mi się, że nawet większą niż kiedykolwiek z Tomkiem – zająknęła się.

– To dobrze, że nie boi się pani o tym mówić. Czy równie szczera i odważna była pani z nim?

– Chyba nie – zawahała się. – Ale to już w tej chwili nieważne.

– A co teraz jest ważne?

– *I've got you under my skin.* Rozumie pan?

– Co pani chce przez to powiedzieć?

– To, co czuję i... jestem pewna, że pan czuje to samo.

– Przyznam, że nadal nie rozumiem – bronił się.

– Co pan o mnie myśli?

– Powtarzam pani, nie zajmujemy się mną – powiedział z fałszywą cierpliwością. W głębi duszy pragnął, żeby pytała o niego, pragnął tego tak jak jej ciepłego zapachu bezbronności. O co z nią walczę? – irytował się. O swoją uczciwość.

– Możemy przejść na ty? To byłoby bardziej naturalne... – zaproponowała nieśmiało.

Zastanawiał się, co jej sensownie odpowiedzieć. Jasne, jestem Jacek i skończmy z tą idiotyczną mistyfikacją. Lepiej chodźmy na kawę i pogadajmy jak normalni ludzie. Przestaniesz być moją pacjentką i będziesz... Nigdy nie przestanie być moją pacjentką – otrząsnął się.

– Nie możemy, pani Julio.

– O, wreszcie pan to powiedział: Julio. Jestem Jula – podała mu rękę.

Uścisnął ją na pożegnanie.

– Niestety, pani Julio, nasza sesja dobiegła końca, czeka na mnie następny pacjent.

Oszukał ją. Mieli jeszcze trzy minuty. Za karę siedział przed nim zakatarzony nerwicowiec, zanudzając go swo-

227

imi niepowodzeniami. Jacek odwrócił się od niego, unikając kichnięć. Obserwował chmury za oknem i analizował własne myśli. To, że jestem jej terapeutą i nie wolno mi się w niej zakochać, nie znaczy, że jej nie kocham. A jeśli tak jest, to powinienem natychmiast przerwać terapię. Koniec, kropka, żadnych dyskusji. Ale pod jakim pretekstem? Obojętne, co bym wymyślił, to byłby dla niej cios. Ja sobie jakoś poradzę, jestem profesjonalistą. A ona? Skoro jestem takim zawodowcem, powinienem pogadać o tym na superwizji z Michałem – napominał siebie, wiedząc, że jednak tego nie zrobi. – Ona ma dobrze – pomyślał z zazdrością. – Może być szczera – przeglądał bezmyślnie notes pełen nazwisk pacjentów, jakby dawne terapie miały przynieść rozwiązanie. – Nie jestem zakochany – przekonywał siebie. – Normalne przeciwprzeniesienie, moje własne niewyczyszczone uczucia. Przecież emocje zawsze są – usprawiedliwiał się. – Współczucie, żal, zrozumienie. Nie mają nic wspólnego z miłością. Ale tak silnie przydarzają mi się pierwszy raz. Skąd się to wzięło, czy jestem aż tak samotny z Anną? – przestraszył się. – Dwadzieścia lat małżeństwa, dobrego małżeństwa powinno być barykadą przeciw samotności.

– Pan to rozumie? – usłyszał natarczywy głos pacjenta.

– Niezupełnie.

*

Natarł przyprawami sinego kurczaka, poklepując go pocieszająco po kuprze. Wrzucił do piekarnika jak do śmieci i trzasnął klapą. Anna, nie pytając go, zaprosiła sąsiadów na brydża. Właśnie wtedy, gdy potrzebował spokoju. Zirytowany myślał o swoim superwizorze. Z nerwów drapał się po rękach. Michał przyszpili go spojrzeniem i zapyta szydersko o Julię: Co u naszej ulubionej pacjentki? Jacek nie był na poprzedniej superwizji, z następnej też miał zamiar się wyłgać.

– Coś nie tak, źle się czujesz? – Anna upewniała się, dzwoniąc do niego w południe.

– Wcale – Jacek nie zmieniał scenografii pozorów.

– Jadę do aresztu i potem... – rozłączyła się.

Zdjął sweter, rozpiął koszulę. Drapał się prawie do krwi. Mam atak alergii? Już nie wyrabiam w tej obłudzie i ciało karze mnie za hamowanie prawdziwych emocji – pomyślał ironicznie.

W łazience polał się wodą, na ramionach przeoranych paznokciami pojawiły się pręgi jak po samobiczowaniu. Swędzenie zaczęło się dzisiaj rano – analizował. No tak, przed przyjściem Julii.

Anna wpadła do mieszkania kilka godzin później, krzycząc: – Nie dotykaj mnie! – W areszcie dowiedziała się o świerzbie swoich podopiecznych. Od czasu do czasu pracowała społecznie. Pomagała dzieciakom ulicy, nastolatkom z zadatkami na bandytów. Nie mogąc być matką z brzucha, była matką z urzędu.

– Kupiłam w aptece maść, zamówiłam na jutro panią Zdzisię do sprzątania – wyjmowała z torby płyny odkażające. – A my wyjeżdżamy, kwarantanna – zdecydowała, oglądając mu skórę między palcami. – Tylko nie mów, że nie możesz. I zostaniemy do poniedziałku...

Mógł, nawet mu to odpowiadało. Olać superwizję, nie widzieć Julii.

Przez cztery dni w Mikołajkach mieli zbierać grzyby, pływać, jeśli nie będzie lało. Jesienne wakacje. Odwołał sesje. Telefon do Julii zachował na koniec, gdy Anka wyszła w desperacji wyrzucić przed dom reklamówkę z zaświerzbionymi ubraniami. Wsłuchiwał się w rytmiczne bip, bip.

Jeśli sygnał jej telefonu sprawia mi przyjemność, jest

gorzej, niż sądziłem – ocenił. Sam wymierzył sobie natychmiast karę. Przestał się drapać. Robaczywe płomyki przepalały mu skórę. W telefonie wreszcie włączyła się poczta głosowa. Nagrywając się, myślał: To nie Anka przyniosła zarazę do domu, to ja. Robale z mojego serca i mózgu.

– Przepraszam, gdzie jest apteka? – Jula zajrzała do osiedlowego sklepu spożywczego.
– A co panią boli? – spytała sprzedawczyni, troskliwie sięgając pod ladę.
Widać to po mnie? – przestraszyła się cudzej litości. – Co ona mi sprzeda, aspirynę w jogurcie? Jula musiała wykupić receptę, lekarz wypisał jej coś nowego na sen. Ostatnio nie skutkowało nic oprócz silnych prochów usypiających ją nie gorzej od narkozy. Przed północą brała niebieską tabletkę i porastała ją błona snu. Nie mogła otworzyć oczu, ruszyć ręką. Nad ranem błony rozpływały się razem z szarością świtu. Po przebudzeniu na skórze zostawał z nich zimny pot.

Kupiła książki *Skuteczny terapeuta*, *Paradoks w psychoterapii*. Oglądała ilustracje mózgu tłumaczące, skąd się bierze agresja, współczucie. Jej mózg miał więcej niż dwie półkule. Był posiekany na kawałki, ten z pracą – solidnie oddzielony nasiąkniętymi wacikami od kawałka wyrzutów sumienia: Tomek wydzwaniał przyjacielsko, pytając, co słychać. Największa część mózgu zajęta była Jackiem, coraz częściej tylko nim. A on odwołał jutrzejszą sesję, nagrał się z numeru „Niedostępne". Przesłuchiwała w kółko wiadomość. Trzymała przy uchu słuchawkę z mantrą jego głosu. Czekała na oświecenie: dlaczego on kłamie, mówiąc, że jest tylko jego pacjentką.

Wracając z pracy, zamieniała się w studentkę psychologii. Wczytywała się pilnie w teksty terapeutyczne. Utknęła na rozdziale o przeciwprzeniesieniach: pacjentka szuka w starszym od siebie terapeucie ojca, on może się wtedy troszczyć o nią jak o córkę. Co za mętne bzdury. Nie bardzo rozumiała, czy tak jest, czy tak się może wydarzyć. Nie przewiduje się prawdziwych uczuć? Zainfekowałyby „proces leczenia"? Nie wierzyła, że pacjenci odgrywają role, przestając być kobietą i mężczyzną. Jakby przypadkiem na sesji nie mogło się spotkać dwoje pasujących do siebie ludzi, równie dobrze jak w kawiarni czy na ulicy. „A mnie się zdaje, co się zdaje" – zanuciła piosenkę Grechuty, pewna swoich uczuć.

– Nie zdejmuj butów – prosi pan, leżąc. Stoję naga, szpilkami obcasów wiercąc dziury w pana dłoniach. Sprawiam ból i odczuwam satysfakcję, a potem jest mi pana żal, że nie może mnie pan dotknąć. Kładę się obok, jest mi zimno i pan mnie obejmuje. – Jula postanowiła uwodzić Jacka słowami, tak jak on ją. Nie wyszli nigdy poza ten gabinet. Nie przeżyli ze sobą więcej niż to, co sobie powiedzieli.

– I takie są pani fantazje? – Jacek słyszał swój głos, klinicznie czysty.

– Prosił mnie pan o całkowitą szczerość... Że to jest podstawa udanej terapii... Często o panu myślę w ten sposób.

Jest odważna, bo piękna – Jacek, nie podnosił głowy znad notatek. – Dlaczego chce mnie zranić? Nie wie, że to już robi, wchodząc do gabinetu?

– Jak pani myśli, dlaczego tak często pojawiam się w pani fantazjach?

– Byłam pewna, że pan tak powie. Czemu pan odwraca wszystkie moje pytania?

– Mówiłem setki razy, zajmujemy sie panią.

– Ale pan jest teraz częścią mnie.

– Tak pani to czuje?

– Tak. Nie jest to, jak się mówi w pana branży, przeniesienie, nie widzę w panu tatusia, mamusi. To moje najprawdziwsze uczucia. Proszę spojrzeć – przesunęła palcami po biuście w czarnym swetrze, płaskim brzuchu pod obcisłą, długą spódnicą. – To jest granica, można dotknąć i nie wolno nam jej przekroczyć, a tutaj – złapała się za włosy zaczesane w ciężki kok – w głowie, na niby, możemy wszystko. Gwałcisz mnie pytaniami, obojętnością i to jest zgodne z terapią. Kłamiesz! Oczy ci topnieją na mój widok, ręce latają – wydawało się jej, że gdy powie to za niego, nie będzie się dłużej bronił. – Proszę się przyznać, pan też to czuje.

Przerwał jej.

– Mam wrażenie, że pani seksualizuje bliskość, nie umiejąc jej znieść.

– Nie rozumiem.

– Kobieta i mężczyzna mogą być sobie bliscy, co nie zmienia się automatycznie w pożądanie.

– I to znaczy, że moje uczucia są nieprawdziwe? Czy pan mnie traktuje jak człowieka, czy dla pana jestem tylko nieświadomą marionetką jakichś procesów? Boże, czy pan jest głuchy?

– Pani żąda ode mnie niemożliwego.

– To znaczy, czego?

– Zgody na zmianę naszej relacji pacjenta i terapeuty, na pani fantazje... – westchnął i ciągnął dalej cierpliwie. – Miłość w czasie terapii jest urojeniem i w tych kategoriach możemy się nią zajmować – profesjonalnie brnął dalej.

– Pan po pół roku mówi mi, że nie wiem, co się ze mną dzieje, i na tym ma polegać terapia? Na robieniu ze mnie wariatki? Proszę mi chociaż powiedzieć, co pan do mnie czuje, bez tych terapeutycznych kitów.

– Bardzo panią lubię.

– A ja pana kocham.

– Co to znaczy?

Spojrzał ponad jej głową na ścienny zegar. Znała to kontrolne spojrzenie, dzisiaj szukające wybawienia. Jednak zaskoczył ją, mimo końca sesji nie wyciągnął ręki na pożegnanie. To było jej pierwsze zwycięstwo.

– Pani Julio, nawet gdybym odwzajemniał pani uczucia, to i tak nigdy nie bylibyśmy razem. W taką relację jak nasza jest od początku do końca wpisana nierówność. Ja wiem o pani bardzo dużo, pani o mnie nic... Jestem pani urojeniem. Dlatego romans pacjenta z teraputą jest patologią. Taki romans zaczyna się ze złych powodów i musi skończyć się źle, dla obojga.

– Pan też mnie kocha, teraz pan to powiedział.

– Próbuję pani uzmysłowić, na czym polega i zawsze będzie polegać nasza relacja.

– Taka załgana relacja – powiedziała pogardliwie – mnie nie interesuje.

– Co pani przez to rozumie?

– Że chcę ją przerwać.

– To bardzo niedobrze, gdybyśmy się mieli tak gwałtownie rozstać. Teraz jest już po czasie, a trzeba o tym dłużej porozmawiać. Proszę to przemyśleć.

– Zgadzam się z panem. Porozmawiajmy normalnie, jak ludzie, nie w gabinecie. Zna pan mój adres, telefon. Zapraszam pana do siebie wieczorem, dzisiaj.

*

Wpatrywała się w drzwi. Czekała na niego od siódmej. Wyliczyła, że wtedy wyjdzie ostatni pacjent. Na dojście z gabinetu potrzeba dziesięciu minut. O ósmej doliczy-

233

ła mu godzinę na profesjonalne wyrzuty sumienia. Dziewiąta była granicą, przesuniętą do dziesiątej. Co miało się zdarzyć po jego przyjściu? Przytuliłby ją i opowiedzieliby sobie, co było, o czym naprawdę myśleli i co będzie. Zdjęliby ubrania, tak jak się zdejmuje płaszcz, wchodząc do środka. Nie patrzyłaby już z boku na Jacka i siebie. On byłby czuły i mądry, ona uniosłaby się nad nimi i oglądała z góry, zaglądając im w oczy przez ramiona. Nie wyobrażałaby już sobie bycia inną dziewczyną. Byłaby sobą, Jacek by ją przytrzymał i wypowiedział cicho to najważniejsze pytanie, które naprawdę jest zaklęciem przywracającym duszę ciału. Samotności – miłość. Przypomniała sobie ostatnią sesję, widziała ją, bez dzielenia na sceny, jednocześnie Jacka odganiającego się od jej słów i przyznającego się do... Zastanowiła się, on nie powiedział nic, co by mogło dać jej szansę... Dowód? Jest dziesiąta i nie przychodzi. O północy postanowiła być dorosła i się wyspać. Jutro rano ma robotę, zebranie z lektorami. Położyła się do łóżka, wzięła tabletkę. Jedna to za mało, rozpuści się w moim płaczu – pomyślała. Łzy płynęły bezwiednie. Wydłubała z opakowania tyle proszków, ile zmieściło się jej w garści. Patrzyła na zamknięte drzwi, były wielkości i koloru płyty nagrobnej z cmentarnego lastryko. Wystarczyło z jednej strony wypisać jej imię, z drugiej temu winnych. Nie zaszkodzi, nie pomoże – powiedziała do siebie i zjadła tabletki z dłoni, popijając je winem otwartym na jego przyjście. Włączyła telewizor, pokazywali powtórkę serialu. Przynajmniej nie będę sama – pomyślała sennie.

*

Szedł w kierunku domu Julii. Piotrkowską nie da się iść w inną stronę – usprawiedliwiał się. – Chyba że skręcić w bramę.

234

Wszedł do „Kaliskiej", zamówil przy barze whisky. Dziewczyna o ufarbowanych na czerwono włosach rzucała monetami I Ching.

– Powróżyć panu? – uśmiechnęła się.

– Dziękuję, nie wierzę we wróżby – powiedział na odczepnego.

Było jasne, że los mu sprzyja, kusi: żona została kilka dni dłużej na Mazurach, więc mógłby odwiedzić Julię, nawet zostać u niej na noc. Anna i tak nie będzie go sprawdzać, wydzwaniać. Ufa mu. Ale czy ja ufam sobie? – poczuł niesmak. – Może dlatego traktuję Julię tak nieludzko, siebie zresztą też. Po to, żeby być superludzki, nikogo nie skrzywdzić, nie popełnić błędu.

Uświadomił sobie, że sam dla siebie jest kiepskim terapeutą. – Do cholery, dlaczego zastanawiam się nad moim udanym małżeństwem w kategoriach błędu?

Połknął lód z dna szklanki, zamówił następną kolejkę. Whisky, choć rozpłynęła się przyjemnie po końce palców, nie docierała do skołatanej głowy. Gdyby to była tylko pokusa, zwykła, cielesna pokusa, którą odczuwałem setki razy na widok atrakcyjnych kobiet. Z Julią było zupełnie inaczej, obsesyjnie myślałem o niej od wielu tygodni. A dzisiaj – ten paraliżujący strach, że zrozpaczona przerwie terapię. To nie był zwykły profesjonalny lęk o pacjentkę, ale żałosny skowyt, że jej więcej nie zobaczy. Tyle razy powtarzałem pacjentom, że ich najprawdziwsze uczucia są źródłem siły. Dlaczego dla mnie są słabością?

– To co, może jednak powróżyć? – czerwonowłosa była namolna. Jacek bawił się w I Ching na studiach, gdy fascynował się Jungiem i jego zachwytem zbieżnością przypadków. Jak on to nazywał? „Synchroniczność", czyli pieprzenie rozpustnego dziadzia – przypomniał sobie tabun kochanek Junga. Ten Szwajcar miał talent. Wymyślił własną szkołę duchowej terapii z poprawką na dymanie pacjentek. Rzeczywiście, imponująca synchroniczność.

– Zmieńcie muzykę! – ktoś krzyknął od stolika.

– Może być *Buddha bar*? – odwrzasnęła czerwonowłosa.

Psychoterapeuta powinien być po buddyjsku wylizany z emocji, do czysta – przyszło mu do głowy, kiedy bawił się pustą szklanką. – Ma być tylko zwierciadłem odbijającym emocje pacjenta. Ale taka czystka, jeśli w ogóle jest możliwa, czy nie jest jałowa? Żyjąc, potrzebując życia, nie mogę być sterapeutyzowanym trupem – odstawił szklankę. – Mam to gdzieś, wracam do Anny. Tam, nad jeziorem, wszystko się rozmyje. Ale dwie duże whisky i jazda samochodem na Mazury... Nie, lepiej taksówką do Michała i wywalić to wszystko... na ręce szlachetnego przyjaciela – superwizora. To by było najrozsądniejsze – Jacek wiedział, że tego nie zrobi. Po latach pracy w zawodzie, brodzeniu w ludzkim szlamie, własne zwierzenia nie przeszłyby mu przez gardło.

Tłoczyły się wokół niego swetry, garnitury i wężowate ręce wydekoltowanych dziewczyn. Wziął kolejną whisky i usiadł z boku, pod ścianą. Nareszcie się rozluźnił. Wygrana z pokusą pójścia do Julii wydała mu się życiową zasługą.

– Znam pana – usłyszał za sobą schrypnięty, kobiecy głos. Chuda dziewczyna ubrana w obcisłe spodnie w lamparcie cętki położyła mu palec na ramieniu.

– Taaak? – nie przypominał jej sobie, ale dwa–trzy lata temu mogła być jeszcze dziewczynką. Nie kojarzył: córka znajomych, czy może była z kimś w gabinecie?

– Stał pan tam, przy barze – wyjaśniła mu.

– To się znamy, rzeczywiście – był gotów z nią paplać, byle nie myśleć.

236

– Postawi mi pan to samo – powąchała jego szklankę. – To się podzielę.

– Czym?

Wyjęła ze schowka w mosiężnej bransoletce różową tabletkę. Jacek przyjrzał się wzorkowi na pigułce. Zamiast medycznych znaków było serduszko.

– Co to jest?

– Ciuciuś – przegryzła tabletkę. – No, extasy – podała mu.

– Jak działa? Ostatni raz brał kilkanaście lat temu LSD i nie zamierzał tego powtarzać.

– No, tak – pokazała głową na tłoczący się tłum. – Pomaga na doła – szturchnęła go porozumiewawczo w bok.

Udręka i ekstaza – pomyślał i połknął darowaną połówkę, popił alkoholem. Nie eksplodował, nie miał drgawek. Jedynie na lepsze zmieniła się muzyka. Dał się wyciągnąć na parkiet. W tańcu zrobiło mu się za gorąco. Przystanął w rozedrganym tłumie, dziewczyna przylgnęła do niego i zaczęli się całować.

Poszedł na górę do przeszklonej toalety zawieszonej nad tańczącymi. Mył ręce, gdy stanęła przy nim wróżka z baru. Miękkie światło zmyło za ostry makijaż, czerwień włosów wyblakła. Podobała się mu. Położyła sobie jego mokre ręce na biodrach. Kopulowała z muzyką. Zsunęła spodnie. Jacek rozejrzał się przestraszony, byli w przezroczystej klatce nad głowami tańczących.

– Spoko, nie widzą nas, to działa w jedną stronę – oparła się o szybę weneckiego lustra, z którego była zrobiona podłoga i ściany toalety. – Fajny jesteś, taki filmowy – wsunęła mu rękę w kieszeń spodni. – Nie podobam ci się? Mam drugą zapasową w torebce.

– Co?

– Pizdę – zachichotała.

Wrócił w bezpieczne migotanie świateł. Dziewczyna czekała na niego. W porównaniu z tamtą już nie wydawała się mu wulgarna. Jej kolczyk w pępku, wywalony pod nos cyc i plastikowa bluzka przypomniająca złuszczony naskórek zyskały niespodziewanie klasę. Mówiła coś w ogłuszającej muzyce. Miała nieruchomą twarz, poruszały się same wargi. Tak szybko, że widział tylko czerwone smugi szminki:

– Idziemy? – domyślił się Jacek.

Poszedłby do wesołego miasteczka, do kina, hotelu, gdziekolwiek. Byle być bezmyślnie z ludźmi, czuć i robić co oni.

– Do ciebie? – zaproponowała, narzucając skórzaną kurtkę.

Po drodze, łapiąc taksówkę, zaśmiewali się bez powodu. Jacek wyśmiewał siebie: nie chciał mówić wszystkiego Annie, Julii nie mógł. Z Julią był najbliżej jak to tylko możliwe, nie dotykając jej. Z tą dziewczyną, której imienia nie dosłyszał, będzie zaraz w łóżku.

Tomek odważył się wejść do mieszkania, gdy zgasło światło. Julia mogłaby zasnąć przy włączonym telewizorze, a on zebrał wszystkie siły, żeby ją przekonać, zanim będzie się chciała wyprowadzić. Od rana śledził ją, był pod kamienicą, gdzie przyjmował terapeuta. Zakradł się za nią na piętro. Leczyła się z załamania nerwowego po ich rozstaniu. Musiało być jej ciężej niż jemu, chociaż gdy budził się, skomląc w środku nocy, myślał, że nikt bardziej od niego nie cierpi.

– To nie jest tak, jak myślisz. – klasyczne kłamstwo wypowiadane w podobnej sytuacji wydawało się Jackowi najszczerszą prawdą. Anna stała w pokoju, nie zdejmując z ramienia plecaka. Dziewczyna, wyzywająco młoda, wciągnęła na siebie spodnie i kurtkę, zostawiając rozrzuconą bieliznę. Jacek bardziej pamiętał, skąd się wzięła na stole butelka whisky niż ona.

Zamieszkał po tym w gabinecie, czekając na decyzję Anny. Nie chciała z nim rozmawiać. Kiedy zjawiał się po coś w domu, nie ruszała się sprzed telewizora. Podejrzewał, że myślenie zastępowało jej tabletki uspokajające. Proste, logiczne wnioski wyciągane z ich zrujnowanego małżeństwa. Dowiadywał się o nich z karteczek zostawianych dla niego w przedpokoju. Krótkie notatki z argumentami za i przeciw rozwodowi. Te „przeciw" układał w stos, „za" darł demonstracyjnie. Może tak było na razie lepiej, bez rozrachunkowych scen i rozmów. Kiedy przerwała milczenie jednym pytaniem: – Kim była ta kobieta? – musiał jej idiotycznie odpowiedzieć: – Nie wiem.

Dostał zaproszenie na ślub Julii. Położył je w gabinecie na biurku, ani po swojej stronie, ani przeciw sobie, pośrodku.

Ostatnim razem, gdy już wychodził z mieszkania, Anna krzyknęła z bólu. Wpadł do salonu, pokazywała palcem ekran. Jacek nie za bardzo rozumiał, o co chodzi. W telewizorze jakaś kobiecina w rękawicach bokserskich broniła się przed ciosami debilnego muskułca.

– Ona ma moją sukienkę! – nie mogła uwierzyć.

– Twoją? Jacek obserwował Annę uważnie, nie zwracając uwagi na telewizor.

– Ktoś wyjął ze śmietnika, wyrzuciłam ją wtedy, po świerzbie.

– Podobna.

– Nie ma drugiej takiej, poznaję, to moja. Zobacz, te rękawy do łokcia, sama skracałam i doszyłam broszkę ze sztucznych kwiatów.

Była zahipnotyzowana idiotycznym teleturniejem.

– Aniu – Jacek pochylił się nad nią.

– Proszę, nie – zrobiła unik. – Nie pozwolę na to. Nie chcę być poniżana, oszukiwana... Ja chcę się godnie zestarzeć, rozumiesz?! – oderwała wzrok od telewizora. – Nie dam się walić po głowie dziwkami, kłamstwami – skuliła się na kanapie.

Wtuliła głowę między kolana. Nie słyszała, kiedy Jacek, wychodząc, powiedział:

– Nawet nie wiesz, jak byłem ci wierny.

Test

Janusz Leon Wiśniewski

Janusz Leon Wiśniewski

rybak dalekomorski, magister fizyki, doktor informatyki, doktor habilitowany chemii. Program komputerowy, który napisał, stosuje większość najważniejszych firm chemicznych na świecie. Jest profesorem Pomorskiej Akademii Pedagogicznej w Słupsku. W 2001 opublikował pierwszą powieść pt. *S@motność w Sieci*, która szybko stała się bestsellerem, podobnie jak wydany ostatnio (wrzesień 2004) *Los powtórzony*. Napisał również zbiór opowiadań *Zespoły napięć* oraz *Martynę* – powieść stworzoną wspólnie z internautami. Jest stałym współpracownikiem miesięcznika „Pani", autorem felietonów *(Intymna) Teoria Względności*. Ojciec dwóch córek: Joanny i Adrianny. Obecnie mieszka i pracuje we Frankfurcie nad Menem. Na swojej stronie internetowej (www. wisniewski.net) pisze: „Boże, pomóż mi być takim człowiekiem, za jakiego bierze mnie mój pies".

Myślisz, że wspomnienie rozbite na tysiąc kawałków przestaje być wspomnieniem? A może ma się wtedy zamiast jednego tysiąc wspomnień? Jeśli tak, to myślisz, że teraz każde z tego tysiąca będzie bolało z osobna?

Wczoraj wieczorem wszedł do naszej sypialni. Do naszej... Nie potrafię, mimo wszystko, myśleć o tym miejscu inaczej. Wiesz, że od testu – to już czternaście godzin i dwieście osiemdziesiąt dwa dni – był w tym pokoju tylko dwa razy? Pierwszy raz wtoczył się pijany z resztkami whisky w butelce poplamionej strużkami brunatnej zaschniętej krwi, usiadł na brzegu łóżka i bełkocząc, powtarzał swoją mieszaniną hiszpańskiego i angielskiego: *Tu eres una fucking puta, tu eres...* Dokładnie tak samo jak pogardzany przez niego własny ojciec, który przyjechał do Stanów czterdzieści trzy lata temu. Pomimo że nigdy nie nauczył się angielskiego, gdy się upijał i zaczynał wymyślać swojej żonie, to hiszpańskie wulgarne *puta* (kurwa) wzmacniał angielskim *fucking*. Wydawało mu się, że w ten sposób bardziej ją

243

poniży. Jego syn, a mój mąż, nie mógł mnie tego dnia już bardziej poniżyć. Ani on, ani nikt inny. Sama czułam się jak cuchnący odorem moczu uliczny hydrant obwąchany i obsikany przez zgraję zapchlonych bezpańskich psów. I wydawało mi się, że zasłużyłam na to, że powinnam się tak czuć. On znał mnie zbyt dobrze, aby tego nie wiedzieć. Gdy zauważył, że powtarzanie na przemian *fucking puta* i *fucking kurwa* nie doprowadza mnie do jeszcze bardziej spazmatycznego płaczu – nie miałam już w sobie po prostu więcej łez – dopił resztkę whisky z butelki, wyrzucił ją przez zamknięte okno sypialni, rozbijając w drobny mak podwójną szybę, i ściskając mi ręce w nadgarstkach, zbliżył twarz do mojej. Patrzył mi w oczy i powtarzał, jak bardzo mnie nienawidzi. Najpierw spokojnie, syczącym szeptem, niemalże literując każde słowo, z białą, gęstą pianą zbierającą się w kącikach ust, aby później wykrzyczeć to ogłuszającym, jękliwym, histerycznym głosem po angielsku, niemiecku i hiszpańsku. Na koniec wyjął z kieszeni spodni kartkę i czytał z niej po polsku. Napisał na niej *Nienawidzę cię* kilkadziesiąt razy. Stał nade mną, butami rozsuwając moje uda, i czytał mi na głos z kartki, podczas gdy ja, siedząc skulona na podłodze obok nocnego stolika, broniłam się, wymachując na oślep rękami przed każdym jego „nienawidzę cię", jak przed ciosem. Nawet nie zauważyłam momentu, gdy przestał czytać i wyszedł z pokoju. Sama powtarzałam jak echo „nienawidzę cię", uderzając miarowo głową o ścianę. Nie pamiętam dzisiaj, kogo wtedy miałam na myśli. Jego czy siebie? Może kulawą sprzątaczkę ze szpitala? A może Boga?

Byłam pewna, że on także już nie pamięta, iż to mnie nienawidził tamtego wieczoru. Ze wszystkich uczuć to właśnie nienawiść odurza najbardziej. Bardziej niż zwierzęce pożądanie i bardziej nawet niż przedaw-kowane LSD. To, co prawnicy finezyjnie nazywają zbrod-nią w afekcie, tak naprawdę jest zbrodnią z nienawiści. Przy tym ze wszystkich emocji jest ona najbardziej krót-kotrwałym stanem, jaki rejestruje się w eksperymen-tach na ludziach sprowokowanych do nienawiści i któ-rych głowy wepchnięto do rury połączonej z tomogra-fem analizującym aktywność ich mózgów.

Obszary odpowiedzialne za pamięć, przetwarzanie obrazów i dźwięków, za tożsamość i za logiczne myśle-nie były całkowicie zaciemnione, tak jakby zupełnie wy-łączone. Nienawidzący człowiek jest bezrozumnym, roz-juszonym głuchym ślepcem. Cały tlen z krwi dopływa-jącej do nienawidzącego mózgu pobierają te ośrodki, które kojarzone są z emocjami i instynktami. Na ekra-nach tomografów były rozpalone do białości. Gdy po za-kończeniu wojny w Jugosławii pytano chorwackich żoł-nierzy bestialsko torturowanych przez Serbów podczas przesłuchań, kto ich torturował, to nie mogli sobie przy-pomnieć nawet tego, czy była to kobieta, czy mężczy-zna. Nienawiść całkowicie wykasowała zapisy szcze-gółów w ich pamięciach. Jedyne, co pamiętali, to uczu-cie bezgranicznej nienawiści, nie potrafiąc jednocześnie skojarzyć jej z żadną konkretną osobą.

Drugi raz przyszedł do sypialni wczoraj wieczorem. Czekałam na to przez dwieście osiemdziesiąt dwa wie-czory. Ponad dziewięć miesięcy nie słuchałam muzyki, aby móc usłyszeć jego kroki. I tak nie usłyszałam ich wczoraj. Potrzebował jakichś dokumentów z sejfu, który jest wbudowany w ścianę za drzwiami sypialnianej sza-fy. Leżałam w bieliźnie na łóżku, udając – jak zawsze – że czytam książkę. Przechodząc obok, spojrzał na mnie jak ginekolog przed zamknięciem swojego gabinetu po całym dniu pracy. Chciałby iść już do domu, a tutaj wchodzi pomarszczona staruszka z upławami. To nie była odurzająca nienawiść. To była odraza.

Od wczoraj już nie czekam. Gdy zatrzasnął za sobą drzwi sypialni, wstałam z łóżka, narzuciłam na siebie szlafrok i z garażu przyniosłam największy młotek, jaki znalazłam w jego szafce z narzędziami. Wyjęłam płytę z odtwarzacza CD, który stoi na moim nocnym stoliku, i położyłam ją na parkiecie pod oknem. Zanim uderzyłam pierwszy raz... to był najgorszy moment Agnisiu... podniosłam ją z podłogi i na kolanach wróciłam do łóżka. Chciałam jej jeszcze raz wysłuchać. Ostatni raz. Coś w rodzaju ostatniego papierosa przed egzekucją. Ostatnie zaciągnięcie się... wspomnieniem. Słuchałam wprawdzie muzyki, ale ona była tylko tłem. Wyraźniej słyszałam wspomnienia...

Nie zauważyłam, kiedy wszedł wtedy do kuchni. Myłam liście sałaty na naszą kolację, nucąc coś pod nosem. Chciałam, aby wszystko było gotowe, gdy przywiozę go z lotniska. Nakryty stół, jego ulubione astry w wazonie, czerwone wino oddychające w karafce, truskawki posypane wiórkami kokosowymi i skropione amaretto, pachnące wanilią świece w łazience, moja nowa fryzura, moja nowa bielizna, moje nowe fantazje, moje... Wszystko.

Miał przylecieć do Krakowa wieczornym samolotem z Berlina. Znalazł jakieś wcześniejsze połączenie przez Kolonię. Spędził dziewięć godzin na lotnisku w Kolonii, aby być dziewięćdziesiąt minut dłużej ze mną w Krakowie. On nie mierzył czasu latami swojego życia. On mierzył go czasem swoich przeżyć. Były dla niego jak dotyk prawdy. Potrzebował ich, aby nie zwariować i aby czuć, że całe to zamieszanie ma sens. Dla przeżyć zatrzymywał się w swoim powierzchownym pędzie do przodu, by nabrać sił przed dalszą drogą. Czasami były to tylko minuty. Kolekcjonował przeżycia tak jak inni kolekcjonują obrazy lub figurki aniołów. Przez długi czas, gdy traciłam z nim kontakt na więcej niż dwanaście godzin, drżałam ze strachu na powracającą myśl, że będę, lub nawet już jestem, tylko jednym z aniołów w jego kolekcji.

Stanął za mną, ustami i językiem dotknął mojej szyi, zakładając mi słuchawki na uszy. Potem odwrócił mnie do siebie, nacisnął przycisk w odtwarzaczu i wepchnął obie swoje dłonie za pasek moich dżinsów. Z rozkrzyżowanymi ramionami i ściśniętymi w pięści dłońmi ociekającymi wodą stałam przytulona do niego, poddając się temu, co robi. Osłupiała, zasłuchana, zacałowana...

Miłość to więcej niż zwykły pocałunek, to więcej niż zwykłe połączenie...

Można warg dotykać, muskać je, ssać, gryźć, podnosić językiem, można je zamykać swoimi ustami, aby za chwilę je otworzyć, rozewrzeć, spulchnić lub mocno zacisnąć. Można koniuszkiem języka cierpliwie i dokładnie namaszczać śliną ich brzeg. Można przygnieść je do dziąseł, można je smakować, można je zwilżyć lub zamoczyć swoją śliną, aby zaraz potem osuszyć wydychanym powietrzem. Można je obejmować szczelnie swoimi wargami, po chwili zwolnić uścisk, otworzyć na oścież, rozsunąć zęby, wyssać język na zewnątrz i przygryzać go delikatnie. Można go potem wepchnąć do środka, przycisnąć do dolnego podniebienia i dotykać swoim językiem wybrzuszenia dziąseł nad każdym zębem po kolei, można dotknąć nim górnego podniebienia i zatrzymywać na każdym jego zgrubieniu, można... Można zwariować przy tym. Albo się zakochać. Gdy dzisiaj zastanawiam się, kiedy tak naprawdę zaczęłam go kochać, to zawsze przychodzi mi do głowy te pięć minut i czterdzieści jeden sekund. Odwołał trzy spotkania w Berlinie, zapłacił niebotyczne sumy, zestawiając lot przez Kolonię, aby przeżyć ze mną pięć minut i czterdzieści jeden sekund pocałunku, który sobie wymarzył, słuchając przypadkowo tej piosenki w taksówce z lotniska Tegel do centrum Berlina. Wpychał mi do uszu muzykę i słowa, które opowiadają miłość ostateczną i ustami „czynił mnie swoją".

Mógłbym przez cały dzień opowiadać o tobie,
Nie wymawiając ani razu twojego imienia,
Nic nie da się porównać z tobą, nic nie jest tak piękne
                                          jak ty.
Każdy twój ruch, każda godzina z tobą...
Nie znam niczego tak pięknego jak ty
Nie znam niczego...
Ich kenne nichts, das so schön ist wie du...
Ich kenne nichts...

Ustami czynić swoją, naznaczyć cię sobą...

Gdy nie było już żadnych więcej „można" dla moich ust, rozpiął pasek moich spodni, zrzucił je z majtkami na podłogę i posadził mnie na parapecie okna, klękając przede mną. Można warg dotykać, muskać je, ssać, bardzo delikatnie gryźć, rozsuwać językiem, można je zamykać swoimi ustami, aby za chwilę je otworzyć, rozewrzeć, wepchnąć język do wnętrza. I nie przerywać ani na chwilę. Można. I można przy tym zwariować. Przestać na chwilę oddychać z braku tchu. Przestać myśleć, przestać pamiętać i zacząć tylko czuć. Pozbyć się resztek wstydu i otworzyć się jeszcze bardziej. Na oścież. Jak muszla z perłą. Różową perłą. Nie żadną pospolitą, białą. Różową, wilgotną perłą wypchniętą nadmiarem pulsującej w niej krwi na zewnątrz.

Poczuć tam dotyk języka i zacząć na nowo oddychać. Łap-
czywie, aby móc krzyczeć. Oszaleć. Jeszcze bardziej...
Ustami czynić swoją... Sam tak to nazwał.

Nad ranem, w ciszy mroku, wyczerpana po całej nocy,
przytulona piersiami do jego pleców wsłuchiwałam się
w jego spokojny oddech, broniąc się zaciekle przed snem,
który mógł odebrać mi kilka świadomych godzin jego
obecności. Gdy szarość świtu zaczęła przedostawać się do
wnętrza szparami w żaluzjach, wstałam ostrożnie, odkleja-
jąc się od niego. Obudziłam go muzyką wypełniającą szeptem sypialnię...

Ich kenne nichts, das so schön ist wie du...
Ich kenne nichts...

Wróciłam do łóżka, gdy nie otwierając oczu, zaczął wy-
mawiać moje imię i niecierpliwie szukać mnie obok siebie.
Wtedy zapytałam go o wczorajszy wieczór w kuchni.

– Czynię coś swoim dopiero wtedy, kiedy to „coś"
zjem – powiedział z uśmiechem, dotykając dłonią mojej
twarzy. – Świat ust, doznania przez zmysł smaku są dla
mnie znacznie bardziej bezpośrednie niż poprzez świat
wzroku, słuchu, a nawet dotyku. Chciałbym cię w ten sposób, ustami, uczynić swoją, naznaczyć cię sobą...

Odgarnął mi włosy z twarzy i zaczął mnie całować.

Dwie godziny później, gdy on siedział w samolocie do
Mediolanu, ja wypełniałam do ostatniego wolnego bajtu
płytę kompaktową, kopiując tę piosenkę. Udało mi się
zmieścić na płycie dziewiętnaście powtórzeń. Dziewiętnaście razy po pięć minut i czterdzieści jeden sekund wspomnień. Gdy było mi źle, gdy histerycznie tęskniłam, gdy
godzinami wpatrywałam się w telefon, który nie dzwonił,
gdy w Sieci sprawdzałam na wszystkich możliwych lotniskach świata, czy jego samolot wylądował, gdy wieczorami

godzinami wysiadywałam na parapecie w kuchni, nie mogąc zmusić się nawet do tego, aby otrząsnąwszy się z paraliżującego smutku, przejść tych kilkanaście kroków do łóżka w sypialni, wtedy ta płyta pomagała mi najbardziej. Czasami, gdy nie mogłam z różnych powodów w różnych miejscach jej słuchać, to wystarczało mi, że wyjmowałam ją z torebki i opuszkami palców delikatnie dotykałam jej błyszczącej powierzchni.

Nawet to mi pomagało. Pomagało. Do wczoraj...

Wysłuchałam jej całej. Do ostatniego taktu w ostatnim dziewiętnastym powtórzeniu. Dziewiętnaście razy żegnałam się z nią. To wcale nie było jak ostatni papieros przed egzekucją. To była egzekucja. Tyle że wykonywana w dziewiętnastu ratach. Za każdym razem bolała bardziej. Ale na końcu naprawdę nienawidziłam! Dokładnie tak jak ten rozjuszony głuchy ślepiec. Wstałam z łóżka, przeszłam do prostokątnego wykuszu, położyłam krążek na parkiecie i zaczęłam tłuc w niego młotkiem. Potem raczkując na kolanach po parkiecie, znajdowałam za duże moim zdaniem kawałki i rozbijałam je na mniejsze. Na końcu usiadłam na środku wykuszu, wyjęłam z pokrwawionych kolan odłamki, które się w nie wbiły, ułożyłam je jeden obok drugiego i uderzałam tak długo, aż został z nich metalizowany, czerwonawy od krwi, proszek. Musiał słyszeć te ogłuszające uderzenia młotka, siedząc w pokoju obok. Nie przyszedł...

Płakać zaczęłam dopiero dzisiaj rano, gdy po przebudzeniu zobaczyłam młotek leżący obok mnie na jego poduszce i plamy pozostawione na pościeli przez moje poranione kolana. Myślałam, że nie potrafię już tak płakać, tak jak na początku, nieomal do „utraty wzroku", jak Ty to kiedyś nazwałaś. Wydawało mi się, że to skończyło się w kilka miesięcy po teście. Płakałam nie z powodu tych plam i nawet nie z powodu surrealistycznego widoku młotka, z którym przespałam się w jednym łóżku. Płakałam nad sobą. Nad tym, że zabolało mnie tak bardzo, iż on nie wszedł do sypialni nawet wtedy, gdy robiłam z niej kuźnię. Czując odrazę, czuje się. Przy obojętności nie czuje się absolutnie nic.

Nie uwierzysz, ale ta płyta ciągle jest we mnie. Tym razem dosłownie we mnie. Nawet jeśli postanowiłam nie nosić jej w pamięci, to i tak ciągle noszę ją... pod skórą! To chyba najbardziej tandetne – mimo że symboliczne – zakończenie tej historii. Gdy brałam prysznic, poczułam piekący ból w obu kolanach. Po zmyciu plam z krwi okazało się, że małe odłamki rozbitej płyty dostały się pod skórę. Zaczekam, aż zagoją się rany i zadrapania. Potem nałożę na kolana specjalny preparat do głębokiego peelingu i zedrę raz na zawsze skórę wraz z odłamkami. Przekazałabym wszystkie swoje oszczędności na badania nad takim peelingiem dla... mózgu. Zaczekałabym, aż zagoją się rany, nałożyłabym całą tubę żelu i po jego stwardnieniu zdarłabym jednym ruchem wszystkie odłamki pamięci o nim.

Tylko kiedy? Kiedy tam zagoją się moje rany?

czwartek, 19 sierpnia

Śniłam dzisiaj! Nareszcie śniłam. Wyobrażasz to sobie?! Obudziłam się z wargami przyciśniętymi do tapety na ścianie i obu dłońmi ściśniętymi kurczowo pomiędzy udami i pamiętałam swój sen. Pierwszy raz od testu znowu śniłam...

Po teście z dnia na dzień, a raczej z nocy na noc po prostu przestałam śnić. Tak jakby ktoś w mózgu skalpelem przeciął wszystkie połączenia pomiędzy moją podświadomością i tymi zwojami mózgu, które przekładają wyładowania elektryczne w neuronach na fabuły snów w obrazach, dźwiękach i zapachach. Psychoterapeutka, która przyjeżdżała wtedy każdego dnia do mnie – ja nie byłam w stanie włączyć kuchenki mikrofalowej, a co dopiero prowadzić samochodu – twierdziła, że to dobrze dla mnie i powinnam się cieszyć, iż mój mózg, w samoobronie, zagregował poprawnie, i że to bardzo typowe w przypadku takiej traumy. Twierdziła, że w snach kontaktujemy się z tą częścią nas, która sprawia ból.

– A pani nie ma takiej części, która panią teraz nie boli, prawda? Pani sny nie różniłyby się niczym od tego, co przeżywa pani na jawie, a to, co pani przeżywa, jest koszmarem, prawda? Chciałaby pani nieustannie, także w nocy, czuć wściekłość, gniew, zawiść, lęk, poniżenie czy nienawiść? Chciałaby pani?

Nie chciałam. Ale to nie znaczy, iż się z tym pogodziłam. Nie dość, że nie żyłam w dzień, to byłam także oddychającym trupem w nocy. I to ja! Ja, która od dzieciństwa w snach przeżywałam swoją drugą, wielokrotnie ciekawszą, biografię.

Śniłam Leśmiana. Siedzieliśmy, dotykając się ramionami, na schodach, plecami do ołtarza, w małej kapliczce, chyba w Portugalii. Tak, to musiało być w Portugalii. Tylko tam widziałam tak małą kapliczkę. Kiedyś Enrique ściągnął mnie na weekend do Lizbony. W niedzielę rano pojechaliśmy do Vila Nova de Milfontes, małej miejscowości, w zasadzie wsi, na atlantyckim wybrzeżu Portugalii. On zna wszystkie takie niesamowite miejsca na świecie. Na skalistym stromym wzgórzu tuż przy balustradzie, z której można było oglądać Atlantyk, stał malutki, śnieżnobiały, budynek z krzyżem i niewielką wieżyczką z dzwonami. Był tak mały, że w pierwszej chwili wydawało mi się, iż albo jestem w Legolandzie, albo na Złotej Uliczce w Pradze. Gdy weszliśmy do wnętrza, grupa staruszek w takich samych czarnych sukniach i identycznych czarnych chustach na głowie na głos odmawiała modlitwę.

Leśmian, to na pewno był Leśmian. Wyraźnie pamiętam jego twarz. Orli ogromny nos, wysunięta broda, siwe włosy przylizane do wysokiego czoła. W czarnym garniturze i białej koszuli poplamionej na kołnierzyku zaschniętą krwią. Siedzieliśmy na tych schodach przed ołtarzem w milczeniu, godzinami, patrząc sobie w oczy. U naszych stóp na kamiennej posadzce kościoła bawiła się szmacianymi lalkami mała dziewczynka o twarzy staruszki. Ubrana była w czarną suknię i miała czarną chustę na głowie. Posadziła wszystkie lalki w szeregu przed sobą i podawała im do zaszytych grubą nicią szmacianych ust komunijne opłatki. W pewnym momencie Leśmian zaczął głaskać moją gipsową dłoń i recytować swoje wiersze

Wargami u piersi twych zdroju, modlę się o twojego nieśmiertelność ciała...

Wtedy go spoliczkowałam. Nie miałam ciała, nie miałam piersi! Kłamał. Uderzyłam go z wściekłością gipsową ręką, która rozpadła się na tysiąc metalicznych kawałków. Dziewczynka przestraszyła się i wysypała z pucharu opłatki na posadzkę kościoła. Gdy szmaciane lalki zaczęły się śmiać, rozrywając nici zamykające ich usta, obudziłam się.

Boże, zaczynam wracać do życia! Mój pierwszy sen! Piękny, Agnieszko, prawda!?

Około osiemnastu miesięcy wcześniej...

Jest bardzo stary. Ma czterdzieści pięć lat i zmarszczki wokół oczu. Ma nawet już pasemko siwych włosów nad prawą skronią. To jest moje najbardziej ulubione miejsce na jego głowie. Ma także najdłuższe palce u dłoni, jakie kiedykolwiek widziałam u mężczyzny. Jego lewy policzek przecina niewielka poprzeczna blizna, która znika, gdy przykryje ją zarost. Kiedy jest zamyślony, mruży oczy i nerwowo skubie włosy nad czołem. Pachnie inaczej rano i inaczej wieczorem. Rano czułam cytrusy, wieczorem coś ciężkiego, bardzo orientalnego. Wolę ten jego wieczorny zapach. W ogóle jego całego wolę wieczorem. Mówi cichym głosem, bardzo powoli. Niekiedy zbyt cicho i zbyt powoli jak dla mnie. Stara się ze mną rozmawiać po niemiecku, ale czasami, gdy brakuje mu właściwych słów, przechodzi na angielski. Kiedy telefonuje, to często rozmawia po hiszpańsku, wtrącając angielskie słowa. Szczególnie przekleństwa. Za każdym razem przeprasza mnie za to. Mimo to nie wyłącza nigdy telefonu komórkowego, gdy jesteśmy razem. Trzech telefonów komórkowych nie wyłącza, bo przy sobie ma zawsze trzy telefony. Najpierw – „najpierw" brzmi chyba trochę bez sensu, bo znamy się dokładnie dopiero czterdzieści dni – mnie to bardzo drażniło, teraz się przyzwyczaiłam. Przy mnie odbiera tylko jeden z nich. Dwa pozostałe ignoruje. To już coś, prawda?

Ma malinowoczerwone szerokie wargi, które często zagryza lub dyskretnie oblizuje. Nie wiem, czy on to zauważa, mam nadzieję, że nie, ale czasami wpatruję się w te wargi jak w wypełnione sokiem maliny, których chciałabym skosztować. Jadłaś kiedyś maliny w styczniu? Ja także nie. Jeszcze nie...

Nie wiesz jeszcze tego, ale to, że go poznałam, zawdzięczam wyłącznie Tobie. Gdybyś nie zadzwoniła do mnie dwa tygodnie temu w sobotę, nigdy nie dowiedziałabym się o jego istnieniu. Zadzwoniłaś, gdy byłam już w drzwiach gotowa do wyjścia na korepetycje. Nawet nie wiem, dlaczego nie zignorowałam tego telefonu. Dzisiaj wierzę, że to było przeznaczenie, a nie przypadek. Pamiętasz? Zdyszana powiedziałam, że jestem „na wylocie", a Ty jeszcze bardziej zdyszana powiedziałaś mi, że Maćkowi wyrżnął się pierwszy ząb. Chciałaś mi o tym koniecznie opowiedzieć. Przerwałam Ci. Obiecałam oddzwonić wieczorem. Nie oddzwoniłam. Wieczorem o tym, że na świecie są telefony, przypominały mi tylko te idiotyczne nokie brzęczące od czasu do czasu w jego kieszeni. Ale nie skojarzyłam tego ze złożoną Ci obietnicą. Ja tego wieczoru generalnie niewiele kojarzyłam.

Po rozmowie z Tobą wybiegłam przed dom i za przejściem dla pieszych zaczęłam histerycznie machać ręką, aby zatrzymać jakąś taksówkę. Nie znoszę się spóźniać na korepetycje. Jakiś kierowca idiota, nie zważając na ogromne kałuże po roztopionym śniegu, jechał tak szybko i tak blisko krawężnika, że w jednej chwili mój nowy jasny płaszcz wyglądał jak ścierka, którą zmyto posadzkę Dworca Centralnego. Plamy z błota i brunatnej wody miałam także na twarzy i we włosach. Ze złości chciało mi się płakać. Nawet nie zauważyłam, że ten samochód zatrzymał się kilkadziesiąt metrów dalej, a potem pomimo trąbienia cofał się do miejsca, w którym stałam. Najpierw wysiadł kierowca. Pokornie mnie przepraszał. Zaczęłam krzyczeć i go wyzywać. Już dawno nie wyrzuciłam z siebie tylu przekleństw, ile w ciągu tej jednej minuty. Po chwili zauważyłam, że za mną stoi drugi mężczyzna i próbuje coś powiedzieć. To był Enrique. Malinowoczerwone usta, zmarszczki wokół oczu, siwy kosmyk nad prawą skronią...

Na niego także zaczęłam krzyczeć. Stał ze spuszczoną głową jak mały chłopiec przyjmujący naganę na obozie harcerskim. W pewnym momencie przerwał mi i zapytał po angielsku, czy zgodzę się, aby jego firma przejęła koszty „renowacji pani płaszcza i pokryła wynikające z tego incydentu straty pani drogocennego czasu". Najpierw myślałam, że kpi ze mnie, po chwili zrobiło mi się wstyd. Zwymyślałam niewłaściwego faceta! Jednego auta nie może prowadzić dwóch kierowców. Nie chciałam żadnej renowacji. Chciałam na korepetycje. Uczyłam niemieckiego sześciu dyrektorów i trzech wicedyrektorów najbogatszych krakowskich firm. Płacili mi za kilka godzin w cztery soboty tyle, ile za miesiąc dostawałam na uczelni. Nie chciałam stracić tej żyły złota.

Zapytałam go, czy mnie podwiozą do Nowej Huty. Zanim odpowiedział, wyciągnął telefon komórkowy i zaczął z kimś rozmawiać. Zrozumiałam, że przekłada jakieś spotkanie o cztery godziny. Nie miał pojęcia, gdzie jest Nowa Huta, albo pomylił ją z Nowym Targiem i wolał nie ryzykować kolejnego spóźnienia. Rozczulił mnie tym.

W samochodzie zdjęłam płaszcz i próbowałam doprowadzić go do porządku. Wyjął plik chusteczek higienicznych z kieszeni i razem ze mną zaczął usuwać plamy z błota. Tym rozczulił mnie jeszcze bardziej. Gdy wyciągnęłam lusterko i usiłowałam pozbyć się resztek zaschniętego błota z włosów i twarzy, zapytał, czy mógłby służyć mi pomocą. Odwrócił się w moją stronę i trzymał lusterko. Wtedy pierwszy raz zauważyłam, że jego oczy są bardziej błękitne niż jego błękitna koszula. I że ma tę bliznę na lewym policzku, i że ma najdłuższe palce świata. Gdy schowałam lusterko do torebki, po raz pierwszy tego dnia pożałowałam, że nie zdążyłam rano nałożyć makijażu, pomalować paznokci i spryskać włosów i nadgarstków moim nowym guccim II. Przez jakiś czas jechaliśmy w milczeniu. Czułam, że mnie obserwuje. W pewnym momencie przysunął się do mnie, ściszył głos i wyszeptał:

– Przepraszam, ale obawiam się, że założyła pani sweterek na lewą stronę.

Miał rację. Szwy swetra były na wierzchu. Zrobiłam się czerwona ze wstydu. Ale tylko na krótką chwilę. Wyobraziłam sobie, jak czułabym się, zauważywszy tę gafę po lekcjach dla tych wszystkich dyrektorów i wicedyrektorów. Uśmiechnęłam się do niego. Bez wahania zdjęłam sweter przez głowę i powoli przekładałam go na właściwą stronę. Wybrałam zły – a może najlepszy? – moment. Kierowca musiał gwałtownie skręcić. Siła odśrodkowa wypchnęła mnie na niego. Wtedy pierwszy raz poczułam zapach cytrusów i jego dłonie na moim ciele. Zadziwiło mnie, że wstydziłam się szwów na swetrze, a nie wstydziłam się tego, że siedzę w samochodzie w samym tylko staniku z dwoma zupełnie obcymi mężczyznami. Po chwili spokojnie wciągnęłam sweter i poprawiłam włosy. Gdy wjeżdżaliśmy do Nowej Huty, sięgnął do kieszeni marynarki i podając mi swoją wizytówkę, powiedział:

– Rachunek za czyszczenie płaszcza proszę bez wahania wysłać pod moim adresem. Zajmę się tym natychmiast po powrocie do Bostonu.

Nie wiedziałam, czy żartuje, czy mówi poważnie. Nie będę wysyłać rachunku na trzydzieści złotych z osiedlowej pralni chemicznej na rogu do Bostonu. Chyba oszalał!

Nie skomentowałam jednak tego. Skinęłam głową i wsunęłam jego wizytówkę do torebki.

Zupełnie nie miałam ochoty wysiadać z tego samochodu pod szkołą w Nowej Hucie. Byłam zaintrygowana tym mężczyzną. I rozczarowana także. Nawet nie zapytał, jak mam na imię. Wysiadł pierwszy, otworzył drzwi po mojej stronie i odprowadził mnie pod schody prowadzące do szkoły, niosąc mój płaszcz. Im bardziej zbliżaliśmy się do schodów, tym wolniej szliśmy. Podał mi rękę, jeszcze raz przeprosił za „ten incydent", o którym ja zdążyłam już całkowicie zapomnieć, i wrócił do samochodu. Idąc po schodach, walczyłam ze sobą, aby nie odwrócić głowy.

W pierwszej przerwie po dziewięćdziesięciu minutach zajęć wyszłam przed szkołę zaczerpnąć świeżego powietrza. Jego samochód ciągle tam stał. Nie wiem dlaczego, ale zaczęłam iść w tym kierunku. Gdy wysiadł z samochodu, przyspieszyłam. Spotkaliśmy się w połowie drogi.

Wieczorem w restauracji na Kazimierzu miałam pomalowane paznokcie, bluzkę założoną na prawą stronę, makijaż, pachniałam guccim II i pierwszy raz, wpatrując się w jego usta, zapragnęłam świeżych malin w styczniu. Gdy po kolacji odwoził mnie taksówką do domu, czekałam na jakiś zakręt i siłę odśrodkową, która wyręczy moje pragnienia, pomoże mojej nieśmiałości i zepchnie mnie na niego. Zepchnęła w końcu.

Zatrzymał mnie przez chwilę na sobie i zanurzył usta w moich włosach.

niedziela, 26 stycznia

Wyjechał...

Postanowiłam, że nie zaniosę płaszcza do pralni. Ma taki poplamiony wisieć w moim przedpokoju. Chcę go widzieć, gdy wychodzę do pracy i wracam z niej. A także, gdy wieczorem idę do sypialni położyć się spać. Wtedy chyba najbardziej...

Wyjechał...

Czasowniki: „wyjeżdżać", „podróżować", „wracać", „startować" i „lądować", znam wraz z ich koniugacją. Także po hiszpańsku. Przez ostatnie czternaście dni używaliśmy ich bardzo często. Czternaście dni. I jedną noc. Tę z wczoraj na dzisiaj.

Zastanawiałam się wczoraj rano nad tym, kiedy kobieta – nie tracąc swojej reputacji, cokolwiek to dzisiaj znaczy – może iść z mężczyzną do łóżka. Ile powinni przed tym wydarzeniem zjeść wspólnych kolacji, ile razy być ze sobą w kinie, na wspólnym spacerze, ile przeprowadzić ze sobą rozmów lub ile wiedzieć o sobie?

Założyłam, że kobieta chce iść z wybranym mężczyzną do łóżka i nie robi tego tylko dlatego, że on tak chce. On zazwyczaj chce już przed pierwszą kolacją, przed pierwszym kinem i przed pierwszym spacerem, często nie wiedząc o niej nic, nawet nie znając jej imienia. My spędziliśmy wspólnie czternaście wieczorów, byliśmy cztery razy w kinie, trzymaliśmy się za ręce w trakcie ośmiu spacerów, a po rozmowach z nim wiem także, jak ma na imię jego matka chrzestna. Szacuję, że innym parom zdarzyłoby się to wszystko nie wcześniej niż po stu czterdziestu dniach. Nam zdarzyło się to w dni czternaście. I znowu szacuję, że ci inni znaleźliby się ze sobą w łóżku już po czternastu dniach. Niby tak jak my, ale tak naprawdę to dziesięć razy szybciej. I gdzie tu sprawiedliwość!? Wiesz, że żartuję, Agnisiu, prawda?

Gdy wieczorami podjeżdżaliśmy pod mój dom, pragnęłam, aby nie kazał taksówkarzowi czekać i nawet nie pytając mnie o zgodę, szedł na górę do mojego mieszkania. Chciałam już tego po drugiej naszej kolacji. A może nawet już po pierwszej...

To, że czekał do ostatniego dnia i ostatniej nocy w Polsce, jest dla mnie z jednej strony niezwykłe (nieśmiałość? wrażliwość? lęk przed odrzuceniem? plan gry?), a z drugiej bardzo smutne. W pewnym sensie poczułam się przez to porzucona. „Wykorzystał" mnie, pozostawił z marzeniami, niedosytem i zapachem swoich perfum na poduszce w mojej sypialni. Zapomniał zabrać szczoteczkę do zębów z łazienki, zostawił czerwone ślady otarcia po swoim zaroście na wewnętrznej stronie moich ud, niedopitą poranną kawę w kubku, potargane i sklejone moim potem i jego śliną włosy na mojej głowie, garść monet, które wysypały się z kieszeni, gdy zdejmowałam pospiesznie z niego spodnie wczoraj wieczorem w łazience, moje pogryzione wargi...

Wykorzystał mnie. Tylko jeden raz. I wyjechał...

Enrique ma trzy paszporty, cztery oficjalne adresy zamieszkania i żadnego miejsca, które mógłby nazwać swoim. Jest współczesnym nomadą. Zglobalizowanym, okablowanym i „ogadżetowanym" nomadą. Ma trzy telefony komórkowe, dwa palmtopy, dwa laptopy i osiem oficjalnych adresów e-mailowych. Podpisał kontrakty z czterema światowymi korporacjami na trzech kontynentach i od dziesięciu lat (pisałam Ci, że jest stary!?) przemieszcza się po świecie i doradza firmom lub organizacjom rządowym, jak tanio kupić lub drogo sprzedawać inne firmy. Nazywa je „obiektami" lub „projektami". Czasami są warte kilkanaście milionów euro. W Krakowie przez czternaście dni doradzał polskiej filii japońskiego Fujitsu. Gdyby nie polska biurokracja, potrzebowałby na to tylko czterech dni. Po raz pierwszy w moim dwudziestosześcioletnim życiu czułam wdzięczność do polskich urzędów i polskich urzędników. Pytany przy różnych okazjach, przeważnie przez urzędników imigracyjnych na lotniskach, o adres stałego zameldowania najczęściej wymienia Boston. Ostatnio, w krajach arabskich lub w muzułmańskiej Azji, po 11 września, podaje Barcelonę. Tam mieszka jego brat i tam także przedłuża swój hiszpański paszport. Gdy wczoraj wieczorem zapytałam go, skąd jest, odpowiedział, że „ostatnio z Krakowa".

Tęsknię za nim Agnieszko...

środa, 30 kwietnia

Przestałam uczyć dyrektorów niemieckiego w weekendy. Przestałam pisać do Ciebie w weekendy, robić zakupy w weekendy, czytać książki w weekendy, odwiedzać rodziców w weekendy. W weekendy – dla mnie weekend zaczyna się około szesnastej w piątek – stoję w kolejkach na lotniskach, trzęsę się ze strachu przy każdym starcie i lądowaniu i czytam przewodniki turystyczne, gdy jesteśmy na „wysokości przelotowej". Ale tylko wtedy, gdy nie ma turbulencji. Gdy są, trzymam się kurczowo siedzenia, zamykam oczy i się modlę. Stewardesy to chyba najdurniejsze kobiety świata. Jak można tak poświęcać się dla pieniędzy?!

Kupiłam wielką mapę Europy i powiesiłam ją na ścianie nad kanapą, noszę ze sobą w torebce rozkłady lotów sześciu linii lotniczych. Rozkład polskiego LOT-u na piątek wieczorem, sobotę przed południem i niedzielę wieczór znam na pamięć. Gdy wysyłam esemesy do Enrique, to posługuję się wyłącznie numerami lotów. On także zna je na pamięć.

Agnieszko, żyję od dwóch miesięcy w zwariowanym świecie, jego świecie. Inaczej mierzę czas. Zupełnie innym kalendarzem. Ostatnio każdy tydzień dla mnie to jak Wielki Tydzień przed Wielką Nocą. W poniedziałki walczę przez cały dzień ze snem i staram się przetrwać zajęcia ze studentami. We wtorki zaczyna mi go brakować i do niego wydzwaniam. W środy zaczynam tęsknić za nim i aby sobie z tym poradzić, pracuję do późna w nocy. Oprócz tego, że nadrabiam zaległości, mniej tęsknię, to jestem blisko Internetu i mogę pisać do niego e-maile. W czwartki wieczorem pakuję walizkę i idę wcześnie spać, aby skrócić czas czekania. Przeważnie jeszcze nie wiem, w jakim mieście w Europie i w jakim hotelu będę zasypiać z nim w nocy z piątku na sobotę. W Wielki Piątek wcześnie rano on przesyła mi kod numeru lotu. Późnym popołudniem lub wieczorem jadę taksówką na lotnisko, odbieram bilety, które kazał tam na moje nazwisko wystawić, i „na odwagę" piję whisky z colą w lotniskowym bistro. Potem wsiadam do samolotu i zaczynam się bać. Ląduję. Oszołomiona resztkami strachu, alkoholem i podnieceniem uspokajam się dopiero wtedy, gdy siedzę przytulona do niego w samochodzie. Opowiada mi o swoim tygodniu, delikatnie całując moje włosy. Potem, w hotelu, rozbiera mnie, prowadzi do łazienki i myje i masuje mi głowę. Uwielbiam, gdy siedzimy razem w wannie i on palcami masuje moją głowę. Pierwszy raz kochamy się dopiero po północy.

W Wielką Sobotę...

środa, 30 lipca

Zwariuję...

Od czterech tygodni Enrique jest w Bostonie, a ja czuję się jak ćpun na odwyku. Gdy słyszę przelatujący nad Krakowem samolot, zaczynam zazdrościć stewardesom, że wybrały swój zawód. Jeszcze trochę, a będę jak ten pies Pawłowa. Gdy przeleci samolot, będę czuła wilgotność pod podbrzuszem.

Pracuję. Wstaję rano, idę do instytutu i wracam do domu, aby spać. Jeśli on nie wróci w ciągu kilku tygodni do Europy, to albo naprawdę zwariuje, albo... skończę doktorat przed czasem. Tylko czy ja mogę to zrobić mojemu promotorowi?! Nad kim będzie się wtedy pastwił ten bigot na seminariach!?

Chcę mieć ten doktorat. Jak najszybciej. Chcę skończyć pisać, nikomu o tym nie powiedzieć, trzymać gotowy w szufladzie i mieć tony czasu, czekając na piątki, soboty i niedziele. Poza tym chcę, aby Enrique był ze mnie dumny. Podnieca mnie to, gdy patrzy na mnie z podziwem i jest ze mnie dumny. Nie wiem zbyt wiele o kobietach w jego życiu, ale zrozumiałam, że on jest w stanie pokochać tylko tę, którą podziwia. Opowiadał mi o tylko dwóch ważnych kobietach w swoim życiu. Właśnie tych, które podziwia lub podziwiał.

O swojej matce na cmentarzu Père-Lachaise w Paryżu. Gdziekolwiek jest, zawsze w rocznicę śmierci matki idzie na jakiś cmentarz i na przypadkowym grobie zapala znicz i zostawia kwiaty. Agnieszko, gdy będziesz następnym razem w Paryżu, koniecznie odwiedź cmentarz Père-Lachaise! Tam jest więcej życia niż na Champs Elysées. I o wiele mniej ludzi.

O Adrienne opowiedział mi w Kopenhadze. Tam spędziliśmy jego urodziny i tam odebrał od niej telefon z życzeniami. Szefowa agencji rządowej, tak jak on absolwentka Harvardu, najpiękniejsza dziewczyna na ich roku. Powtarzała mu, że go kocha do momentu, gdy nadarzyła się okazja „wżenienia się w ropę naftową z Teksasu". Gdy mówił o niej, wyczuwałam w jego głosie podziw i rozżalenie jednocześnie. Rozżalenie zmieszane z podziwem jest niebezpieczne. Chciałabym, aby ona do niego już nigdy nie dzwoniła... Nigdy!

Myślisz, że nomadzi mogą chcieć osiąść gdzieś na stałe? Czy to tylko pożądanie? Przyleciał do Krakowa. Przyleciał dla mnie. Tylko dla mnie! Nikomu nic nie doradzał, nic nie sprzedawał i nic nie kupował. Zastał mnie podczas gotowania w kuchni, posadził na parapecie okna, wlał mi cudowną muzykę do uszu, zacałował, rano zapytał, czy spędzę z nim i jego rodziną urlop w Barcelonie i wyjechał.
PS Kocham go...

W Barcelonie, w domu jego brata Carlosa sypialiśmy oddzielnie. To znaczy szliśmy do oddzielnych sypialni wieczorem i Enrique wychodził z mojej rano. Jego rodzina jest bardzo religijna i przykłada wagę do tego, żeby wszystko było tak jak kiedyś, gdy żyli dziadkowie i pradziadkowie. Oni też przemykali się w nocy pomiędzy sypialniami. Może dlatego w ich rodzinie nie było dotychczas rozwodów...
Przedostatniego dnia naszego urlopu Enrique wywiózł mnie rano na plażę do Lorret de Mar, a sam pojechał załatwiać jakieś swoje sprawy do Barcelony. Wieczorem, gdy wróciliśmy do domu, na tarasie na pierwszym piętrze przy uroczyście nakrytym stole czekała na

264

nas cała jego rodzina. Enrique oprócz brata ma także trzy siostry. Dwie mieszkają ze swoimi rodzinami w okolicach Barcelony, jedynie najmłodsza, Marisa, przyjechała specjalnie na ten wieczór z Sewilli.

Cudowny wieczór...

O północy Enrique poprosił mnie do tańca. Nie mogłam uwierzyć. On nigdy nie tańczył ze mną. Tuliłam się do niego, a oni wszyscy milczeli, patrząc na nas.

Cudowniejsza noc...

Kończyła się noc, gdy Enrique przemknął się do mnie. Czekanie. To jest chyba tajemnica tego hiszpańskiego fenomenu „przemykania". Czekasz, pulsują ci nawet opuszki palców, powiększają się i falują piersi, oblizujesz zasychające wargi, poprawiasz setny raz poduszkę, na przemian ściskasz i rozwierasz uda. Zaniepokojona odczekujesz minuty, które wydają ci się godzinami. Czekasz na skrzypnięcie drzwi, na przecinający ciemność snop światła z korytarza, na jego kroki. I gdy jest już wreszcie przy tobie, chociaż jesteś zupełnie naga, chcesz – dla niego – rozebrać się jeszcze bardziej.

Najcudowniejszy poranek...

On zawsze zaczyna całować mnie od dłoni. Kładzie jedną na drugą, zsuwa na brzuch i dotyka delikatnie ustami. Doskonale wie, że nie wytrzymam tego długo i wyciągnę je spod jego ust, a on „opadnie" wargami na mój brzuch. Zostanie tam nimi, czekając, aż sama przesunę się całym ciałem nieznacznie do góry. To jego usta, ale to ja decyduję, gdzie się znajdują. I jak długo.

Platyna i diament ogrzewają się z różną prędkością. Platyna świetnie przewodzi ciepło. Diament potrzebuje więcej czasu. Wepchnął we mnie językiem diament w platynie i ogrzewał je tam moim ciepłem. Do momentu, aż ogrzał się diament. Potem wciągnął je do ust i, ślizgając się wargami po moim ciele, dotarł do twarzy. Otworzyłam usta, a on zwolnił wtedy uścisk zębów i pozwolił pierścionkowi opaść na mój wysunięty język. Potem przestał mnie całować, zbliżył wargi do mojego ucha i zapytał szeptem, czy zostanę jego żoną...

czwartek, 21 listopada

Mam atłasową sukienkę. Białoperłową. Słońce odbija się od niej niebieskim światłem. Jak od diamentu. W Największą Wielką Sobotę, za dwa dni, w amerykańskim kościele powiem po hiszpańsku: *Si, quiero*. Tak, chcę...

Po ślubie zamieszkamy w Cambridge (nie, niestety, nie w Anglii, ten Cambridge to satelicka miejscowość Bostonu, nie ma tam „tego" Cambridge, ale jest tam „ten" Harvard i „ten" MIT). Moi rodzice lądują w Bostonie za dwie godziny. Carlos i jego siostry z rodzinami są tutaj już od kilku dni. Czasami wydaje mi się, że to tylko sen. Nawet w snach śni mi się, że to sen...

wtorek, 26 listopada

Wysyłałam Ci dzisiaj fotografie. Na razie nie potrafię jeszcze o tym wszystkim opowiadać. Dlatego znajdziesz je w kopercie bez słowa komentarza.

Miałam wprawdzie cały czas obok siebie Mamę i Tatusia, ale pomimo to brakowało mi Ciebie, Agnieszko. Najbardziej, gdy przed wyjazdem do kościoła nadszedł wreszcie ten moment, kiedy wszystko było gotowe i miałam wyjść z pokoju w ślubnej sukni. Wiedziałam, że on czeka za drzwiami. Chciałam, abyś to Ty, a nie kto inny, ostatni raz poprawiła mi włosy, rozprostowała welon, miała łzy w oczach ze wzruszenia i podnosząc kciuk do góry, potrząsnęła dłonią, dając mi znak. Dopiero wtedy wiedziałabym, że wszystko jest tak, jak sobie wymarzyłam, że mogę wyjść i zacząć moje nowe życie...

Zobaczymy się na święta! To już bardzo niedługo. Moja wiza traci ważność piętnastego grudnia. Muszę (i bardzo chcę!) spędzić naszą pierwszą Wigilię w Krakowie. W Krakowie przedłużę wizę, a po powrocie do Cambridge złożę wniosek o status rezydenta. Enrique bardzo chce abyśmy – przynajmniej przez jakiś czas – na stałe mieszkali w Stanach. Przynajmniej do urodzin naszego dziecka...

niedziela, 4 stycznia

Na razie bezskutecznie walczę ze smutkiem „po powrocie". Nie mogę uwierzyć, że nie ma już w Polsce takiego miejsca, które mogłabym nazwać swoim domem. Do Polski i Krakowa będę teraz tylko „wyjeżdżać". Tak jak na przykład do Barcelony lub do Nowego Jorku. Nie mogę się z tym do końca pogodzić. Przygnębia mnie to. Chociaż nie mówię o tym nic Enrique, on i tak wie. On chyba rozpoznaje mój smutek nawet po tym, w jaki sposób myję zęby rano w łazience...

Chcę jak najszybciej zacząć pracować. Najlepiej już od jutra! Nie wyobrażam sobie, że będę bezczynnie czekała na niego w domu. Enrique także tego nie chce. Rozgląda się już za wakatami germanistek na pobliskich uniwersytetach lub w szkołach średnich. Bez aktu rezydencji – tej osławionej zielonej karty wygrywanej na loteriach przez niektórych jak fanty – nie mogę myśleć o żadnej pracy. Jutro rano jedziemy do biura imigracyjnego (USCIS) w Cambridge. Doskonale wiem, co mnie tam czeka. Dziesiątki podchwytliwych pytań jak z wniosku o przyjęcie do raju, odciski palców jak u potencjalnych przestępców, specjalne badania lekarskie jak u kandydatów na trędowatych gruźlików z żółtaczką. Okropne! Ale bez tego nie ruszę do przodu z moim życiem tutaj...

sobota, 4 lutego

Wiem, że dzwonisz do mnie, wiem także, że dzwonisz prawie codziennie do moich rodziców. Przeczytałam wszystkie Twoje e-maile, odpowiedziałam także na wszystkie. Tyle że ich nie wysłałam. Nie jesteś żadnym wyjątkiem. Nie przeczytałabym też żadnego spamu od Boga i nie odbierałabym też jego telefonów. Niech spada...

Piszę do Ciebie dzisiaj (i wyślę!) tylko dlatego, że jestem na czterech whisky (bez coli i sody), na trzech tabletkach xanaxu i na garści „przeciwbóli". Jest mi po prostu nareszcie smutno. Wspaniale smutno. Co za uczucie! Nareszcie oddycham. Nareszcie płaczę. Nareszcie rozpaczam. Od dwudziestu siedmiu dni i nocy marzyłam, żeby być „na smutku". Nareszcie przyszedł, osnuł szarością, zalewa łzami, przez co świat jest mniej wyraźny. Jest mi tak pięknie smutno. Jak kiedyś...

To pewnie ta whisky. Ostatnie trzy szklanki „pobrałam" w wannie. Gorąca woda, lodowaty bourbon. Przy takim gradiencie temperatur xanax rozpuszcza się we krwi jak syczący selters w wodzie. Szybciej przychodzą też do głowy myśli. Najróżniejsze myśli...

Maszynka do golenia na skraju wanny. *Cool!* Sięgasz

po nią. Można zacząć golić uda, można być lubieżną, przesunąć powoli maszynkę ku górze i gdy znajdzie się nad *perineum* centymetr za twoją waginą, przycisnąć ostrze mocniej do skóry. To świetne miejsce. Bardzo unaczynione. Trzy, cztery miliony zakończeń nerwowych. A może czternaście lub piętnaście milionów? Czasami wydaje mi się, że pamiętam dotyk jego warg na każdym z osobna. Można przycisnąć ostrze o wiele mocniej. Krew wypływająca z nacięcia rozpuści się w przezroczystej wodzie i uformuje miniaturowy zwrócony wierzchołkiem do dołu wirujący i wyginający się na wszystkie strony stożek z czerwonego welonu. Jak oko cyklonu. Widok jak z filmów na kablu w *National Geographic*. A gdyby tak naciąć mocniej? Najsilniej, jak się tylko da? Pozbyłabym się krwi. Ale razem z nią pozbyłabym się także wirusa...

Biała zadrukowana kartka pływa po powierzchni wody w wannie. Musi być zrobiona z bardzo dobrego papieru. Nie wchłania wilgoci i nie chce utonąć. Odpycham ją od siebie ruchem ręki pod wodą, ale za każdym razem przypływa z powrotem, odbija się od brzucha tuż pod moimi piersiami, zatrzymuje się na chwilę i krzyczy na mnie każdą literą.

Wynik: **Nienormalny**

HIV-1/2: POSITIVE
HIV-1, Western Blot: POSITIVE

HIV Przeciwciała: POSITIVE
HIV Przeciwciała

(ELISA): 1. test:	POSITIVE
2. test (pierwsza duplikacja):	POSITIVE
2. test (druga duplikacja):	POSITIVE

HIV Potwierdzenie testu Western Blot: POSITIVE

Dane zebrane: 08-01-2004, 05:30, Wiek 27, Płeć: Kobieta

Agnieszko, mam AIDS...

Enrique zakłada lateksowe rękawiczki i myje płynem do naczyń wszystkie (czyste) naczynia, które wyciąga z kuchennej szafy. Bierze prysznic w łazience przy pokoju dla gości. Kazał zamontować patentowy zamek, aby mieć pewność, że nie będę tam wchodzić podczas jego nieobecności. Gdy pracuje w Bostonie, przyjeżdża do domu tylko po to, aby tutaj spać. Jeśli akurat nie śpi lub nie bierze prysznica, starannie unika kontaktu ze mną. Gdy jednak spotkamy się na przykład w kuchni, to robi wszystko, aby mi pokazać, jak mnie nienawidzi. Nie rozmawiamy. Nie udaje mi się przebić przez pancerz jego milczenia. Gdy zaczynam wariować ze strachu i samotności, dzwonię do niego, piszę nawet do niego e-maile. Chcę mu tylko powiedzieć, jak bardzo jest mi przykro, jak bardzo cierpię i jak bardzo chciałabym umrzeć.

Jeśli sama niczego sobie nie zrobię, to nie umrę jednak zbyt szybko. Miriam, pielęgniarka z kasy chorych Boston Charity Care, która „prowadzi moją sprawę", powiedziała mi, że jestem zdrowa (!), silna i że z wirusem można żyć długie lata. Nie wiem jeszcze wszystkiego o AIDS i HIV. Gdy „wrzucisz" te dwa słowa na Google, to wyszukiwarka wyrzuci Ci ponad milion adresów stron internetowych. Przejrzałam tylko niewielką ich część. Dopiero około kilkudziesięciu tysięcy. Gdy nie czytam o wirusie i nie jestem w klinice u Miriam, to płaczę lub śpię. W klinice jestem często. Praktycznie codziennie. Mam wprawdzie spotkania z Miriam raz w tygodniu, ale jeżdżę do kliniki co dzień. Także w niedziele. Miriam to jedyna osoba w pobliżu mnie – oprócz Enrique – która zna wyniki testu, i jedyna, która podaje mi rękę i nie obawia się przytulić mnie. Jadę do kliniki, wypijam kawę w kafeterii i czekam na korytarzu, aż Miriam wyjdzie z gabinetu. Podchodzi do mnie, dotyka mnie i czasami na kilka minut zaprasza do swojego gabinetu. Ma tam mnóstwo kwiatów, fotografie swojej rodziny powieszone na ścianie i karton chusteczek higienicznych na biurku.

Robią mi mnóstwo testów: AST, FTA, CGTP, CD4... Chcą wybrać najlepszą dla mnie metodę leczenia. Ustalić, przy danym poziomie wirusa, najbardziej odpowiednie składniki w koktajlach, które mam łykać, zrobić grafik, ograniczyć skutki uboczne leków. Miriam opowiada o tym jak o leczeniu kataru. Nawet ją rozumiem. Wszyscy, którymi się opiekuje, mają HIV. Gdyby miała płakać z każdym z osobna, wracałaby z pracy do domu odwodniona.

Tylko dwa razy zapytała mnie, czy wiem, „jak mogłam się zarazić". Nie wiem, nie miałam w życiu żadnej transfuzji, nie wstrzykiwałam sobie do żył nic i nigdy, nie byłam nigdy operowana, nie spędziłam ani jednego dnia, poza trzema dniami po moim urodzeniu, w szpitalu i oprócz Enrique miałam w swoim życiu tylko trzech „partnerów seksualnych". Opowiedziałam jej dokładnie o nich wszystkich. Nie pominęłam nawet Maćka. Pamiętasz Maćka?! Kochałam się w nim od trzeciej klasy ogólniaka. On był „pierwszy". Pozwoliłam mu dwa razy wepchnąć ręce pod mój sweter i zdjąć sobie stanik.

Miriam powiedziała, że on zupełnie się nie liczy, a także to, że ci dwaj pozostali w żadnym wypadku nie „załapują się" do grupy ryzyka. Byli stricte heteroseksualni, nie uprawiałam z nimi seksu analnego, obydwaj nie byli narkomanami i obydwaj nie mają żadnej „historii, jeśli chodzi o HIV". Drugi raz zadała mi to pytanie dzisiaj w trakcie oficjalnego spotkania z lekarzem prowadzącym i zapytała, czy się zgodzę, aby nagrywano moją odpowiedź na dyktafon. Poprosiła mnie, abym nie wymieniała – na razie – żadnych imion i nazwisk.

Po nagraniu lekarz zapytał mnie, czy mój mąż poddał się testowi. Nie poddał. Przynajmniej ja nic o tym nie wiem. Po spotkaniu Miriam przygotowała list do niego i powiedziała, że wyśle go z jutrzejszą pocztą.

Boję się...

Enrique odmówił poddania się testowi. Kopię listu z jego odmową znalazłam dzisiaj na podłodze w sypialni. Wsunął kopertę przez szczelinę pod drzwiami i wyjechał na dwa tygodnie do Europy. Zaczynam odczuwać ulgę, gdy on wyjeżdża...

Po południu pojechałam do Miriam. Na dzisiaj miały być gotowe wyniki trzeciej kolejki testów i dzisiaj także miałam dostać swój plan leczenia. Miriam czekała na mnie na parkingu przed szpitalem. Ostrzegła mnie, że w pokoju jest dwóch lekarzy i że mam się nie denerwować. Gdy weszłam do gabinetu, przestali rozmawiać i zapytali mnie, czy zgadzam się na poniesienie kosztów ponownego oficjalnego testu na HIV, ponieważ „pojawiły się ostatnio pewne nieregularności i należy je wyjaśnić w związku z przygotowywanym, bardzo kosztownym dla pani, planem terapii". To było tak bezsensowne pytanie, że Miriam nawet nie czekała na moją odpowiedź. Zanim powiedziałam cokolwiek, podniosła słuchawkę telefonu i poinformowała laboratorium, że za chwilę będzie z pacjentką „na powtórzeniu". Zaraz potem jeden z lekarzy podsunął mi jakiś dokument do podpisania.

Gdy robią mi testy, zawsze przypatruję się z przerażeniem krwi wciąganej z moich żył do strzykawki. Nienawidzę jej...

4.49 rano...

Miriam dobijała się do drzwi przez ponad godzinę. Nakleiła plaster na dzwonek, tak żeby nie przestawał dzwonić, a sama podeszła do okna i jak oszalała tłukła obcasem w szybę. Widziała mnie leżącą w ubraniu na dywanie w sypialni. Nie budziłam się. Paraliżuję się przed snem whisky i pigułkami i gdy docieram do łóżka, to zasypiam tam. Gdy nie docieram, to śpię na dywanie. Najlepszy anestezjolog nie uśpiłby mnie lepiej.

Gdy przez prawie godzinę nie reagowałam, Miriam wpadła w panikę i zadzwoniła po policję. Wyłamali drzwi. Kilka minut później przyjechała karetka sprowadzona przez Miriam z kliniki. Nie pozwoliła policjantce mnie dotknąć. W lodówce znalazła butelkę schłodzonej wody mineralnej i wylała całą jej zawartość na moją głowę. Gdy w końcu otworzyłam oczy, usiadła obok mnie na dywanie, podniosła moją głowę, przytuliła do siebie i zaczęła płakać. Policja musi widocznie wiedzieć, czym zawodowo zajmuje się Miriam. Upewnili się tylko, że to był fałszywy alarm, zrezygnowali ze spisania wymaganego dla takich przywołań protokołu i po kilku minutach odjechali. Lekarz z karetki sprawdził rutynowo mój puls i ciśnienie, zostawił jakiś syrop zawierający stężoną kofeinę i bardziej martwił się wyłamanymi drzwiami niż mną.

Gdy zostałyśmy same, Miriam osuszyła mi ręcznikiem włosy, posadziła mnie pionowo na łóżku, oparła moją głowę o ścianę, upewniła się kilka razy, że reaguję i rozumiem, co się do mnie mówi, i... znowu się rozpłakała. Po chwili uspokoiła się, usiadła na krawędzi łóżka, wyciągnęła pomiętą kartkę papieru z torebki i zaczęła głośno czytać:

NEGATIVE: for HIV, 1/HIV 2 przeciwciała.
Przeciwciała protein HIV (testy Western Blot i EIA):
NEGATIVE
....

Widząc, że nie reaguję, podeszła do mnie, objęła moją głowę i zaczęła nią potrząsać. Wepchnęła kartkę w moje ręce i krzyczała jak opętana:
– *You are fucking negative baby! Negative!* N-E-G-A-T-I-V-E. Przeliteruj teraz za mną! EN-GIE-...

Wyjechała ode mnie przed godziną. Taksówką. Zostawiła samochód. Była zbyt pijana, by prowadzić. Piłyśmy whisky z butelek. Każda ze swojej. Nie jestem pijana, Agnieszko. A jeżeli już, to z pewnością nie od alkoholu.

Miriam spędza czas prawie wyłącznie z „pozytywami" lub rodzinami „pozytywów". Pracuje w klinice od czternastu lat. Jeszcze NIGDY (*fucking NEVER*) nie zdarzyło się jej w ciągu tych czternastu lat, aby negatywny test był fałszywy. Zdarzały się natomiast fałszywe pozytywne testy. Dzisiaj po południu Miriam przyjedzie do mnie i zabierze do jej przyjaciółki pracującej w innej klinice. W Bostonie. Aby się upewnić. Miriam chce być *fucking SURE*.

Dopiero po tym teście zadzwonię do Enrique.

Minęła Wielkanoc. W nocy z soboty na niedzielę zmartwychwstałam...

Ale zniknęłam z grobu dopiero dzisiaj około południa. Boston potwierdził wynik testu.

N-E-G-A-T-I-V-E

Czułam, jak unoszę się do nieba.

Enrique nie odbiera telefonów ode mnie. Wsunęłam do jego łazienki kopertę z wynikami testu. Drugą położyłam na jego biurku, trzecią przycisnęłam talerzami w kuchennej szafie, czwartą wrzuciłam mu do samochodu w garażu, piątą położyłam na poduszce w pokoju, w którym sypia, szóstą zamknęłam w sejfie w sypialni, siódmą przypięłam pinezką do korkowej tablicy w jego gabinecie. Siedem. Tyle, ile dni w tygodniu. Ciągle pamiętam moje tygodnie. Wielkie Tygodnie...

Nie nalegam, żeby mnie kochał. Chcę tylko, aby nie zakładał już więcej lateksowych rękawiczek w kuchni i aby przestał mnie nienawidzić.

Wczoraj zrobiłam peeling kolan. Ze skórą zdarłam wszystkie odłamki, które tam utkwiły. Zaraz potem zadzwoniłam do biura podróży w Bostonie i zarezerwowałam lot do Polski. W jedną stronę. Miriam obiecała, że pomoże mi się pakować. Przylatuję do Krakowa 18 września.

W Wielką Sobotę.

Trio
na telefon komórkowy
Maria Nurowska

Maria Nurowska

powieściopisarka i nowelistka, której książki cieszą się popularnością zarówno w Polsce, jak i na świecie. Napisała ponad 20 powieści, m.in. *Moje życie z Marlonem Brando, Po tamtej stronie śmierć, Kontredans, Postscriptum, Hiszpańskie oczy, Listy miłości, Rosyjski kochanek, Miłośnica,* oraz 5-tomową sagę *Panny i wdowy.* Jest również autorką książek dla dzieci oraz słuchowisk i sztuk teatralnych (m.in. *Małżeństwo Marii Kowalskiej* i *Przerwa w podróży*). Jej książki przetłumaczono na kilkanaście języków, w tym na chiński i koreański.

To ja, Joanna. Nie odzywałam się, bo miałam trochę ganiania, ten wyjazd do Ameryki wszystko skomplikował, wiesz przecież, jaka jestem niezorganizowana. Wróciłam dwa tygodnie temu i nie umiem się pozbierać. A w dodatku wydarzyło się coś... śmiesznego czy raczej zdumiewającego. Wracałam z Nowego Jorku Deltą, leciałam nią zresztą i w tamtą stronę, bo, jak pamiętasz, przed samym wyjazdem rąbnęli mi torebkę z całą forsą i przepadła moja rezerwacja w Locie. Więc wracałam tą Deltą w biznesklasie, a może w *business class*? Może to się nie odmienia? W każdym razie w tym samolocie, w biznesklasie są łączone fotele i na tym drugim fotelu obok mnie usiadł Amerykanin. Taki *yuppie*, czyli ktoś kompletnie, jeżeli chodzi o mnie, nieinteresujący. W dodatku miałam migrenę, bo wiesz, w Nowym Jorku są te różnice ciśnień. Czułam, że mi się Ameryka nie spodoba, no i nie spodobała mi się. A Nowy Jork... co za potworny moloch! Pamiętam stamtąd tylko koszmarny ból głowy i ryk karetek, na przemian policyjnych i pogotowia. Może i byłam tam za krótko, ale nikt mnie nie zmusi, abym miała tam kiedykolwiek pozostać dłużej. Zresztą, nie będzie ku temu powodu. Moja powieść chyba nie podbije Ameryki. Komu by się chciało spośród tysięcy tomów w księgarniach wyłuskiwać książkę nieznanej autorki. Musiałby się chyba zdarzyć cud... Z Amerykaninem właściwie nic. Prawie z nim nie rozmawiałam, nawet nie widziałam go zbyt dobrze, bo ból wysadzał mi oko. No, drugie było zdrowe, ale bardzo niełaskawe mojemu towarzyszowi. Ciągle zamawiał whisky i chciał mnie częstować. Pewnie, że to nie przestępstwo, ale wtedy już sama propozycja wzięcia alkoholu do ust wywoływała we mnie mdłości. Cierpiałeś kiedyś na migrenę? To się nie wypowiadaj. Doszło do tego, że miałam trudności z dotarciem do toalety. I on mi pomagał, bo stewardesa spała. Mało romantyczna sytuacja, przyznasz. Chciałam o całej tej podróży jak najszybciej zapomnieć, więc niemal następnego dnia po powrocie wsiadłam w samochód i ruszyłam do swoich Błot. Jak wiesz, nad morzem, nie nad oceanem, u nas wszystko jest na ludzką miarę, a tam wszystko jest makro. Więc siedzę sobie przy kominku, patrzę w ogień, popijam herbatę, a tu dzwoni telefon. Nie, nie założyłam sobie telefonu, nie zapominaj, że to mała rybacka wioska i nikt tam nie będzie ciągnął linii telefonicznej, miałam ze sobą komórkę. Wożę ją, bo muszę mieć kontakt z wydawcami. Muszę zarabiać na chleb, nikt mi go za darmo nie da. Może i zarabiam na chleb z masłem, ale jakim kosztem? To tylko ty bierzesz swoje mowy obrończe z rękawa, panie mecenasie, ja za każdym razem przeżywam katusze. Nie, wcale tego nie lubię. Już od dawna nie tylko że tego nie lubię, ale nienawidzę. Siebie przede wszystkim, w roli pisarki. Nie wiem, kim chciałabym być, za późno na takie pytania. Najgorsze, że nie bardzo wiem, kim właściwe jestem. Zagubiłam się gdzieś pośród moich bohaterów, nie wiem, ile jest z nich we mnie i w czyim imieniu przemawiam. Czasem mi się wydaje, że tracę kontrolę nad swoim życiem. Ciągle kłócę się z Panem Bogiem, nie do końca przekonana, czy On w ogóle istnieje. Na pewno jestem zmęczona. Wyjazd do Ameryki jakoś mnie rozregulował, nie umiem się pozbierać. I nagle w tym wszystkim ten Amerykanin. Siedzę przy kominku, jest po dziesiątej wieczorem, dzwoni komórka. Mówi John... No pewnie, że po angielsku, on przecież nie zna polskiego. Jaki John? Myślę gorączkowo. John ze wspólnej podróży Deltą. Skąd pan wziął mój telefon? Śmieje się, że w Ameryce chcieć, to znaczy móc. Kupił moją książkę i dotarł do amerykańskiego wydawcy. Tylko po co? Nie, nie spytałam go o to. On spytał, czy mnie już głowa nie boli. Jakaś absurdalna rozmowa. Pewnie się pani zastanawia, dlaczego dzwonię. Dzwonię, bo jest to czymś naturalnym. Nie powiedziałabym. W sytuacji, kiedy się nie znamy. Jak to się nie znamy? Ja panią znam. Przeczytałem pani książkę. Przynajmniej trafił mi się jeden amerykański czytelnik. Będzie ich więcej, powieść jest naprawdę dobra. I stąd ten telefon? Owszem, ale wolę myśleć o pani jako o kobiecie, a nie o autorce. Autorek jest wiele, a pani jest jedna jedyna, Joanno. Myślę o pani po imieniu. To piękne imię, takie kobiece, pasujące do pani... Wiesz, w tym momencie pomyślałam, że ktoś tutaj zwariował, może nawet ja. Skąd mam wiedzieć, ile ma lat. Jest dużo młodszy ode mnie, równie dobrze może mieć trzydzieści, czterdzieści wiosen. Ci Amerykanie są bez wieku, wieczni chłopcy. Właśnie o to chodzi, że nie wiadomo, czego chciał – nie wyjawił mi tego. Przezornie nie zadawałam mu żadnych pytań, pozostając przy swoim niechętnym zdziwieniu, że w ogóle dzwoni. Chyba dobrze wygląda, jest wysoki. Ale nie zapamiętałam jego twarzy, tak jak nie zapamiętałam twarzy chłopaka, który wtedy na Puławskiej wyrwał mi torebkę. Jest różnica, oczywiście, ale na korzyść tego złodziejaszka, bo jednak odegrał pewną rolę w moim życiu. Po raz pierwszy zostałam obrabowana, i to w sposób tak brutalny. Więc to chyba nie był złodziejaszek, ale młodociany bandyta. Pchnął mnie mocno w plecy, zerwał mi z ramienia torbę, uciekając, obejrzał się. Na moment spotkały się nasze oczy, a mimo to nie potrafiłabym go rozpoznać w policyjnej kartotece. Nie poznałabym go, nawet gdybyśmy się przypadkowo spotkali. Nie mam pamięci do twarzy, nigdy nie wiem, kto obsługiwał mnie w restauracji, może tylko to, czy była to kobieta, czy mężczyzna, ale jeżeli chodzi o wygląd... A tu nagle ktoś przygodny, w podróży. Zgoda, lecieliśmy razem wiele godzin, ale była noc i nie czułam się dobrze. Jedno mi utkwiło w pamięci, taki jego gest. Wiesz, co tu dużo mówić, mając migrenę, miewa się mdłości i torsje. Mnie się przytrafiło to drugie i na dodatek w sposób, powiedzmy, gwałtowny. On mnie holował do tej piekielnej toalety, a potem czekał w przejściu. I kiedy wreszcie wyszłam, zrobił coś takiego... otarł mi dłonią usta jak małemu dziecku. Bardzo mnie to wszystko krępowało, a ten jego gest jakoś rozładował sytuację. Ale potem wolałam o tym nie pamiętać, jak o całej historii. Więc ten telefon... Na niczym nie stanęło. Spytał, czy może jeszcze zadzwonić, ja coś tam mruknęłam. Zadzwonił następnego dnia o tej samej porze. I... dzwoni codziennie. Ja nic na to, ja się dziwię.

Tak, to ja, jak wczoraj, przedwczoraj. Dobrze się pan dodzwonił. Jestem w drodze do swojego domu nad morzem. Bałtyckim oczywiście. Innego u nas nie ma, ale to które jest, jest piękne. Dzikie plaże, wydmy chwilami przypominające piramidy z piasku. Poza sezonem pustki, znikają dwunożne istoty, które mają to do siebie, że porzucają wszystko, z czym przyszły, czyli plastikowe butelki, puszki po piwie i inne dziwne przedmioty, jak stare buty, dziurawe garnki. Ja to wszystko zbieram, a jak już pozbieram, czuję się u siebie. Jestem tylko ja, morze, niebo i piasek. Skądże, to nie żaden kurort, ale mała rybacka wioska. Kilka chałup, mieszkają w nich miejscowi, Kaszubi, z którymi znajduję wspólny język, w przeciwieństwie do tych z miasta. Już panu powiedziałam, że nie lubię ludzi, ale z niektórymi potrafię się porozumieć, na przykład z panem Bogdanem, który wierci studnie. Wioska nosi nazwę Karwieńskie Błota i jest położona kilometr od morza. Idzie się łąkami, a potem jest pas lasu, przepięknych dębów, i już wydmy, a za nimi wielka woda. Karwieńskie? Bo blisko miejscowości o nazwie Karwia. A Błota? To dłuższa historia. W tym miejscu były kiedyś same bagna, ale pod koniec szesnastego wieku osiedlili się tu Holendrzy i torfowiska osuszyli, zmeliorowali. *Wichrowe wzgórza*? Raczej nie, bo tutaj jest płasko, ale sceneria równie tajemnicza. To znaczy mogłaby być, gdyby na tych łąkach pod lasem nie powstała na dziko kolonia domków letniskowych. Zrobił się więc pejzaż jak z Salvadora Dalego. Tutaj niebieski daszek, tam zdezelowany autobus bez kół służący za mieszkanie, a obok pasąca się krowa. Konserwator zabytków rwie włosy z głowy, ale co on biedny może. Jak mówi porzekadło: „siła złego na jednego". Teren ten jest pod ochroną właśnie z racji Holendrów, którzy kilkaset lat temu wykopali tutaj rowy, zbudowali śluzy, dziś już zabytkowe. Z lotu ptaka pięknie to wygląda, i z ziemi też. Swój domek musiałam zaprojektować w stylu staroholenderskim, na inny nie dostałabym zezwolenia. No... taki z pruskim murem, z małymi okienkami. Dobrze się w nim czuję, dobrze się czuję nad morzem. Kiedy idę plażą, jestem... wolna... Nie wiem... Tak mi się wydaje, że moim życiem rządzi przymus. Chociażby to, że w mieście nie mogę chodzić boso, ale to rozmowa nie na telefon komórkowy. Chyba nie jest wskazane długie używanie komórki. Podobno traci się pamięć. Ja już to odczułam na własnej skórze, ciągle o czymś zapominam. Właśnie zapomniałam zabrać ładowarkę i mój telefon wkrótce zamilknie. Tydzień. Zaplanowałam ten wyjazd na tydzień, jeśli nic się nie wydarzy i nie wezwą mnie do powrotu. Ale chyba nie, bo niebawem zostanę odcięta od świata... Dwa miesiące temu nie wiedział pan o moim istnieniu, więc te parę dni bez mojego głosu to żadna katastrofa. Powinnam być w Warszawie w przyszłą niedzielę, bo w poniedziałki mam zajęcia ze studentami. Prowadzę warsztaty ze scenopisarstwa w Wyższej Szkole Dziennikarskiej, raz w tygodniu. Dziennikarstwo tyle ma wspólnego z pisaniem scenariuszy, że dziennikarz może być także scenarzystą. A uczelnia jest prywatna i eksperymentuje. Utworzony został wydział filmowy. Teraz już pan wszystko o mnie wie. O mnie w roli wykładowczyni, oczywiście. Trochę mnie ta rola śmieszy, ale to coś nowego. Nigdy nie pracowałam na etacie, a to jest etat. Przymus oczywiście. Ale nowy, inny. Rozmawiam ze studentami o kinie, które lubię i które jest dla mnie ważne, razem oglądamy filmy. Ostatnio wybrałam dwa, z dwóch różnych światów. *Forresta Gumpa* i *Annę* Michałkowa. To film niemal prywatny, przez trzynaście lat Michałkow filmował swoją córkę, co jakiś czas zadając jej te same pytania. Co lubisz, czego się boisz, o czym marzysz... Jej odpowiedzi się zmieniają, tak jak zmienia się świat wokół niej. Na naszych oczach rozpada się sowieckie imperium, jeden po drugim mrą starcy na Kremlu, co chwila w całym Związku Radzieckim rozbrzmiewa marsz żałobny, a córka Michałkowa, zapytana, czego pragnie najbardziej, odpowiada: „Aby nasz przywódca, towarzysz Czernienko, zadbał o nas". Ale towarzysz Czernienko też zaraz zemrze i pojawi się Gorbaczow, a wraz z nim pierestrojka. Słowem, historia jednej dziewczynki i Rosji, pokazywanej w obrazach. Autentyczne postaci, jak w *Forreście Gumpie*, gdzie świat też się zmienia. Jest inny, ale i podobny. Tam Wietnam, tutaj Afganistan. Tak, lubię swoich studentów. Chociaż początki były trudne, bo oni czegoś ode mnie wymagali, a ja noszę swój domek przy sobie, jak ślimak, i chowam się do niego, jeśli tylko coś jest nie po mojej myśli, a tutaj nie mogę się schować, bo się do czegoś zobowiązałam. O tak, najbardziej na świecie boję się zobowiązań. Żadnemu mężczyźnie nie powiedziałam nigdy sakramentalnego „tak", chociaż nie zawsze mówiłam „nie". Nie mam nawet psa. Bardzo bym chciała mieć, ale wiem, że się na to nie zdobędę. Bo to przecież podjęcie zobowiązań na wiele lat, do końca psiego życia. Albo mojego, oczywiście. Czasem mi się wydaje, że jestem najbardziej śmiertelna spośród wszystkich ludzi. Już jutro może przyjść jakaś wiedźma i podsunąć mi wrzeciono, którym ukłuję się w palec, jeśli założymy, że jestem królewną, w domyśle – śpiącą. Chyba jakieś bzdury wygaduję. Chyba coś plotę.

Jestem w połowie drogi, mam jeszcze jakieś dwieście kilometrów do przejechania. Miejscowość, którą mijam, nazywa się Ostróda. Ou... es... ti... ar... ou, potem di i ei. Nie Ostrjóda, tylko Ostróda, bardziej twardo.

285

Ale to przecież bez znaczenia. No tak, tylko że ja nie jestem związana z tym miastem, po prostu je teraz minęłam. Mijam je za każdym razem, oczywiście, ale mijam też Elbląg, Mławę i Przasnysz. Nie wybieram specjalnie takich nazw, to są nazwy w moim języku, tak jak w pana języku Boston czy Chicago. Jest różnica, nie przeczę, nie tylko w nazwach. Pańskie miasta są większe, jak wszystko w Ameryce. Mam odpowiedzieć szczerze? Czułam się tam obco. To nie jest mój świat i nigdy nim nie będzie. Nie jestem też go ciekawa. Bardziej porusza mnie bocian kroczący po karwieńskich błotach niż drapacze chmur w Nowym Jorku. Inna uroda, na pewno, ale ja nie chcę świata podziwiać. Zapewniam pana, moja obecność w samolocie linii lotniczych Delta była przypadkowa czy raczej omyłkowa, wyprawę tę traktuję jako wybitnie nieudaną. Była pierwsza i kto wie, czy nie ostatnia. No tak, pan też był pierwszy raz w Polsce. I jakie wrażenia? Pewnie podobne, wszystko za małe i zbyt szare. Jak to, ze mną? Przecież rozstaliśmy się na lotnisku. Nie, nie, tylko nie to. Stwierdzenie, że „patrzył pan na Warszawę moimi oczami", jest jak wyjęte z powieści Danielle Steel. Wiem, że to pisarka sukcesu i wcale nią nie pogardzam, tym bardziej że niektórzy krytycy wrzucają nas do jednego worka. Ale gdzie mnie do niej, kobiety luksusowej. I do jej bohaterek. Moje bohaterki nie radzą sobie z życiem, bo ofiarowuje im zbyt mało, bohaterki Steel cierpią raczej z powodu nadmiaru. No, mam volvo, ale sama prowadzę, bo nie stać mnie na kierowcę. A poza tym kupiłam je za własne pieniądze, za honoraria z Niemiec, gdzie moje książki dobrze się sprzedają. Nie znam tak dobrze angielskiego, aby zrozumieć ten idiom. To miało być po polsku? Może pan powtórzyć? Już wiem – Zosia samosia – tak się u nas mówi, tylko że pan to tak przekręcił.

I skąd pan to wytrzasnął? Skąd zna pan to powiedzenie? Może i pasuje do mnie, ale skąd się pan dowiedział? Dobosz? Oczywiście, że mi coś mówi to nazwisko. A nawet mówi mi bardzo dużo, to była barwna postać w literackim światku. Ale on od dawna mieszka w Paryżu. Nie widziałam go chyba ze dwadzieścia lat. To do niego podobne, on mógł mnie tak nazwać, chyba mnie tak nawet nazywał. Więc mamy wspólnych znajomych, zabawne, jaki ten świat mały. A kiedy był pan w Paryżu? Nie, nie wiedziałam, przecież niewiele wiem o panu. Pańska matka jest Francuzką? A ojciec? Więc co pan robi w Nowym Jorku? Mieszka pan od szóstego roku życia? To jest pan prawdziwym Amerykaninem, bo chyba rodowitych Amerykanów nie ma. Tę przynależność liczy się stażem. Więc jaki jest ten staż? Chcę wiedzieć, z kim rozmawiam przez komórkę od kilku tygodni. Z młodocianym amerykańskim biznesmenem czy z trochę starszym...

Nie jestem uparta, a może jestem, ale nie w tej sprawie, to niedobre określenie. Ja po prostu nie umiem się w tym znaleźć, nie bardzo rozumiem, czego on ode mnie oczekuje. Dzwoni codziennie i już się do tego przyzwyczaiłam. Ale spotkać się? Po co? To może tylko wszystko zepsuć. On, to dla mnie głos. Rozmawiam z czyimś głosem. Już ci wcześniej powiedziałam, że nawet nie bardzo pamiętam, jak wygląda, jaką ma twarz. Jest dobrze tak, jak jest. Jego głos mi towarzyszy, wiem, że usłyszę go jutro, pojutrze, ale gdyby nagle zamilkł, nie byłby to dla mnie problem. Nie wycofuję się do swojej budki, nie mam, z czego się wycofywać, te rozmowy są niezobowiązujące, on coś plecie, ja coś plotę i na tym się kończy, odkładamy słuchawki i powracamy do swojego życia. Drogi Marku, z tobą też głównie rozmawiam przez telefon. Z prawnego doradcy stałeś się niepostrzeżenie moim doradcą życiowym, ale oboje jesteśmy stąd, łączy nas wiele nitek. Ty budowałeś dom, ja budowałam dom. Ty nie możesz żyć bez Bacha i ja też. Urodził ci się synek, miałeś problemy z żoną, ja miałam problemy z samą sobą. Nasze rozmowy opierają się na konkretach, a tamto... Tamto to jest żart. To pierwsze, co mi przyszło do głowy, bo pomyśl: ja i młody Amerykanin! No, trzydzieści siedem lat to nie jest aż tak dużo, ja mam znacznie więcej. Wiem, że nie wyglądam, ale stale prowadzę ten rachunek zim i wiosen i raczej ich nie ubywa. A poza tym moja życiowa konstrukcja jest tak chwiejna, że może ją przewrócić byle podmuch. Więc po co mi to? Po co? Absolutnie nie biorę tego pod uwagę, to byłoby śmieszne z każdego punktu widzenia, śmieszne i nierealne. Jesteśmy ludźmi z dwóch światów i dzieli nas nie tylko pokolenie, ale cała epoka. Więc po co mam jechać do tego Zurychu. Bo on tam przyjeżdża? Miejsce neutralne? A czy my mamy prowadzić jakieś negocjacje? I cóż takiego powiedział? On ciągle coś mówi, ostatnio stwierdził, że kiedy usiadł obok mnie w samolocie, poczuł, że jego życie się zmienia. Może to i ładne, ale nie znaczy nic, absolutnie nic. To tylko słowa, a ja niedługo będę stara i przestanę rozumieć, co naprawdę znaczą. Nie, nie miałam na myśli alzheimera, wypluj ten głupi żart. Myślałam o tym, że dość się już w życiu naszarpałam i teraz chcę mieć spokój. A wyjazd do Zurychu oznacza kłopoty, czuję to. Więc się tam nie wybieram.

*

I po co mnie tam wysłałeś? Przecież ja wiedziałam, że to się nie może udać. Jak to, co się stało! To się stało, że te trzy dni w Zurychu to trzy najgorsze dni w moim życiu. Było potwornie zimno, niebo w czarnych chmurach, zacinał deszcz, siedzieliśmy w hotelu i byliśmy na siebie skazani. Rozumiesz, co to znaczy, dwoje obcych ludzi uwięzionych w hotelowym pokoju? Nie ja to tak odebrałam, oboje tak to odebraliśmy. Kiedy odchodziłam na lotnisku, on miał oczy pełne łez. Rozczarował się. Bo wiem, bo to czuję. Co mam ci opowiedzieć? Od jakiego początku? Nie było żadnego początku, nic się nie zaczęło, więc i nic nie mogło się skończyć. Pozostało nieporozumienie! Tylko tyle. No więc dobrze. Przyleciałam w piątek po południu, on oczywiście czekał na mnie. Wtedy, za pierwszym razem, wydał mi się wyższy, ale może to migrena tak wszystko wyolbrzymia i wyostrza. Nie, no nie jest niższy ode mnie, jest wyższy o pół głowy i ma miłą twarz. Rozjaśnia ją uśmiech. Ale ten uśmiech na mój gust jest zbyt amerykański, tak, na przykład, się uśmiechał Kennedy. John był w płaszczu, co mnie dobrze nastroiło, bo bałam się, że nosi sportową kurtkę. No nie wiem, coś sobie ubzdurałam, że jak będzie miał na sobie kurtkę, to nam się nic nie uda. Był w płaszczu, ale i tak nam się nie udało. Przecież opowiadam po kolei. Podszedł, odebrał mi torbę i ujął mnie pod łokieć. Scena jak z filmu. Jaką miałaś podróż? A ty jaką? Taka mniej więcej rozmowa. Oboje byliśmy zdenerwowani. Jego napięcie mnie się udzieliło. I już żałowałam swojej decyzji, byłam na ciebie wściekła, że zamiast mi wyperswadować ten wyjazd, jeszcze mnie namawiałeś. To taki z niego przyjaciel, myślałam. Przyjechaliśmy do hotelu. Dwa pokoje oczywiście! Poszłam do siebie, a potem spotkaliśmy się na kolacji. I znowu taka rozmowa o niczym. Ale w pewnej chwili on podniósł kieliszek, trochę wypiliśmy i to nas rozluźniło. Powiedział: Wiesz, Joanno, tyle razy starałem się przypomnieć sobie twoją twarz i tak mi się rozmywała. Roześmiałam się i odrzekłam: I nawzajem. On pokręcił głową: Ale wiedziałem, że to jest twarz najbliższej mi osoby. Co, widzisz! Nic nie widzę, to tylko ty zobaczyłeś coś, czego tak naprawdę nie było! Nie podnoszę głosu, czuję się rozżalona, że nie mam właściwie nikogo, kto by mi doradził, jak unikać kłopotów. Zależy, co kto lubi, ja wiem, że żyję, kiedy mi nic nie dolega na ciele i duszy, ale to, jak dotąd, raczej rzadko się zdarza. Dobrze, już opowiadam dalej, ale im dalej, tym gorzej. Bo... nie wyszedł nam seks. Z winy obojga, tak bym to powiedziała. Było tak, jakby spotkały się w łóżku dwie kostki lodu. John był chyba nieszczęśliwy. Nie wiem, co się stało – powiedział. Ale ja wiedziałam. Zgubiła nas cała ta absurdalna sytuacja. A poza tym, już sama sceneria, bezosobowy pokój, hotelowa pościel, ani grama intymności i my dwoje oczekujący cudu, który się oczywiście nie zdarzył, bo nie mógł się zdarzyć. Skądże, nie kocham go. I on mnie też nie kocha, on sobie mnie jakoś wymyślił. Twarz najbliższej osoby, której nie było się w stanie zapamiętać! Bo tej osoby tak naprawdę nie ma. Z tego, co mi opowiadał, wynikało, że zmęczyły go weekendowe związki, zapragnął zmiany i wbił sobie do głowy, iż ja mu zapełnię uczuciową pustkę. Ale trafił najgorzej, jak mógł. Jak to dlaczego? Dlatego, że mieszkam na drugiej półkuli, że mam tyle lat, ile mam, i że jestem... dziwaczką, łagodnie mówiąc. Po co mu ktoś taki? Ja to dla niego tylko kłopoty, o czym on oczywiście nie wie. Więc nie ma po co w to dalej brnąć. Nasze ciała okazały się mądrzejsze, odmówiły nam zgody na miłość. Słyszę, co mówię,

i wiem, co mówię. Dalej? Dalej było coraz gorzej. Była
ta zimna, deszczowa sobota, nie mogliśmy nawet pójść
na dłuższy spacer. Plątaliśmy się po ulicach pełnych
sklepów jubilerskich i oczywiście banków. W Zurychu
co krok natykasz się na jakiś bank i dobrze wiesz, że
w żadnym z nich nie masz konta, co ci nie poprawia
humoru. W końcu poszliśmy do kina na film z Julią
Roberts, za którą nie przepadam. Uważam, że jest
brzydka, usta ma jak kaczy dziób, a uchodzi za pięk-
ność. Po wyjściu z kina wypiliśmy herbatę w takiej
słynnej herbaciarni, obok siedzieli ludzie, coś do siebie
mówili, śmiali się, a ja czułam się bardzo samotna
i marzyłam tylko o tym, aby znaleźć się z powrotem
w swoim warszawskim mieszkaniu. Ale był jeszcze
wieczór, kolacja, on mnie odprowadził pod drzwi. Czy
chciałabyś, abym wstąpił? – spytał. Pokręciłam głową,
więc pocałował mnie w rękę i poszedł sobie. Co mieliśmy próbować? Nie chodziło o zapasy, ale o coś najbardziej intymnego, co się może między dwojgiem ludzi
wydarzyć. Nie byliśmy gotowi i czuliśmy to oboje. Już
się więcej nie spotkamy. Marek! To koniec. Pożegnaliśmy się na lotnisku w ponure niedzielne popołudnie.
On już nie zadzwoni.

Jaką miałaś podróż, Joanno? Ja leciałem nieco dłużej,
ale też już jestem u siebie. Wyobraź sobie, że pierwsze,
co mnie przywitało w Nowym Jorku, to czyste, błękitne niebo! Gdybyś tu ze mną była... Nie, nie mam dość,
wcale nie mam dość, tak łatwo się mnie nie pozbę-
dziesz. W tym zimnym, deszczowym Zurychu czułem
się szczęśliwy, bo ty byłaś obok. W końcu zrozumiesz,
że powinniśmy być razem. Po prostu ja to zrozumiałem
pierwszy. Ty mi już ofiarowałaś coś, czego do tej pory

nie znałem, za czym nie tęskniłem, bo nie wiedziałem, że istnieje. Poczucie bliskości z drugim człowiekiem. Oczywiście, że mało o tobie wiem, tak jak ty o mnie, ale jakie to ma znaczenie? W dzieciństwie i w młodości się nie znaliśmy, byliśmy kimś innym. Chcę wiedzieć wszystko, co ciebie dotyczy teraz. Co teraz lubisz, czego nie lubisz, o czym myślisz przed zaśnięciem. Czego się boisz, Joanno. Chcę być przy tobie, chcę też, abyś wiedziała, że nie ma rzeczy, której bym dla ciebie nie zrobił. Nie wiem, dlaczego tak jest. Ale tak jest i nie będę tego dochodzić. To chyba jedyny pewnik w moim życiu. Nie powiem, że jest mi łatwo. Przedtem, zanim cię poznałem, wszystko było o wiele prostsze. Ale nie chciałbym do tego wracać. Daj z tym wreszcie spokój, Joanno, dla mnie to bez znaczenia, ile masz naprawdę lat. Wziąłem cię za młodą kobietę i tak o tobie myślę. Nawet jak się to zmieni, to nadal będziesz ty. Zurych nie był żadną naszą klęską, co ty wygadujesz. Że nam nie wyszło w łóżku? Tak się czasami zdarza, kiedy się kogoś pragnie za bardzo. Widzisz, ja przedtem w swoich, jak to nazwałaś, weekendowych związkach byłem egoistą, myślałem tylko o sobie i nagle twoja bliskość... To było takie wzruszenie. Muszę się przyzwyczaić, że naprawdę trzymam cię w ramionach. I zrzućmy to na mnie, nie mam ambicji, by być stuprocentowym samcem. Bo tak jest, Joasiu, postaram ci się to udowodnić! Przez tę komórkę nawet nie wiem, gdzie w tej chwili przebywasz. W Warszawie? W swoim mieszkaniu? Więc czemu nic nie mówisz, zadzwonię na warszawski numer, musimy oszczędzać twoją pamięć. Nie, raczej nie traktuję serio tych proroctw. Musiałabyś używać komórki przez wiele godzin dziennie i też nie wiadomo, jak z tym naprawdę jest... To znowu ja. Dodzwoniłem się za pierwszym razem, o dziwo, widocznie Ktoś na górze zrozumiał, jakie to pilne. Co robiłaś, gdy zadzwoniłem? Pracowałaś nad pomorską sagą? A pierwsze zdanie już napisałaś? Ono podobno jest najważniejsze. Tęsknię za tobą bardzo. Proszę, przyjedź do mnie, przyjedź do Nowego Jorku. Studentów masz w poniedziałki, więc mielibyśmy dla siebie tydzień, możesz wylecieć we wtorek i wrócić w niedzielę. Zamiast jechać do tych jakichś tam Błot, wsiądź w samolot do Nowego Jorku, będę na ciebie czekał na lotnisku.

Wyobraź sobie, że zadzwonił. Chce, żebym do niego przyjechała. Skądże, wcale się tam nie wybieram ani teraz, ani za jakiś czas. Przecież ci opowiadałam o swoich wrażeniach z Nowego Jorku. Ale ja nie wiem, czy chcę się z nim zobaczyć. Wszystko to, co on mówi, jest przeznaczone jakby dla kogoś innego, dla jakiejś innej kobiety, z którą ja nie mam nic wspólnego. Słowa miłości, jakie słyszę, trafiają w próżnię. Może ja już nie rozumiem uczuć, od tak dawna nikogo nie kocham. Nawet seks jest czymś... zapomnianym, a jak się już raz zdecydowałam, to wyszła z tego klapa. Poeta napisał: „Za wcześnie, kwiatku, za wcześnie", a ja powinnam napisać: „Za późno, kwiatku, za późno". Nie, nawet nie myślę o swoim wieku, ale o tym, kim teraz jestem, jak się oddaliłam od takich pojęć, jak bycie z drugim człowiekiem. A już dzielenie z nim jednego domu... To by się musiało skończyć katastrofą. Bycie na trochę? To mała katastrofa, której zapowiedź miałam w Zurychu. Zastanawiam się, jak do tego doszło, że w ogóle tam pojechałam. Może czułam się trochę zobowiązana wobec Johna. Przez te rozmowy telefoniczne. Po prostu uważałam, że jestem mu to winna, poświęcił mi sporo czasu. Taka już jestem, nikomu nic nie chcę być dłużna. I już nie jestem. Wróciłam do swojego życia i kolejnej próby, by je zmienić, nie podejmę. Nie dlatego wróciłam zgnębiona, że uważałam, iż on już nie zadzwoni, ale dlatego, że nie spodobałam się sobie w roli amantki. Po prostu. W przeciwieństwie do niego. On twierdzi, że w Zurychu czuł się szczęśliwy! Niczego nie przejaskrawiam, było strasznie, zimno i obco. Możliwe, że te jego zapewnienia wynikają ze sposobu bycia, przecież Amerykanie zawsze muszą być happy, nawet wtedy, gdy nie są. Wiesz, dajmy już temu spokój, moja historia prawie miłosna zmierza ku końcowi, jest to bardziej niż pewne.

John? Nie przeszkadzam? Możesz chwilę porozmawiać? To świetnie. Chodzi o ten urodzinowy prezent. Zadzwoniono do mnie i powiedziano, że pod takim to a takim adresem czeka na mnie przesyłka od ciebie. Ale to jest żywa przesyłka! Możesz mi wyjaśnić, co mam z nią dalej robić? Ale... ja nie mogę mieć psa, szczeniaka w dodatku, który wymaga stałej opieki. Ja na to nie mam czasu. Sobie nie gotuję, a co dopiero mówić o psie. Pies to jest rewolucja w domu. Żeby to był chociaż jakiś mały piesek, ale dog, który właściwie już jest duży i będzie jeszcze rósł. Zdajesz sobie sprawę, w jakiej mnie postawiłeś sytuacji? Nie robi się takich rzeczy. To jest zwyczajne świństwo. Poza tym ja się ciągle przemieszczam, jakiegoś yorka wzięłabym do samochodu, ale doga! Mam duży samochód, ale pies też będzie duży. Chciałam mieć psa teoretycznie. Znam siebie i wiem, że byłoby mi bardzo trudno sprostać takiej sytuacji. Z trudem wychowałam córkę, która jest już dorosła i ma swoje życie. Ma też do mnie pretensje, że jej dzieciństwo nie było takie, jak w innych rodzinach.

I chyba ma rację. Nie nadaję się do opieki nad kimkolwiek, wiem to od dawna i dlatego jestem sama. Nie musisz się mną opiekować, sama się sobą zaopiekuję, bylebyś mi tylko tego nie utrudniał. Zrobiłeś coś niewybaczalnego i nawet nie można tego odkręcić, musiałam odebrać szczeniaka i nie śpię już trzecią noc, bo piszczy, chyba tęskni za matką. Co to za dziwny dźwięk w tle, jakby ktoś pocierał o siebie dwa patyki. Co takiego? Jakie iguany? Gdzie ty jesteś? Siedzisz na skarpie przy autostradzie w Meksyku? Co tam robisz? Wszystko jedno, wymagam od ciebie odpowiedzi, co mam począć z tym kłopotliwym prezentem?

Mam psa. Psa! Pięciomiesięcznego doga niemieckiego maści żółtej i to jest powód, dla którego nie odzywałam się prawie miesiąc. Na imię ma Edgar i wywrócił moje życie do góry nogami, o co chyba chodziło jego ofiarodawcy. Dostałam go w prezencie urodzinowym od Johna, od kogóż by innego. Któż inny wpadłby na tak nieobliczalny pomysł. Nie muszę ci mówić, jak to wszystko skomplikowało. Taki szczeniak to jak niemowlę, chociaż nieco wyrośnięte. Kiedy raz władował mi się do łóżka, o mało mnie z niego nie wypchnął. Dog. Bo John przeczytał moją powieść tłumaczoną na francuski, gdzie opisałam swojego psa z dzieciństwa, to był właśnie pies tej rasy i takiej maści, trzeba było go uśpić, bo zachorował na nosówkę. Co prawda udało się go z niej wyciągnąć, ale wynikła z tego padaczka. Bardzo się męczył. Ja to opisałam z komentarzem, że czasami miewam sny, w których Tytan, tak się nazywał, biegnie do mnie przez łąkę. Teraz Edgar biegnie do mnie przez łąkę... To ładnie brzmi, jak się tego słucha, ale w praktyce oznacza niezliczone kłopoty. Przede wszystkim musiałam wziąć gosposię. Wiem, że powinnam zrobić to już dawno, ale to przecież ktoś obcy w domu. Na szczęście oboje są w Karwieńskich Błotach, pędzę tam w każdy wtorek i wracam do Warszawy w niedzielę. Bagatela, co tydzień przemierzam tysiąc kilometrów, a mój amerykański narzeczony nie widzi w tym nic nienormalnego. Nie, nie wybieram się za mąż, to był żart. Ale wiesz, ten jego postępek jakoś mi go uczłowieczył. Początkowo byłam wściekła, gdyby znalazł się wtedy pod ręką, dostałby za swoje. Jechałam ze szczeniakiem na tylnym siedzeniu i powtarzałam w kółko: kretyn, idiota. I nasz Amerykanin jakby nabrał mięsa, przedtem był dla mnie hasłem, pojęciem, a teraz może nawet stał się mężczyzną. To oczywiście niczego nie zmienia, w tym sensie, że nic więcej z tego nie może wyniknąć. Będziemy do siebie telefonowali, może się nawet kiedyś spotkamy i tak się ta historia rozmyje. Nie wybieram się do Nowego Jorku, co to, to nie. Poza tym mam obowiązki, nie mogę zostawić psa. Gosposia? Wybacz, mam o gosposiach wyrobione zdanie. W ciągu miesiąca pojawiła się już trzecia, ale tym razem chyba lepiej trafiłam. Z pierwszą było tak, że zaraz po przyjeździe na miejsce wynikła awantura z sąsiadami. Do tej pory stosunki były bardzo dobre, wymienialiśmy grzeczności, oni pobudowali się pierwsi, dałam im wszystkie potrzebne zgody. Latem przyjechała matka sąsiada i przyszła mi złożyć uszanowanie jako zagorzała wielbicielka moich książek. Słowem Wersal. Aż tu nagle wjeżdżamy z tą gosposią i psem na moją posesję i widzimy, jak sąsiadka łamie drzewko, japońską wiśnię. Przebiegło mi przez myśl, że zwariowała. I chyba byłam bliska prawdy. Bo podbiegła do samochodu i zobaczyłam jej wykrzywioną złością twarz, to była twarz jak z horroru, piana w kącikach ust, szeroko rozwarte oczy. I wykrzykuje do mnie: Ty! Ty nie będziesz tu miała życia, ja się o to postaram, odrąbię ci łeb. I wiesz, Edgar w tym momencie zaczął ostrzegawczo warczeć, bronić mnie. I cóż... zdobył moje serce. W przeciwieństwie do gosposi, którą przeraziła ta scena. Jeszcze bardziej ją przeraziło to, co nastąpiło potem. Sąsiedzi sprowadzili policję. Okazało się, że poszło o płot, można powiedzieć, że o miedzę. Sąsiadka, tym razem słodkim głosikiem, zwróciła się do przedstawiciela władzy: Ta pani (w domyśle ja) uważa, że zjadła wszystkie rozumy i może sobie robić, co jej się podoba. Postawiła płot bez pytania, a jak protestowałam, o mało mnie nie pobiła! I na to gosposia, starsza pani, która była świadkiem jej poprzedniego wybuchu, przeżegnała się tylko i wyszeptała ze zgrozą: Wszelki duch Pana Boga chwali! A wieczorem przyszła do mnie i mówi: Pani Joanno, niech się pani nie gniewa, ale ja tutaj sama za nic nie zostanę. Ja dużo wytrzymam, ale wariatów to się boję. No i następnego ranka wszyscy troje z powrotem wyruszyliśmy do Warszawy. Ci sąsiedzi? To byli mili ludzie, naprawdę. Nie wiem, co się stało. Pochodzą z Gdańska, założyli firmę, która handluje kasami pancernymi, co w obecnych czasach jest chyba bardzo dochodowe. On był przedtem naukowcem, ale za mało zarabiał. Chociaż... coś mnie już wcześniej zastanowiło. Ich synek, mniej więcej pięcioletni, z rudą rozwichrzoną czupryną, piegowaty, ma jakieś sadystyczne skłonności. Została zaproszona na herbatę, siedzimy przy stoliku na werandzie, tatuś bierze synka na kolana, a synek z miejsca wali go pięścią w nos. Ojciec ociera krew i bez emocji upomina dziecko, ale dziecko przykłada mu jeszcze raz. Więc może to taka rodzina Addamsów. Druga gosposia nawet nie dojechała na miejsce, zrezygnowałam z niej jeszcze w Warszawie. Bo wiesz, Edgar ma przycięte uszy. Nie dla urody. Weterynarz radził je przyciąć, bo to się jakoś genetycznie zakodowało i w innym wypadku psy chorują. W starożytnym Rzymie dogi walczyły na arenach z lwami i korygowano im uszy, aby nie przeszkadzały w walce. Na temat hodowli dogów wiem wszystko. Jestem, jak wiadomo, perfekcjonistką, co sobie poczytuję za wadę. John? Dzwonił jak zwykle, późnym wieczorem, ale najpierw muszę ci skończyć o gosposiach. Więc należało pilnować, aby Edgar tych swoich przyciętych uszu nie drapał. I ta nowa znalazła na to sposób – trzeba skaleczyć psa w ogon, wtedy zajmie się ogonem i zapomni o uszach. Dobry pomysł, mówię, myśląc, że żartuje, a ona przynosi nóż kuchenny... Ta trzecia, jak dotąd, sprawuje się dobrze. Zostawiłam ją z Edgarem na tydzień i po powrocie zastałam wszystko w najlepszym porządku. Pies wesoły i zadbany. Bo jest blisko, a John jest daleko. I ma za swoje, chyba zrobił się zazdrosny. Na jego nagabywania o mój przyjazd do Nowego Jorku odpowiadam niezmiennie: nie mogę zostawić psa. To jest taka moja mała zemsta. Chociaż... być może się zobaczymy. Jadę na targi książki do Lipska, a on w związku z tym przełożył swój wyjazd służbowy. Będzie prowadził jakieś rozmowy międzybankowe niemiecko-amerykańskie, nawet kanclerz ma w nich uczestniczyć. I pewnie się nie domyśla, dlaczego rozmowy zostały przełożone o dziesięć dni. Bo ja w tym czasie przybywam do Niemiec!

Wróciłam kilka dni temu. Takie podróże są męczące. Jak wiesz, nie ma bezpośredniego połączenia Warszawa–Lipsk, musiałam lecieć przez Frankfurt. John towarzyszył mi do Frankfurtu, chociaż mógł lecieć prosto do Berlina. Byłam mu wdzięczna, bo się zawsze na tym frankfurckim lotnisku gubię. Jest dobrze. To znaczy nie wiem, jak jest, czy raczej, co będzie. Bo co może być? On uważa, że wszystko, a ja... że mamy bardzo mało czasu dla siebie. Ale już się z tym pogodziłam, już dopuszczam tę myśl, że mogę się z kimś związać. Na trochę. Ty mówiłeś o byciu na próbę, a ja uważam, że na jakiekolwiek próby jest za późno. Niech się odbędzie premiera tej bardzo krótkiej sztuki. No więc Lipsk. Przyleciałam po południu, odsiedziawszy swoje we Frankfurcie, o dwudziestej miałam wieczór w Sali Marmurowej Deutsche Banku, co było wyróżnieniem. Wyniosłe kolumny, wysoki sufit, marmurowe posadzki. Słowem elegancja i chłód. Sporo ludzi, znana niemiecka aktorka czyta fragment mojej świeżo przetłumaczonej książki, potem pytania czytelników. I nagle otwierają się ciężkie drzwi, jakby wrota, i wsuwa się przez nie znajoma postać. Potem była kolacja z wydawcą, do późna. Wiedziałam, że on na mnie czeka, ale cóż... Do hotelu dotarłam po pierwszej w nocy. Czekał w holu, ale wpuściłam go przez... balkon, jak podstarzała Julia. Raczej nie chcę mówić o miłości, niczego dobrego z jej strony nie zaznałam. To jest jakaś bliskość, pragnienie siebie i spełnienie tych pragnień. Nasze ciała się nareszcie porozumiały, ale do tego potrzebne było porozumienie w głębszym sensie. Ono jest, na pewno, tyle że raczej nie oczekuj happy endu. Czy widziałeś udany związek przy takiej różnicy wieku? John mówi: Popatrz na Tinę Turner. Ale ja nią nie jestem. Jestem Joanną z Karwieńskich Błot i nie można mnie przeflancowywać do Nowego Jorku, bo się tam nie przyjmę. On powinien znaleźć kogoś na stałe, założyć rodzinę, mieć dzieci. Jak mu to mówię, śmieje się: ty będziesz moim dzieckiem. I taka z nim rozmowa. Nie wiem, wbrew własnej woli pakuję się w coś, co jest dla mnie bardzo niebezpieczne. Kiedy ostatnio nie dzwonił przez dwa dni, nie mogłam zasnąć. Potem się okazało, że to moja komórka nie działała. Ale... To już jest uzależnienie, którego się tak panicznie boję. Na różnych planach. John jest daleko, ale bierze udział we wszystkim, co mnie dotyczy. Mówi mi, o której mam wyjechać z Karwieńskich Błot, aby nie utknąć w korku pod Płońskiem, według niego pod Plonskiem. Jest analitykiem, wszystko potrafi przewidzieć i obliczyć. I wszystko wie. Zimą ostrzegał mnie przed blokadami Leppera. Ja mówię, że policja ich rozgoni, a on, że raczej ich nie ruszą. No i nie ruszyli. Błądziłam po oblodzonych objazdach, bo go nie posłuchałam i nie wyjechałam o dzień wcześniej. Czasami jest to wzruszające, jak historia z jeżami. Opowiadałam mu, że kiedyś o mały włos nie przejechałam jeża, który wyszedł na szosę i że było to dla mnie okropne przeżycie, więc on mi przysyła wiadomość mailem: „Uwaga, jeże się obudziły!". Jest trochę tak, jakby moja centrala znajdowała się w Nowym Jorku, a ja bym wykonywała polecenia. A zawsze liczyłam tylko na siebie. To była samotność, ale i swego rodzaju bezpieczeństwo. Zaczynam się bać, jak w młodości, kiedy nie wiedziałam, czy podobam się chłopakowi z mojej klasy, w którym się durzyłam. John mówi, że mnie kocha i nie mam powodu, aby mu nie wierzyć, tylko ja... mimo że o niej piszę w swoich książkach, nie wierzę w miłość. Bywa bardziej okrutna niż śmierć, więc nie może być miłością.

*

To ja. Joanna. Nasza przyjaźń przetrwała już dłuższe przerwy, kiedyś nie odzywaliśmy się do siebie ponad rok, pamiętasz? To było wtedy, gdy poznałeś swoją obecną żonę. Byłeś tak zakochany, że zapomniałeś o całym świecie, więc i o mnie, o swojej przyjaciółce. Ale ja to rozumiałam. Więc ty teraz zrozum mnie. Nie łap mnie za słowa, sądzę, że wyjaśniłam ci raz na zawsze, co myślę o uczuciowych deklaracjach. O wszelkich deklaracjach zresztą. Dzwonię z... Nowego Jorku. Mieszkam, a raczej mieszkamy, na Manhattanie, niedaleko Central Parku, gdzie spędzam sporo czasu. John wychodzi skoro świt i wraca późnym wieczorem. Właściwie wygląda na to, że zeszłam do roli weekendowej żony. Nie wybieram się za mąż, co to, to nie. To on się uparł, abym do niego przyjechała. Edgar został z panią Elą, gosposią. Nie, ciągle ta sama. Ta trzecia. Sprawdziła się. Co robię? Czekam na Johna, to moje główne zajęcie. Paradoksalnie rzadziej teraz rozmawiamy, niż kiedy byłam w Polsce, a on tutaj. Nie jestem rozczarowana, to niezwykły człowiek. Im więcej o nim wiem, tym bardziej go lubię. No, może i kocham, jak ci tak na tym zależy. Wszystko jest takie nowe. Ta jego uwaga nakierowana na moją osobę, na to, czego ja bym pragnęła, czego bym chciała. W każdym jego geście, słowie kryje się czułość. Tego też nie zaznałam. Przy nim nie jestem już taka skłębiona wewnętrznie, jakoś się uspokajam, wygładzam, oczywiście, kiedy udaje mi się nie myśleć o przyszłości. A co ty możesz o tym wiedzieć, byłeś kiedyś z dużo starszą od siebie kobietą? Coś takiego. Tego o tobie nie wiedziałam. Ale z nią nie jesteś, twoja obecna żona jest od ciebie znacznie młodsza. I to jest moja odpowiedź. Jak znajduję Nowy Jork? Na początku strasznie, bo mój pobyt tutaj zaczął się od migreny. Było już ze mną tak marnie, że John zawiózł mnie do szpitala. Dostałam kroplówkę na uśmierzenie bólu, bo żadne proszki nie działały. I od tego czasu spokój, ani razu nie bolała mnie głowa, a jestem tutaj już

301

czwarty tydzień. No, robię jakieś zakupy, spaceruję po parku. Czasami chodzimy tam razem. Ostatnio wydarzyło się coś zabawnego. John pali papierosy poza domem, bo nie znoszę dymu. Na spacerze wyjął paczkę z kieszeni, ale nie miał ognia i kilka zagadniętych osób też nie miało. Aż napatoczył się bezdomny czarny. Tam tak trzeba mówić, bo za Murzyna się obrażają. Więc ten czarny o pomarszczonej jak jabłuszko twarzy – pomimo upału miał na głowie kolorową wełnianą czapeczkę – wyjął pudełko, w którym była tylko jedna zapałka, przypalił nią Johnowi papierosa, a potem poczęstował się z jego paczki i od niego odpalił. Odchodząc, uśmiechnął się do nas porozumiewawczo. Wiesz, w tym momencie poczułam, że naprawdę jestem w Ameryce. Aha, John sprezentował mi *Wariacje Goldbergowskie* w wykonaniu Rosalyn Tureck, Amerykanki. Ja też tak sądziłam, moja niechęć wzrosła, gdy przeczytałam na okładce jej wyznanie: „I do not play this work as a Tour de Force, as a dazzling display of technique – I play it as a life experience". Oho – pomyślałam sobie – w dodatku nagranie rozwlekła na dwa krążki, podczas gdy takiemu Gouldowi wystarcza jeden. Ale wiesz, jak się wsłuchałam, to bardzo piękne. Tylko że potem okazało się, że ta Tureck jest emigrantką, Żydówką z Niemiec. Niedługo muszę wracać, czekają na mnie moi studenci. To ja jestem z rewizytą, John był u mnie w Polsce. Ach, przecież ty nie znasz całej tej historii z telefonem komórkowym. Muszę ci opowiedzieć. Tyle zaoszczędziliśmy z Johnem na telefonach, odkąd tutaj przebywam, że mogę sobie uciąć jedną dłuższą rozmowę, tym bardziej że stąd do Polski jest inna taryfa, dużo niższa. No więc on przyjechał w lecie. Byłam wtedy z Edgarem w domu nad morzem. Umówiliśmy się, że wyjadę po niego do Gdańska. Miał tam dotrzeć z Warszawy samochodem z jakimś znajomym i zadzwonić do mnie na komórkę. Chodziłam sobie po Starym Mieście, w pewnej chwili zorientowałam się, że rąbnęli mi telefon. Katastrofa. Pobiegłam na posterunek, policjant mnie pocieszył, że tutaj codziennie kogoś okradają. Zupełnie nie wiedziałam, co robić. Miałam nadzieję, że John domyśli się i zajrzy na parking w pobliżu Starego Miasta. Wspomniałam mu, że powłóczę się po Starówce. Sterczałam tak przy samochodzie parę godzin i w końcu przyszło mi do głowy, że to może nie był najlepszy pomysł na odnalezienie się. Ruszyłam z powrotem. I wyobraź sobie, pierwszą osobą, którą zobaczyłam na ganku mojego domu, był John. Od razu się zorientował, kiedy nie odbierałam telefonu, że coś się wydarzyło. Zebrał więc informacje za pomocą podręcznego komputerka. Co najczęściej kradną w Polsce? Samochody i telefony komórkowe. Gdzie? W tłumie. Gdzie byłam? Na Starym Mieście w Gdańsku. Przez znajomości wśród miejscowych notabli, jakie miał kolega Johna, dotarli do informacji o kradzieży komórek w tym dniu i do mojego adresu w Karwieńskich Błotach. Liczyłam na to, że zapamiętał nazwę wioski, ale okazuje się, że nie. Jest trudna. Na początku o niej wspomniałam, ale potem mówiło się, że jadę nad morze albo na wieś. Wymieniano mu Redę, Puck, Wejherowo, ale to było wszystko nie to. Tam, gdzie w szesnastym wieku osiedlili się Holendrzy, powtarzał, ale patrzono na niego jak na wariata. Coś ty, połowa Polski nie wie, co się rozegrało pod Grunwaldem, a ty chcesz, aby pamiętano o grupce Holendrów osiadłych na Kaszubach dawno temu. To były zresztą trudne wakacje, bo on mnie chciał na siłę usportowić. Chciał, żebym z nim biegała rano i żebym nauczyła się grać w tenisa. Ja, rozumiesz, ja! Najgorsze były poranki, kiedy to zawsze jestem w niezbyt dobrym humorze, a tutaj ten Amerykanin, uśmiechnięty, zadowolony z życia. Dochodzi jedenasta – on wstał o szóstej, przebiegł kilkanaście kilometrów plażą, wziął prysznic i tryska energią, podczas gdy ja schodzę z góry w szlafroku, ciągnąc za sobą swój odwłok. Trochę trwało, zanim dotarło do niego, że rano musi mnie zostawić w spokoju. Myśmy się wreszcie dotarli. Tak to wygląda. Znamy swoje słabe strony, to znaczy, on chyba nie do końca. Kiedy mówi do mnie „darling", coś się we mnie kurczy. No bo darling i ja. Jak to pogodzić.

Gdzie jestem? Pod wydmą, siedzę osłonięta od wiatru i patrzę na morze. Słyszysz, jak szumi? Tak, bardzo wieje, jak to tutaj. Przez trzy ostatnie dni lało i nagle się wypogodziło, więc wyszliśmy z Edgarem na spacer. Raczej dama z psiskiem, u Czechowa to był szpic, biały szpic. Ale skąd znasz to opowiadanie, Czechow nie jest chyba popularny pośród nowojorskiej finansjery? Lubię Czechowa, nawet więcej niż lubię. Odegrał ważną rolę w moim życiu. A dlaczego ty go lubisz? Bo ja go lubię? Przestań, zaczynamy jakieś gry słowne. Wiesz, przed chwilą doświadczyłam czegoś niezwykłego, zupełnie jakbym miała wizje narkotyczne. U góry błękit, a zaraz pod nim gruby wałek, nie wiem, z chmur czy z mgły. Wydostające się spod tego wałka promienie słońca tak oświetlały fale, że morze wyglądało jak złota skorupa. To już się zmieniło, ale trwało długą chwilę, nawet Edgar się zagapił. Natura jest jednak zdumiewająca i uczy pokory. A ty? Gdzie teraz jesteś? W Madrycie. Na lotnisku. Przyleciałeś, czy odlatujesz? Tak tylko pytam, bo chcę cię zlokalizować. A może, jak już jesteś blisko, wpadłbyś do Karwieńskich Błot? Wiem, że byś chciał. Ja też bym chciała. Ale cóż, skoro musisz być jutro w Nowym Jorku... Zamierzam, zamierzam do ciebie przyjechać, ale nie teraz. Jestem zawalona pracą. Wiesz... być może to przywołanie przez ciebie opowiadania Czechowa nie jest przypadkowe. Jego bohaterowie bardzo się kochali, ale nie mogli być razem. Ich osobiste życie tak się zapętliło, że sam autor nie potrafił znaleźć zakończenia. Ja też nie potrafię...

W ukryciu

Grażyna Szapołowska

Grażyna Szapołowska

aktorka filmowa i teatralna. Karierę rozpoczęła na deskach Teatru Narodowego, gdzie wystąpiła w inscenizacjach sztuk m.in. Shakespeare'a, Boccaccia, Racine'a, Gombrowicza, Słowackiego i Pintera. Zagrała również w wielu filmach u tak znakomitych reżyserów, jak Wajda, Zanussi, Kieślowski, Sabo i Vancini. Była wielokrotnie wyróżniana nagrodami na festiwalach filmowych w Cannes, Pradze, Berlinie, Chicago i Gdyni. Jest laureatką czterech Złotych Kaczek — nagrody publiczności i dziennikarzy przyznawanej najlepszej polskiej aktorce przez miesięcznik „Film". Wkrótce na rynku księgarskim ukaże się zbiór miniatur *Pocałunki*, które artystka publikuje w miesięczniku „Pani".

Była tu po raz pierwszy. Usiadła w osiedlowej knajpie tuż przy oknie, skąd doskonale było widać ogrodzone kolorową siatką przedszkolne podwórko.

– Proszę kawę z koniakiem – rzuciła w stronę młodej dziewczyny, która stała przy oszklonej ladzie. Przymrużyła zmęczone oczy. Promienie jesiennego słońca padały na furtkę ozdobioną czerwonym parowozem z tańczącymi wagonikami. Joanna wyjęła z kieszeni płaszcza papierosy. Przez chwilę wahała się, po czym odłożyła je wraz z małą białą zapalniczką na stolik. Czuła zmęczenie po nieprzespanej nocy.

Powiedział jej wczoraj, że odchodzi od żony. Mówił cicho i stanowczo. Nigdy nie była tak pewna jego słów, jak właśnie tej nocy. Nie dał jej dojść do słowa. Delikatnie położył dłoń na jej ustach. Nie wiedziała, co się wydarzyło, co doprowadziło do takiej decyzji właśnie teraz. Wychodząc z jej mieszkania, powiedział, że wyjadą stąd daleko, do innego miasta na zawsze i że jest to konieczne.

Pamięta, jak zapytała, co stanie się z jego córeczką. Pochylił głowę, zamykając za sobą drzwi. Po minucie otworzył je i powiedział: Nie wiem. Podszedł, nachylił się i przez moment ujrzała jego zamglone oczy. Potem gwałtownie wyprostował się i wyszedł. Słyszała jego oddalające się kroki, a po chwili dźwięk odjeżdżającego samochodu.

Kochała w nim wszystko, nawet odgłosy jego kroków. Najbardziej wzruszały ją pozostawiane przez roztargnienie drobiazgi. Jeden z nich leżał u niej w szufladzie szafki przy łóżku. Drobne różowe perły nawleczone na sznurek. Kupił je dla swojej małej u ulicznego sprzedawcy podczas spaceru pół roku temu w Paryżu. Wyślizgnęły mu się z kieszeni, kiedy kochali się na dywanie po jego powrocie. Potem o nich zapomniał, a ona, może powodowana odrobiną zazdrości, włożyła je do szuflady. Dziś wyczuwała palcami ich kształt w kieszeni wełnianego płaszcza.

Znów poczuła, że ma za sobą nieprzespaną noc. Podparła dłonią brodę. Kątem oka zauważyła nadchodzącą kelnerkę. Gdy dziewczyna pochyliła się, podając jej kawę, Joanna spostrzegła tańczące na jej twarzy piegi i duże zielone oczy. Kiedy kelnerka odchodziła w stronę baru, dostrzegła jej krótką spódniczkę. Pomyślała o Pawle, czy kiedykolwiek, zaglądając tu przed odebraniem córeczki z przedszkola, patrzył na pośladki dziewczyny, kiedy odwracała się po przyjęciu zamówienia i odchodziła lekkim krokiem w stronę baru. Uśmiechając się do własnych myśli, spojrzała na zegarek owijający się bransoletką wokół lewego nadgarstka. Dochodziła trzecia po południu. Coraz więcej rodziców przechodziło przez kołyszącą się furtkę po swoje pociechy. Wypiła łyk kawy, rozpoznając smak karmelu i odrobiny koniaku. Przymknęła na moment oczy.

To było dwa lata temu. Kończył się sierpień i było chłodno. Wtedy właśnie namówił ją pierwszy raz na ten irlandzki sposób rozgrzewania się. Znów uśmiechnęła się na to wspomnienie, popijając kawę.

Tamtego lata przyjechała z czterema asystentkami do nadmorskiego hotelu na trzy dni. Jej zadaniem narzuconym przez dyrekcję firmy, dla której pracowała, było sprawne przeprowadzenie prezentacji kosmetyków pielęgnujących ciało.

Dobrze pamięta tamto popołudnie. Od morza wiał porywisty wiatr. Kelnerzy przypinali obrusy do stolików, aby nie odfrunęły jak krążące dookoła mewy, i ustawiali wiklinowe kosze i parasole, chcąc ujarzmić silne podmuchy. Przybywające wciąż kobiety rozglądały się, szukając dla siebie wygodnych osłoniętych od wiatru miejsc. Niektóre z nich miały narzucone na ramiona wełniane pledy. Jedna z pań była owinięta długim różowym futrem. Na jej wysmukłych dłoniach i stopach pobłyskiwała rubinowa biżuteria. Obok siedziały kobiety w markowych, niekoniecznie dobrze dobranych strojach. Wszystkie oczekiwały cudu w postaci kremowego eliksiru pozwalającego zatrzymać upływający czas. Były gotowe nakładać na siebie kilogramy różnych mazideł.

Nieraz miała ochotę przerwać potok wyrzucanych z siebie słów i zapytać wprost, czy naprawdę nie wiedzą, że powinno się więcej pić, biegać, śmiać, pracować i kochać. Oddychać zgodnie z rytmem kochanka w jego uścisku. Nic tak dobrze nie działa na skórę jak seks. To najdoskonalsze dotlenienie. I nie pomoże nawet najdroższy krem z dopiskiem na opakowaniu, że to czyste H_2O lub O_2.

Pamięta, że podczas prezentacji kremów z serii kosmetycznej firmy, dla której pracowała, męski głos półżartem zapytał: – Czy kremy do masażu można stosować również na intymne części ciała, męskiego oczywiście? – Odpowiedziała wówczas, śmiejąc się: – Pan może wszędzie.

Od tego momentu cały czas spoglądała w stronę stolika, przy którym siedział właśnie on. Z narzuconym na ramiona niebieskim swetrem, zaciągając się jakby od niechcenia cygarem, lekko unosił rękę do góry, tak jak robią to uczniowie w szkole, chcąc zadać pytanie i niedokładnie wiedząc, czy powinni. Sytuacja była zabawna. Wszyscy patrzyli na nią, oczekując kolejnych dowcipnych ripost. Powiedziała, że szczególnie poleca panom serum do biustu jako świetny środek do wcierania we włosy. Odżywka połączona ze specyficznym rodzajem brylantyny.

– Czy to się wciera nocą? – drążył dalej.

– W wyjątkowych wypadkach wyłącznie nocą, ale pan, z racji przestrzegania godzin snu, powinien używać tego w ciągu dnia. Mam nadzieję, że jest pan grzecznym chłopcem.

Pamięta, że powiedziała coś, co miało związek z godziną zero, czyli dwunastą, bo każde późniejsze smarowanie nie ma już takiej mocy, i coś o głośnym oddychaniu podczas nakładania kremu, co może mieć ogromny związek z dotlenianiem. Zabawne było to, że niektóre panie zapisywały coś na karteczkach, biorąc te żarty poważnie. Mówiła coś jeszcze przez chwilę, starając się nie zwracać uwagi na stolik, przy którym siedział. Miała ochotę jak najszybciej skończyć swoją pracę. Była zmęczona. Gdy pomału odchodziła w stronę recepcji ze swoimi asystentkami, poczuła, że ktoś dotyka jej ramienia. Odwróciła głowę.

– Przepraszam – powiedział, uśmiechając się – czy mógłbym kupić wagon tych nadzwyczajnych kremów. Płacę gotówką.

Zaczęła się śmiać. Był wysoki i miał bardzo niebieskie

oczy. Ogarnęła ją nieodparta ochota, żeby przytulić się na moment do niego. Uwodził ją przecież tak niecodziennie i zabawnie. Pochylił się lekko nad nią, mówiąc dalej.

– Tak naprawdę to chciałbym się z panią umówić. Będę wolny za godzinę, przedtem muszę położyć moją małą córeczkę spać.

Poczuła, że ten mężczyzna jest jej w niewytłumaczalny sposób bliski. Nie zastanawiając się, prawie równocześnie z podawaniem próbek kosmetyków pani w różowym futrze, wręczyła mu swoją wizytówkę.

Do knajpki, w której teraz siedziała, wszedł starszy pan z małym białym pieskiem. Kelnerka o piegowatej twarzy, zamykając za nim drzwi, przywitała go pocałunkiem w policzek. Może był jej ojcem. Za nim wiatr wcisnął do pomieszczenia zapach wczesnej jesieni. Tę samą woń wyczuwała wtedy nad morzem, kiedy poszła do swojego pokoju, aby założyć coś cieplejszego. Pamięta, że Paweł zadzwonił po godzinie. Zaproponował jej spacer nad zatoką. Oboje nie mieli ochoty spotykać się na terenie hotelu. Powiedziała, że będzie po prawej stronie mola i żeby ją odszukał za kwadrans. Po dwóch kwadransach zadzwonił ponownie, nie mogąc jej odnaleźć. Zaczęli iść ku sobie, jednocześnie rozmawiając przez telefon.

– Widzę cię – powiedział. – Wiem, że dla ciebie, jak dla każdej kobiety, prawa strona jest lewą. A teraz wyłączmy te komórki, bo ich nie znoszę.

Był na pół kiczowaty, na pół czerwony zachód słońca. Przybliżali się, obserwując własne sylwetki. Pamięta, że niewyobrażalnie mocno biło jej serce i że poprawiała szal ześlizgujący się z włosów. Na moment przystanęła, próbując opanować ogarniające ją uczucie bezradności. On szedł powoli, obserwując ją i wyraźnie celebrując tę chwilę. Jedną rękę trzymał w kieszeni, drugą poprawiał spadające włosy. Nie wiedzieli, jak zacząć rozmowę. Stali przez moment, milcząc. Odezwał się pierwszy.

– Będę ostrożnie dobierał słowa, bo mogą być niebezpieczne. Chciałbym... – zawahał się. – Chciałbym przeżyć z tobą najpiękniejszą bajkę. Chciałbym opowiedzieć ci o najdelikatniejszych uczuciach. Chciałbym cię bliżej poznać. Chciałbym, żebyś wiedziała, że mam żonę i dziecko. I nigdy od nich nie odejdę.

Roześmiała się wtedy serdecznie. Miała wrażenie, że odgrywają jakąś filmową scenę. Śmiała się długo, a potem odpowiedziała:

– Twój obezwładniający głos mnie zauroczył, jest jak najbardziej pieszczotliwy dotyk, jak muzyka. Ale niczego nie oczekuję. Przyszłam tu, bo chcę iść z tobą na spacer. To wszystko. Nawet nie wiem, jak masz na imię?

Paweł odpowiedział, śmiejąc się:

– No, oczywiście trochę się wygłupiam, ale w tym, co mówię, jest trochę prawdy. Nigdy nie będziesz wiedziała, jaki jestem, dopóki nie wypijesz ze mną mocnej kawy, która cię rozgrzeje, bo przecież jest ci zimno. Dużo wiem o tobie bez kawy i mogę nie wiedzieć nic po jej wypiciu.

Spędzili wtedy z sobą noc. Wyszedł z jej pokoju o czwartej nad ranem, o godzinie nienazwanej pory, pustki między nocą a dniem. Nie chciał, aby jego córeczka obudziła się sama w pokoju. Joanna na pożegnanie pocałowała go czule. Chciała coś powiedzieć, ale bała się słów.

– Trochę już o tobie wiem – szepnęła, zamykając cicho za nim drzwi.

Nie przypuszczała wtedy nawet, jak te niewinne żarty ich oplączą. Jak narkotycznie wciągną w związek, bez którego już od dwóch lat nie potrafili istnieć.

*

Do knajpki weszła kobieta. Poprosiła przy barze o tabliczkę białej czekolady i wyszła. Joanna ponownie podniosła filiżankę do ust. Zauważyła, że biały piesek starszego pana liże jego dłoń opartą na kolanie. Być może to była suczka bojąca się stracić zainteresowanie właściciela. Przypominała mu bezgłośnie o swoim istnieniu. Kończąc picie kawy, Joanna zapaliła papierosa. Spojrzała przez okno. Poczuła ściskanie w gardle, powodujące nieopisany ból. Przechodziło na ramiona, zaciskając się pętlą wokół piersi, i schodziło w dół do żołądka. Wyprostowała się na moment, odchylając głowę. Westchnęła i głęboko zaczerpnęła powietrza. Starszy pan spojrzał na nią z zaciekawieniem. Jednocześnie głaskał uspokajająco swojego psa.

– Pani tu pierwszy raz? – zapytał.

– Tak, przytulnie tu – odpowiedziała i poprosiła kelnerkę o jeszcze jedną kawę. Nie miała ochoty na rozmowę.

– Ma pani rację, moja wnuczka parzy ją najlepiej.

Pozwala jej pan chodzić w stanowczo za krótkich spódniczkach, pomyślała. Starszy pan, jakby odgadując jej myśli, dodał:

– Odkąd pomaga swojej matce, przychodzę tu codziennie. Boję się o nią. To taki głupi wiek. Zawsze o piątej odprowadzamy ją z moją suczką do szkoły. To niedaleko.

Nie odpowiedziała. Kiwnęła tylko lekko głową na znak, że rozumie, i odwróciła się mocniej w stronę okna. Starszy pan chciał jeszcze coś powiedzieć, ale zauważył jej brak chęci do dalszej rozmowy. Joanna powróciła myślami do ostatnich kilku dni, a właściwie nocy spędzonych z Pawłem. Starała się przypomnieć sobie wszystkie jego słowa i sygnały, które mogły wróżyć tak nagłą decyzję o ich wspólnym wyjeździe. Tyle razy mówił, że ich układ nie może w jakikolwiek sposób zakłócić jego związku z rodziną. Z czułością opowiadał o swoim dziec-

315

ku. Z troską mówił o żonie. Wtajemniczał w problemy dotyczące jej stanów depresyjnych. Opowiadał o trudnej pracy żony – lekarza dzieci chorych na raka. O milczących powrotach do domu. Często wspominał o emocjonalnym chłodzie wynikającym z przeżyć w szpitalu. Bronił i starał się głośno tłumaczyć jej zachowanie. Sprawdzał, czy jest ono tak samo oczywiste dla innych, jak i dla niego. Joanna powoli zaczynała czuć się cząstką jego świata. Odgrywała w jego życiu rolę terapeuty. Doskonale pamięta momenty, w których oczekiwał od niej pełnego zrozumienia. Niekiedy przytulał się do niej, pozwalając długo gładzić swoje włosy. Czasami usilnie wpatrywał się w nią, jakby chciał podziękować za cierpliwe wysłuchiwanie. Czuła, że jest mu potrzebna. Nie wiedziała nawet, jak bardzo. Pamięta, że pewnej nocy zapytała go, czy chciałby z nią zamieszkać.

– Czy możesz sobie wyobrazić buzię małej dziewczynki, która jest kochana i której nagle mówisz, że tato nie będzie już nigdy z nią mieszkał? Czy zdajesz sobie sprawę z wagi tych słów wypowiedzianych do mojej ukochanej małej? Czy masz pomysł, jak miałbym to powiedzieć?

Nie rozumiał jej. Może nie chciał. Może ona sama szukała tej dziewczynki w sobie. Może była nią. Teraz, siedząc przy oknie i obserwując otwierającą się furtkę prowadzącą do przedszkola, nie wiedziała, czy zna jakąś sensowną odpowiedź. Nie potrafiła wytłumaczyć sobie, jak daleko posunęli się w egoizmie swojej miłości.

Kochała go. Kochała w nim siebie. Nie umiała istnieć bez codziennego widywania go. Mogły to być czasami tylko chwile, strzępki słów lub przypływy gwałtownych pożądań, które wystarczały do nabrania odwagi w tym świecie rozedrganej stabilności.

Dotykając w kieszeni płaszcza owalu drobnych perełek, poczuła do siebie niechęć. Z jej winy do tej pory nie sprawiły swojej niedoszłej właścicielce radości. Jak mogła je zatrzymać? Teraz, kiedy jej powiedział o swojej nieodwołalnej decyzji wyjazdu tylko z nią na zawsze, poczuła się niezręcznie.

Oparła łokcie na stoliku i palcami dotknęła ust. Była coraz bardziej przerażona w obliczu swoich niewyrażonych oczekiwań, które stawały się rzeczywistością. Zastygła w bezruchu wpatrzona w okno. Dlaczego miała nieodpartą chęć zobaczenia go wraz z córką? Nie potrafiła tego jeszcze wytłumaczyć. Może chciała porównać swoje wyobrażenie o niej z rzeczywistością. Albo chciała uchwycić ich wzajemne podobieństwo. Dlaczego tu przyszła? Czyżby ją przerażała jego nagła decyzja o odejściu od rodziny?

Odwróciła się na chwilę w stronę baru. Chciała coś powiedzieć do stojącej tyłem dziewczyny, o coś ją poprosić. Wypowiedziała niezbyt wyraźnie pierwsze słowo i w tym momencie go spostrzegła.

Instynktownie, nie chcąc być zauważona, lekko się cofnęła. Szedł, nie spiesząc się. Był zamyślony. Miał postawiony kołnierz marynarki. Dłonie trzymał w kieszeniach zielonych sztruksowych spodni. Czuła jego fizyczność, obserwując go przez szybę. Otworzył kolorową furtkę i zniknął w środku. Mijały minuty, które wydawały się jej nieskończonością.

Biały pies starszego pana popiskiwał, dając chyba do zrozumienia, że nadeszła pora zmiany miejsca. Do knajpki weszli młodzi ludzie. Dziewczyna za barem nastawiła głośniej muzykę. W pewnym momencie nadjechał sportowy srebrny samochód. Kierujący nim mężczyzna wyszedł pierwszy, by otworzyć drzwi pasażerce. Kiedy pomógł jej wysiąść, długo się całowali. Ona szeptała mu coś do ucha. Gdy odjeżdżał, machała. Miała na sobie czerwony płaszcz do kolan. Wyglądała na szczęśliwą. Odwróciła się w stronę furtki i wbiegła do przedszkola. Mijały minuty i Joanna zaczynała się niepokoić. Za godzinę była umówiona z właścicielem firmy. Miała przedstawić mu projekt wprowadzenia nowej marki kosmetyków na rynek wschodni. Nie mogła się spóźnić. Nie wiedziała jeszcze, w jaki sposób ma mu powiedzieć o swoim wyjeździe do innego miasta. Paweł prosił, aby załatwiła to niezwłocznie. Spojrzała na zegarek, potem odwróciła się w stronę baru, prosząc o rachunek. Gdy ponownie jej wzrok powędrował w kierunku okna, zauważyła Pawła. Przytrzymywał furtkę, przez którą wychodziła sześcioletnia dziewczynka. Za nią szła kobieta w czerwonym płaszczu. Mała trzymała ją za rękę, domagając się, żeby podała drugą rękę tacie. Potem we trójkę przystanęli, rozmawiając. Dziewczynka w pewnym momencie trzykrotnie pocałowała dłoń Pawła. Przez ułamek sekundy Joanna zauważyła w tym geście podobieństwo do zachowania małej białej suczki, liżącej dłoń swego pana. Po chwili kobieta w czerwonym płaszczu pochyliła się, a mała szeptała jej coś do ucha. Wychodzący z przedszkola zaczęli pomału odchodzić w stronę zaparkowanych samochodów. Widziała, jak Paweł obejmuje czule kobietę, jednocześnie przyciskając małą dziewczynkę do siebie. Oddalali się.

Joanna przełknęła ślinę, aby rozluźnić ściśnięte gardło.

Instynktownie czuła, że musi podjąć nieodwracalne kroki. Zrobić coś, co jest na granicy czytelności, co obywa się bez słów. Nie było to łatwe, zwłaszcza dla niej. Ta miłość nie była jej sprzymierzeńcem.

Spis treści